Maximo Duncker

Mord allein macht auch nicht glücklich

Buch

Vor zwei Jahren entging der Berliner Journalist Kai van Harm nur knapp einem Sprengstoffanschlag – die Bombe explodierte unter seinem Schreibtisch (den er aufgrund von Sparmaßnahmen in der Redaktion wenig später ohnehin hätte räumen müssen); die Täter wurden nie gefunden. Über seine darauffolgenden Erlebnisse in dem ostbrandenburgischen Kaff Altwassmuth, wo van Harm sich in das Wochenendhaus seiner Familie zurückzog und schließlich maßgeblich zur Aufklärung eines Kriminalfalls beitrug, hat er ein Buch verfasst, das nun im für seine extravaganten Veranstaltungen berühmt-berüchtigten Neuköllner Hotel Sterelle Premiere feiern soll. Auch van Harms guter Freund Bruno Zabel, der ihm damals in Altwassmuth zur Seite stand, ist vor Ort, obwohl er sein Heimatdorf kaum und wenn, dann widerwillig verlässt. Kai van Harm ahnt nicht, dass sich unter den Hunderten Gästen jedoch nicht nur Menschen befinden, die ihm wohlgesonnen sind. In seiner Funktion als Kulturredakteur ist er damals so manchem Zeitgenossen auf die Füße getreten, und das scheint ihm nun zum blutigen Verhängnis zu werden. Nachdem Bruno Zabel mit einem Messer angegriffen und verletzt wird, begeben die beiden sich auf die Spur des Täters. Diese führt sie ein weiteres Mal ins ländliche Brandenburg, wo ein grausiges Finale auf sie wartet …

Autor

Maximilian Olaf Duncker, von seinen Freunden »Maximo« genannt, wurde 1970 in Berlin geboren. Nach dem Studium der Literaturwissenschaften und Philosophie arbeitete er zwei Jahre als Lektor und Korrektor. Seit 2005 lebt er im ländlichen Teil Berlin-Pankows als freier Software-Berater und hat endlich wieder die Zeit, sich verstärkt seiner wirklichen Leidenschaft zu widmen: dem Schreiben. Nach *Wer hier stirbt, ist wirklich tot* ist *Mord allein macht auch nicht glücklich* sein zweiter Roman.

Maximo Duncker

Mord allein macht auch nicht glücklich

Ein Provinzkrimi

blanvalet

FSC
www.fsc.org
MIX
Papier aus verantwortungsvollen Quellen
FSC® C014496

Verlagsgruppe Random House FSC® N001967
Das für dieses Buch verwendete FSC®-zertifizierte
Papier *Holmen Book Cream* liefert
Holmen Paper, Hallstavik, Schweden.

1. Auflage
Originalausgabe Dezember 2013
bei Blanvalet, einem Unternehmen der
Verlagsgruppe Random House GmbH, München

Umschlaggestaltung: © Johannes Wiebel | punchdesign,
unter Verwendung von Motiven von
Shutterstock.com und photocase.com
Redaktion: Heiko Arntz
AF · Herstellung: sam
Satz: KompetenzCenter, Mönchengladbach
Druck und Bindung: GGP Media GmbH, Pößneck
Printed in Germany
ISBN: 978-3-442-38205-7

www.blanvalet.de

Was zuvor geschah

Es hatte sich einiges getan im Leben Kai van Harms. Zwei Jahre hatten gereicht, um einen völlig neuen Menschen aus ihm zu machen. Jahrelang ein angesehener Literaturkritiker der traditionsreichsten Westberliner Tageszeitung, war er im Januar 2010 Knall auf Fall entlassen worden. Und das war durchaus wörtlich zu nehmen. Denn seinem Rauswurf, den der Zeitungsverlag mit der üblichen Jammerei über das Internet und die Gratiskultur und den daraus folgenden Sparzwängen begründet hatte, war eine handfeste Explosion der Kreuzberger Redaktionsetage vorangegangen. Jemand hatte einen Sprengsatz in der Redaktion deponiert und zwar, wie sich später herausstellte, direkt unter Kai van Harms Schreibtisch. Wenn er heute, zwei Jahre nach dem Ereignis, daran dachte, wurden ihm die Knie fast noch weicher als damals, bekam er Herzrasen und feuchte Hände. Warum ausgerechnet unter seinem Tisch? War das Zufall gewesen oder ein Zeichen?

Die Detonation in den frühen Morgenstunden jedenfalls hatte das gesamte Viertel erschüttert. Statiker hatten später empfohlen, das Redaktionsgebäude abzureißen. Und so war es mittlerweile auch geschehen. Dort, wo van Harm lange und erfolgreiche Berufsjahre verbracht hatte, stand nun einer der neuen Eigentumswohnungsbunker, die alle ein bisschen nach Altersheim aussahen, egal wo sie errichtet wurden in Berlin, ob im Prenzlauer Berg, Friedrichshain oder Nordneukölln. Glatter, heller Beton, dunkelgerahmte Riesenfenster, angepappte, ausladende Balkone, auf denen sich zur Not auch ein Rollstuhl wenden ließ.

Das Schlimmste allerdings an jenem klirrenden Januarmorgen war eine abgetrennte Hand gewesen, die van Harm zufällig aus dem Explosionsschutt zog, während er nach seinem heruntergefallenen Handy gesucht hatte. Eine Frauenhand. Viel mehr wusste man nicht. Es war eine verdammte Schande, dass die Polizei bis heute nicht hatte herausfinden können, was es mit dieser Hand auf sich hatte.

Seiner Gattin Constanze hatte er noch eine ganze Weile den Rauswurf verschwiegen. Sie saß im Berliner Abgeordnetenhaus für eine ökologischen Partei, die gern von Beamten gewählt wurde und von Lehrern, und die van Harm stets nur »Die Guten« nannte, weil er sie nicht bei ihrem richtigen Namen nennen wollte. Wofür es keinen wirklichen Grund gab. Irgendwann hatte Constanze das mit seiner Arbeitslosigkeit natürlich trotzdem herausbekommen, was für Kai van Harm der Startschuss gewesen war, sich gehen zu lassen. Von nun an kaufte er nicht mehr ein, er kochte nicht mehr für die Familie, was er vorher mit einer gewissen Begeisterung stets getan hatte. Er redete nicht mehr mit ihr. Der Graben, der sich zwischen Kai auf der einen Seite und Constanze und den Kindern auf der anderen Seite auftat, wurde täglich breiter. Das war zu sehen und zwar ohne große Mühe.

So konnte es nicht ewig weitergehen. Eines Tages hatte Kai daher die bürgerliche Altbauwohnung am Kreuzberger Paul-Lincke-Ufer verlassen und war Richtung Sonnenallee nach Südneukölln gezogen. Da, wo die arabischen Großfamilien den Ton angaben, von denen man häufig in der Zeitung las, wenn sie sich Massenschlägereien untereinander lieferten, wo türkische und libanesische Läden das Straßenbild dominierten, wo die verbliebenen deutschen Proleten in der Minderheit waren, ebenso wie Studenten und Künstler, die es eher in den angesagten Norden des Stadtbezirks zog, der jetzt schon in den internationalen Reiseführern als hippe Ausgehmeile angepriesen wurde.

Zwei Zimmer zur Miete genügten van Harm durchaus. Hier wollte er sich sammeln, überlegen, was er in Zukunft tun konnte, ganz allgemein seine seelische Verfassung stabilisieren. Er brauchte ein paar Wochen, um sich an seine neue Umgebung zu gewöhnen. An das Raue, den Dreck, die ungehobelten Manieren. An die spöttischen Blicke der Türkenjungs, wenn er in italienischen Schuhen, Anzug und Mantel beim Discounter an der Kasse stand. Aber er besaß keine andere Garderobe, und er hatte auch kein Geld, um sich hässlichere, schäbigere Sachen zu kaufen, mit denen er weniger aufgefallen wäre. Doch es hatte nicht so recht klappen wollen mit dem neuen Leben. Statt frische Kraft zu schöpfen, versank van Harm in Trübsinn und Melancholie. Er wartete im Grunde nur darauf, dass sein Konto leer sein würde, denn Bares bekam er in jener Zeit keines mehr vom Amt, nachdem er ein Jahr lang Arbeitslosengeld bezogen hatte. Um das Hartz-Almosen zu beantragen, war er noch nicht verzweifelt genug. Noch schlimmer als die Angst vor dem totalen Bankrott war der Gedanke, vorm Personal des Jobcenters zu Kreuze kriechen zu müssen.

Gott sei Dank gab es noch Peggy, seine Nachbarin zur Linken auf der Etage. Peggy, die berlinernde Arzthelferin mit den häufig wechselnden, stets farbenfrohen modischen Kurzhaarfrisuren, geboren in Marzahn und ein Ausbund an nie enden wollendem Optimismus.

Und es gab da dieses Bauernhaus im Brandenburgischen, das Constanze und Kai in besseren Tagen gekauft hatten. Für sich und für die Kinder, für Wochenenden im Grünen, für frische Luft und Gesundheit. Doch erst Peggy war es, die van Harm auf den nahe liegenden Gedanken brachte, dort, im idyllischen Oderbruch, auf den Geistesblitz zu warten, der ihm den Pfad in die Zukunft erleuchten würde, statt im harschen Neukölln, das ihm, van Harm, doch ganz offensichtlich über die Maßen aufs sensible Gemüt schlug.

Es war im Juni gewesen, knapp anderthalb Jahre nach seiner Entlassung und kurz vor Beginn der Sommerferien, als van Harm nach Altwassmuth ins Bauernhaus übersiedelte. Er hatte nicht mehr dabei als ein paar Tüten mit Lebensmitteln für die erste Zeit und sein Notebook. Er war schließlich nicht zum Vergnügen hier. Er musste irgendetwas tun, einen Artikel schreiben, eine Reportage bestenfalls, die ihm einen Neuanfang als Journalist ermöglichte, den Absprung aus der Lethargie. Um die Hinterwäldler aus Altwassmuth hatte er bisher nach Möglichkeit einen Bogen gemacht. Wenn sich der Kontakt zu den Eingeborenen nicht hatte vermeiden lassen, zum Beispiel weil man jemanden brauchte, der ein paar Beete umgrub oder einen Zaun strich oder einen Schuppen entrümpelte, und zwar für wenig Geld, hatte sich Constanze darum gekümmert. Doch die war jetzt nicht da. Die Gefahr bestand, dass Kai in eine Isolation und Einsamkeit geriet, die ihn noch mehr lähmte als die Unwirtlichkeit Neuköllns.

Doch dann – und es kam ihm im Nachhinein wie ein Wunder vor – hatte er Bruno getroffen, Bruno Zabel, Faktotum und allgemeine Respektsperson im Dorf. Zugegeben: in einer äußerst skurrilen Situation und zu einer mehr als unchristlichen Tageszeit – kurz nach Sonnenaufgang, als van Harm dachte, unbeobachtet joggen zu können.

Zabel hatte wie gelähmt vor der Dorfkirche gestanden, was noch nicht besonders skurril gewesen wäre, wenn die Dorfkirche nicht gerade wild lodernd in Flammen gestanden hätte. Außer Zabel war niemand zu sehen. Alle anderen schienen noch zu schlafen. Es war Kai, der schließlich die Feuerwehr rief. Auf diese Art hatte van Harms erste Dorfbekanntschaft begonnen, und Bruno Zabel, als wolle er sich bedanken, manövrierte Kai van Harm im Laufe der folgenden Wochen durch die Unwägbarkeiten des Dorflebens.

Allerdings begann mit dem Feuer jenes frühen Morgens auch die Serie seltsamer, zum Teil gewalttätiger, zerstörerischer, einige sagten auch: diabolischer Ereignisse – andere sprachen schlicht von Verbrechen –, die Altwassmuth bis in die Grundfesten erschütterten. Die Zwietracht und Misstrauen unter den Dorfbewohnern säten, Verfolgungswahn und Hass, als hätte es all dies nicht ohnehin schon zur Genüge in der Gemeinde gegeben. Und für van Harm wurde die Situation nicht leichter, als obendrein noch Janne und Erik, seine störrischen Kinder, nach Altwassmuth kamen, um die ersten Ferienwochen in der idyllischen Einöde Ostbrandenburgs zu verbringen, und sich ohne große Umstände in das allgemeine Chaos einfügten.

Natürlich war unter diesen Bedingungen nicht ans Arbeiten zu denken gewesen, an die Reportage, an was auch immer. Van Harm hatte seine liebe Not, sich und seine Kinder über Wasser zu halten, rein bildlich gesprochen, dafür zu sorgen, dass sie alle drei nicht in den Malstrom des Bösen gezogen wurden, der Altwassmuth erfasst hatte.

Am Ende der Sommerferien, als der Spuk endlich vorüber und der Fall gelöst war, aufgeklärt nicht zuletzt durch ihn, van Harm, und Bruno Zabel, stand er wieder da wie Anfang Juni – mit leeren Händen. Das dachte er zumindest. Doch dann hatte er begonnen, das Erlebte aufzuschreiben. Die Notizen, die er sich über die Wochen hinweg aus alter Gewohnheit gemacht hatte, zu einer großen Erzählung zu verbinden, die er ausschmückte, in der er manches übertrieb um des Effekts willen und manches verschwieg, um jene Altwassmuther zu schonen, die ihm ans Herz gewachsen waren. Wie im Rausch hatte er gearbeitet, den August hindurch in seiner Neuköllner Wohnung. Im September hatte er die Erzählung erweitert, kleine Impressionen eingefügt, Wetter- und Landschaftsbeschreibungen, Charaktere und Physiognomien geschärft, sodass sie tatsächlich zu einem kleinen Roman geworden war, dem er versuchte, im Oktober den letzten Schliff zu geben, womit er im November fertig geworden war. Das Manuskript, das er jetzt endlich stolz in der Hand hielt, ein ordentlicher Stapel Papier, wirkte auf den außenstehenden Leser wie ein humoristischer Roman mit kriminalistischem Einschlag, doch im Grunde war es eine nur leicht ausgeschmückte Reportage. Nichts als die – etwas ausgewalzte – Wahrheit.

Er fand noch vor dem neuen Jahr einen Verlag, der sein Buch drucken wollte. Sein Name als Kulturredakteur war noch nicht ganz in Vergessenheit geraten, und bereits im folgenden Mai, nicht mal ein Jahr nach den originalen Ereignissen, kam Kai van Harms Roman in den Buchhandel, den die Marketingabteilung, gegen van Harms nur leichten und deshalb umso schneller zu überwindenden Widerstand als »Landkrimi aus der ostdeutschen Provinz« anpries.

Neuköllner Elegie

Eine Premiere

Wie ein gestrandeter Flugzeugträger aus Glas und poliertem Stein lag das Fünf-Sterne-Hotel Sterelle am südlichen Ende der Sonnenallee. Es war ein sogenanntes Erlebnis-Hotel, was bedeutete, dass es über mehr Zimmer verfügte, als sich je Gäste in ihm einmieten würden. Denn wer wollte schon hier in der Einöde zwischen Kleingärten, Gleisanlagen und Gewerbegebiet übernachten. Ein Flecken von tiefster Provinzialität und Langeweile und unendlicher Tristesse, obwohl er mitten in Berlin lag. Und davon gab es Hunderte in der Stadt.

Vermutlich waren die Grundstückspreise niedrig gewesen, weshalb man das Sterelle hier an der Neuköllner Peripherie errichtet hatte. Um die voraussehbare geringe Auslastung gleich von Anfang an zu kompensieren, gab es einen großen und mehrere kleine Veranstaltungssäle sowie eine Unzahl von Tagungs- und Sitzungsräumen. Alles war ausgestattet mit Technik vom Feinsten, und fast an jedem Abend gab es das, was man neumodisch als »Event« bezeichnete. Australische Steptanzhorden traten auf oder blau geschminkte Pantomimen, es gab Playback-Shows, in denen stark geschminkte Kinder in beunruhigend freizügiger Garderobe berühmte Sänger nachahmten, Frauenboxkämpfe fanden statt, die hin und wieder sogar im Fernsehen übertragen wurden, und so weiter und so fort. Tagsüber gab es Motivationsseminare mit glühenden Kohlen sowie Aktionärsversammlungen mittelgroßer Unternehmen. Bei alldem kam es nicht so darauf an, wie es draußen vor der Tür aussah. Ob da der Wind das Rollstroh über den Parkplatzasphalt peitschte oder nicht. Und hin und wieder buchte eben einer der vielen Veranstaltungsbesucher und Eventteilnehmer sogar ein Zimmer.

Und so war es vielleicht auch heute an diesem prächtigen, warmen und gut ausgeleuchteten Mai-Abend. Schon am Eingang verkündete eine Tafel das heutige Ereignis:

Exklusiv!!! Buchpremiere!!!
Der Buttermann-Verlag und
Ihr Erlebnis-Hotel Sterelle präsentieren:
Der Journalist und Schriftsteller
Kai van Harm liest aus seinem Debütroman
Schweine, Kühe, Ostdeutschland

Nicht unzufrieden registrierte Kai van Harm die Tafel, bevor er das weitläufige Entree des Hotels betrat, das von leiser Fahrstuhlmusik erfüllt war. Alles glänzte und blinkte hier, strahlte eine Großspurigkeit aus, die wie extra erfunden schien für die Bus-Reisegruppen aus der Provinz, wenn sie etwa zur Harald-Juhnke-Gedächtnis-Show anreisten, mit einem zusätzlichen Wellness-Tag und einem Drei-Gänge-Menü im hauseigenen Vital-Restaurant »Zur Dinkel-Mühle«.

Wie auch immer. Van Harm jedenfalls war auch am heutigen Abend mehr als korrekt gekleidet. Er trug einen schwarzen, schmal geschnittenen italienischen Anzug, ein schwarzes Hemd samt anthrazitfarbener Krawatte sowie schwarze Budapester, deren Schnitt einen schlanken Fuß machte. Die dunkelblonden Haare waren in Fasson geschnitten, wobei der Scheitel um einige Zentimeter zu lang war, um noch als seriös zu gelten, und ihm regelmäßig in die Augen fiel. Was wiederum eine kecke Geste des Zurückstreichens erforderte. Aber es war genau dieser zu lange Scheitel, der Kai van Harm trotz seiner nun fast schon fünfzig Lebensjahre etwas Jungenhaftes verlieh. Und nur deshalb hatte er ihn sich vermutlich im letzten halben Jahr wachsen lassen. Und es war gut möglich, dass er aus ebendiesem Grund fast zehn Kilo Körpergewicht verloren hatte. Das ließ ihn agil aussehen, fast so dynamisch, wie er sich seit Kurzem wieder fühlte.

Schon von Weitem erkannte er Bruno Zabel, der ein wenig eingeschüchtert in einer Ledersitzlandschaft im Foyer saß. Um die Sofas herum standen ein paar kleine Palmen und anderes Deko-Grünzeug.

»Jut siehste aus, mein Freund«, sagte Bruno und erhob sich, als Kai an die Sitzgruppe herangetreten war.

»Du aber auch, Bruno«, log van Harm, während er dem anderen die Hand schüttelte. Dann umarmten sie sich kurz, ein, zwei, drei Sekunden. Bruno sah aus wie immer, leicht übergewichtig, leicht rot im Gesicht von der Anstrengung des puren Sitzens, und er roch nach Rasierwasser und ein bisschen nach Schweiß. Zur Feier der Buchpremiere hatte er einen braunen, glänzenden Anzug an, dessen Hosenbeine einen leichten Schlag besaßen. Wahrscheinlich noch aus irgendeiner DDR-Produktion, frühe siebziger Jahre, schätzte Kai. Auch der auffällig gestaltete, ausladende Schlips erinnerte an längst vergangene Dekaden. Aber das war egal. Es zählte allein, dass Bruno Zabel an diesem, für Kai so wichtigen Tag in Berlin weilte. Leicht war es nicht gewesen, ihn zu überreden.

»Einen alten Baum verpflanzt man nicht ma eben so«, hatte Bruno gesagt, was eine reichlich überzogene Entgegnung auf eine Tageseinladung nach Berlin war. Nicht mal vor der Ausrede, er müsse wegen der Verfügbarkeit für das Jobcenter zu Hause bleiben, war er zurückgeschreckt. Dabei wusste van Harm, dass Brunos Sachbearbeiterin ihm alles durchgehen ließ. Bianca, so hieß sie, war nicht umsonst die ehemals beste Schulfreundin von Brunos Tochter Nadine, die selbst allerdings das Oderbruch schon lange verlassen hatte und irgendwo im Westen des Landes lebte.

Van Harm hatte am Telefon auf Bruno eingeredet, er war mit seiner Nachbarin Peggy, die nicht nur hilfsbereit war, sondern auch einen Opel Corsa besaß – van Harm fuhr schon seit Jahren nicht mehr selbst –, nach Altwassmuth rausgefahren, um mit Bruno persönlich, von Angesicht zu Angesicht, zu sprechen. Aber nichts hatte gefruchtet.

Erst ein in gestelztem Bürodeutsch formulierter, ja unterkühlter, auf offiziellem Papier des Verlages abgefasster Brief, von van Harm geschrieben und von zwei promovierten Mitgliedern der Geschäftsleitung unterschrieben, hatte Bruno Zabel überreden können, zur Premiere nach Berlin zu reisen. Der Brief war weder wie eine Bitte formuliert gewesen noch wie eine herzliche Einladung, sondern er hatte eher einer amtlichen Einbestellung geglichen. Es war dieser Tonfall, den Bruno Zabel anscheinend immer noch verstand, sei es, weil er ihn an seine seligen Zeiten in der Befehlskette der NVA-Hubschrauber-Kompanie erinnerte, in der er früher Pilot gewesen war, oder aber an den Sound der Briefe, die er vom Jobcenter in regelmäßigen Abständen erhielt.

»Ich freu mich wirklich, Bruno. Weißt du, ohne dich, ich meine ohne deine Hilfe, deinen Beistand im letzten Jahr, hätte ich weder die Zeit in Altwassmuth überstanden, geschweige denn das Buch schreiben können.«

»Nu is aba ma wieda jut«, sagte Bruno und winkte ab, aber man merkte, dass er sich durchaus über das Kompliment freute.

Kai sah auf die Uhr: »Komm, Bruno, wir müssen los.« Und während er Zabel leicht am Ellbogen in Richtung des Veranstaltungsraums schob, richtete dieser Grüße von einigen Altwassmuthern aus, die van Harm im letzten Sommer kennen gelernt hatte und die allesamt in seinem ersten, nagelneuen Buch mitspielten: von Frau Wurst, der fahrenden Lebensmittelhändlerin, von Annalena Petzold, der Gymnasiastin und Freundin des Pfarrerssohnes Benjamin, und von Harald Dommasch schließlich, dem Bürgermeister. Die Bösen, die Dreckigen und Gemeinen, mit denen sie im letzten Sommer aneinandergeraten waren, hatten natürlich keine Grüße ausrichten lassen.

»Da is wat im Busch«, sagte Bruno, während sie den schon gut gefüllten Raum betraten, »der olle Dommasch und Annalenas Mutter, die Karin.«

»Ach?«, sagte Kai, während er nach Mitarbeitern des Verlags Ausschau hielt.

»Ja, doch«, sagte Bruno«, ick fress ’n Besen, wenn die nich …« Doch weiter kam er nicht.

»Ah, Herr van Harm.« Eine streng wirkende Dame in grauem Kostüm und weißer Bluse trat auf sie zu. »Wir haben schon auf Sie gewartet.«

»Darf ich bekannt machen«, sagte Kai, »Frau Dr. Gruber, Leiterin der Pressearbeit – Bruno Zabel, Urgestein aus dem Oderbruch.«

»Ick bin erfreut«, sagte Bruno und streckte seine Hand zum Gruß aus. Doch statt sie zu nehmen und zu schütteln, trat Frau Dr. Gruber einen Schritt zurück und musterte Bruno über den Rand ihrer rahmenlosen Brille.

»Soll ich Ihnen was sagen, lieber Herr Zabel«, sagte Frau Dr. Gruber dann, lächelte und ergriff jetzt doch Brunos rechte Hand, die noch immer leicht verloren in der Luft hing.

»Ick bitte darum, gnädige Frau.«

»Sie sehen genau so aus, wie ich Sie mir bei der Lektüre vorgestellt habe.«

»Is dit jut oda schlecht?«

»Tja, wenn Sie mich so direkt fragen …«, sagte Frau Dr. Gruber und ließ, diesmal ohne zurückzutreten, ihren Blick über Brunos Siebziger-Jahre-Festtagsgarderobe schweifen, einmal hoch und einmal runter, »auf jeden Fall spricht es für die Beschreibungskünste von Herrn van Harm, würde ich sagen.«

»Ick hab dit Buch ja noch nich jelesen«, sagte Bruno.

»Frau Dr. Gruber hat übrigens noch eine Überraschung für dich, Bruno«, sagte Kai van Harm.

»Da krieg ick jetzt aba Angst«, erwiderte der, und tatsächlich wurde sein Blick unruhig.

»Wofür es überhaupt keinen Grund gibt«, sagte Frau Dr. Gruber, legte ihm beschwichtigend die Hand auf den Unterarm, strahlte plötzlich über das ganze Gesicht und fuhr fast ein wenig feierlich fort: »Der Buttermann-Verlag erlaubt sich, in Kooperation natürlich mit dem Erlebnis-Hotel Sterelle, Ihnen einen siebentägigen Aufenthalt in der Hauptstadt zu – wie soll ich sagen? – zu schenken und zwar als Dank für Ihre Verdienste bei der Entstehung des Buches, dessen Erscheinen wir heute Abend feiern.«

»Das es ohne dich, Bruno, wie gesagt, nicht geben würde«, sagte van Harm.

»Da bin ick jetzt aba baff.« Bruno sah aus, als hätte man ihm die Stütze gekürzt.

»Ich nehme mir frei und zeig dir mal in Ruhe die Stadt«, sagte van Harm. »Wir können auch mal raus nach Potsdam fahren.«

»Ne janze Woche«, stöhnte Bruno, und er sah nicht glücklich dabei aus.

»Kommen Sie, Herr Zabel«, sagte Frau Dr. Gruber, »in der ersten Reihe ist ein Stuhl für Sie reserviert.«

»Ne janze Woche!« Man sah Bruno an, dass er sich nicht traute, das zu tun, wonach ihm im Moment am allermeisten war: das Angebot dankend abzulehnen.

»Großartig, nicht wahr«, ignorierte Frau Dr. Gruber Brunos resignierten Tonfall und sagte dann, an Kai van Harm gewandt: »Sie sollten jetzt langsam aufs Podium gehen, Herr van Harm. Wir sind schon fünf Minuten über der Zeit.«

Fingerfood

Wie er schon dasitzt: so lässig, so abgebrüht. Beine übereinandergeschlagen. Ach Gottchen, wie charmant! Und wie die dämlichen Weiber um ihn rumscharwenzeln! Wie sie auf diesen sogenannten Charme hereinfallen. Wie sie um Widmungen betteln! Für Claudia! Für Anke! Für Bettina! Fünfzehn Weiber stehen da Schlange an seinem Tisch. Und da kommt noch eine nach vorne, und da ist schon die nächste. Alle mit seinem Machwerk in der Hand. Den halben Büchertisch haben sie schon leergekauft. Wie sie alle um ein Autogramm von ihm betteln, einen persönlichen Krakel in diesem Schrottbuch! Das soll lustig sein? Und ein Kriminalroman? Da lachen ja die Hühner. Sein ganzer Auftritt war zum Würgen. Wie er zuerst kokett von seinem Lampenfieber schwadroniert. Und dass es eine Premiere für ihn sei, öffentlich etwas vorzutragen. Und wie er dann doch vorgelesen hat wie ein Profi! Wie ein Schauspieler fast.

Zwischendurch immer ein Schlückchen vom Weißwein. Man ist ja kultiviert. Man ist ja Großbürger. Und gebildet. Aufgewachsen mit Goethe-Gesamtausgabe und Konzertflügel im Wohnzimmer. Privatschule, Tennisklub und alles. Man hat ja seit jeher das Geld in den Arsch geblasen gekriegt. Deswegen darf man das: arrogant sein, überheblich, zynisch. Nie ernst, immer ironisch. Deswegen darf man auf die anderen runterkucken, die nicht so sind. Sie verachten. Und sie schlecht machen. Und über sie lachen.

Deswegen darf man eine Witzfigur wie diesen Bruno als seinen Freund bezeichnen. Obwohl jeder sieht, was für eine Beziehung das ist. Wer sich da über wen lustig macht. Wer der Herr ist und wer der Knecht. Obwohl jeder sieht, wie dem Großbürger der Dünkel aus jeder Pore trieft, wenn er die Witzfigur in Schlaghosen auf die Bühne bittet. Und sie umarmt. Und sich bedankt. Was für ein Schmierenstück.

Ah, die Weiber sind abgefertigt. Jetzt kommt das Personal mit den silbernen Tabletts. Jetzt gibt es Wein für alle. Man lässt sich ja nicht lumpen! Und Häppchen, Fingerfood. Im Hals soll es ihnen steckenbleiben!

Aber diesmal kommst du nicht damit durch. Du wirst büßen müssen, Freundchen!

Das verspreche ich, bei allem, was mir heilig ist: Nochmal kommst du nicht davon, van Harm, du bourgeoiser Drecksack.

Drei Elvisse

Es war ziemlich spät geworden bei Kai van Harms Buchpremiere am Vorabend, sodass Bruno Zabel, der normalerweise schon sehr früh auf den Beinen war, erst gegen Mittag in dem mehr als komfortablen Doppelzimmer des Sterelle aufwachte.

Weil das Frühstücksbüfett schon geschlossen war, begnügte er sich mit dem Rest lauwarmen Kaffee aus der Thermoskanne, die er sich gestern Morgen in Altwassmuth für die Bahnfahrt nach Berlin abgefüllt hatte, obwohl die ganze Reise keine zwei Stunden gedauert hatte. Auch ein Leberwurstbrot fand sich noch in der Stullenbüchse, die er in der Minibar zwischengelagert hatte, so dass er nach dem improvisierten Mahl und einer ausgiebigen Dusche im marmorgefliesten Bad frisch und munter in den Resttag starten konnte.

Mittlerweile hatte er sich mit der Idee angefreundet, eine ganze Woche in Berlin zu bleiben, obwohl ihm noch immer etwas bange war vor der Großstadt, vor dem Moloch, vor den unzähligen Gefahren, die dort lauerten und die er nur allzu gut aus den schrillen Reportagen des Kommerzfernsehens kannte. Nicht dass er den TV-Dreck allzu ernst oder gar wörtlich nahm, aber ein gewisses Körnchen Wahrheit steckte noch in der gröbsten Übertreibung, im grellsten Sensationsgeheische.

Nur mit dem flauschigen Bademantel bekleidet, entnahm er dem grün-rot karierten Stoffkoffer mit den Kunstlederkanten sein Notebook. Mit diesem Koffer war er schon Mitte der achtziger Jahre an die Ostsee gefahren, dann in den Thüringer Wald und ins Erzgebirge, um zusammen mit seiner Frau den Jahresurlaub in einem der FDGB-Ferienheime zu verbringen. Sie waren gut miteinander ausgekommen, vier, fünf Jahre lang. Und als Nadine, ihre Tochter, im Wendejahr '89 geboren wurde, hatten sie sich beide gefreut, denn Nadine war ein Wunschkind gewesen. Bergab ging es anderthalb Jahre später und zwar mit allem, was zählte im Leben, mit dem Beruf, mit dem Geld, das der Beruf einbrachte, und mit der Liebe, auch wenn es eine eingespielte Liebe war, eine unromantische, alltagstaugliche Liebe. Das war die Zeit, als Bruno Zabels Stützpunkt aufgelöst wurde und er von einem Tag auf den anderen nicht mehr Major der Luftstreitkräfte war, sondern, zum Niemand degradiert, beim Arbeitsamt vorsprechen musste. Wenig später zogen seine Frau und Nadine in die Kreisstadt, sodass Bruno seine Tochter nur noch alle vierzehn Tage für ein Wochenende nach Altwassmuth holen konnte.

Obwohl Bruno eigentlich ein sonniges Gemüt hatte, bekam er von diesen Erinnerungen schlechte Laune. Er griff zum Telefon und ließ sich von der Rezeption das WLAN-Passwort geben, dann las er für zwei Stunden Nachrichten im Internet, zog sich anschließend an und holte seinen geliebten Feldstecher aus dem Koffer, mit dem er sich ans Fenster setzte und die große Stadt Berlin betrachtete, die ihm quasi zu Füßen lag. Das

Zimmer in der zehnten Etage bot einen grandiosen Ausblick auf Neukölln und auf alles, was dahinter lag. Bruno verglich das, was er durch den Feldstecher sah, mit den Bildern der Stadt, die er parallel dazu auf Google Earth betrachtete. Auf diese Art verschaffte er sich eine erste Orientierung. Es wirkte beruhigend auf ihn.

Punkt neunzehn Uhr schlüpfte er mit der rechten Hand in die Schlaufe seines Gelenktäschchens, das seinen Ausweis und Geld enthielt, legte sich das beigefarbene Blouson über den Arm und fuhr mit dem Fahrstuhl hinunter ins Foyer. Für acht hatte ihn Kai van Harm in seine Junggesellen-Wohnung eingeladen, wo er ihm ein selbst gekochtes Drei-Gänge-Menü servieren wollte. Die Lage von Kais Wohnung hatte Bruno schon am Fenster ausgemacht. Er rechnete mit einer Viertelstunde zügigem Fußmarsch, höchstens.

Als Bruno an der unbesetzten Rezeption wartete, um den Zimmerschlüssel abzugeben, sah er sie, und für einen kurzen Moment, bevor er begriff, warum sie dort standen, kam es ihm äußerst bizarr vor: drei Elvis Presleys, zwei Tina Turners, zwei Charlie Chaplins, ein Michael Jackson sowie eine Marilyn Monroe in weißem Plisseekleid. Sie standen vor dem Eingang des Sterelle, rauchten und unterhielten sich. Ein Aufsteller neben der Rezeption klärte Bruno über den Grund ihres Daseins auf.

Exklusiv!
Nur heute 20.00 Uhr!
Und morgen!

Und am kommenden Wochenende!
Das Event-Hotel Sterelle
und die Konzertagentur Buff präsentieren:
»Superstars der Superstars«
Die große Doppelgänger-Revue

Die Superstars der Superstars hatten sich um einen kindshohen Standaschenbecher aus Metall gruppiert, in dem sich irgendetwas entzündet haben musste. Dunkler Qualm stieg daraus empor, den die stark geschminkten Prominentenimitatoren, wenn der Wind ihn in ihre Richtung trieb, mit wedelnden Handbewegungen zu verscheuchen versuchten.

Bruno sah sich um. Niemand vom Hotelpersonal war zu sehen. Er hätte den Zimmerschlüssel auch mitnehmen können, aber das war ihm zu unsicher. Möglicherweise zog er ihn unbemerkt aus der Hosentasche heraus, wenn er nach seinem Taschentuch griff, und verlor ihn auf diese Weise.

»Fräulein!«, rief Bruno auf Verdacht, aber so leise, dass es garantiert niemand hören konnte.

Wie zu erwarten, geschah nichts.

Einer der Elvisse draußen vor der Tür schnippte seine Zigarettenkippe von sich, dann zog er einen Stielkamm aus dem Inneren seines Rock'n'Roll-Kostüms und bearbeitete damit äußerst behutsam seine Tolle.

Erst jetzt entdeckte Bruno die kleine Klingel auf dem Tresen. Er rief noch einmal, diesmal laut und bestimmt: »Fräulein!«, dann hieb er auf die Klingel, und mit einem hohen, klirrenden Ton, der Bruno bis ins Mark fuhr, machte es: »Pling!«

Deckung!

Dieser Dorftrottel, dieser elende Bauerntölpel! Wie der schon wieder aussieht heute! In seinen Plastiksandalen! Dem Kunstfaserhemd! Mit diesem Deppenhut auf dem Quadratschädel! Eine Beleidigung fürs Auge. Ein ästhetischer Amoklauf. Die Birne rot wie ein Radieschen. Wampe, na klar!

Geh zurück in dein Dorf, Mann! Du Hinterwäldler! Steh mir nicht im Weg! Geh mir aus der Sonne!

Ja, da guckst du, keiner da. Ach! Niemand, der deinen Scheißschlüssel nimmt. Niemand … Deckung! Hat er mich gesehen? Nein, kann er nicht. Kann er gar nicht! Nicht durch das ganze Grünzeug hindurch.

Kommt immer noch keiner. Schade. Du musst schon etwas lauter rufen, wenn dich einer hören soll! Mein Bester! Mein lieber Bruno! Ja genau, das nennt man eine Klingel, und wenn man da draufschlägt, dann … Richtig, kommt eine nette Frau, und nimmt dir den Schlüssel ab. Und da ist sie auch schon. Wie aus dem Nichts. Und grinst, nicht weil sie freundlich zu dir ist. Nein, nein, du verstehst das ganz falsch, mein Lieber. Es ist nämlich ihr Beruf zu grinsen. Nein, du musst ihr nicht die Hand geben, wenn du dich verabschiedest. Ihr seid keine Freunde, Freundchen.

Aber vielleicht werden wir beide ja welche. Wer weiß. Ich bin gleich bei dir. Warte, Bruno! Eine Sekunde noch, und noch eine Sekunde … Aber jetzt! Jetzt aber los!

Im Gedränge

Der schrille Glockenklang war noch nicht verklungen, als sich in der hinteren Wand der Rezeption eine unsichtbare Tür öffnete, aus der die Rezeptionistin wie benommen – ja man musste es so sagen – heraustorkelte. Sie hatte einen roten Striemen auf der Stirn, so als habe sie gerade ein Nickerchen auf der Tischkante gemacht. Aber, ganz Profi, lächelte sie Bruno schon wieder freundlich zu, und Bruno, ganz Gentleman, übersah ihren schlaftrunkenen Zustand.

Er reichte ihr die elektronische Schlüsselkarte über den Tresen, doch statt sie zu nehmen, griff sie, vermutlich noch immer nicht ganz aus Morpheus' Reich zurück, versehentlich nach Brunos Hand.

»Pardon!«, sagte sie.

»Macht nüscht«, sagte Bruno, zwinkerte ihr vertraulich zu und begab sich Richtung Ausgang. Offenbar waren die Superstars mit ihren Zigaretten fertig, denn genau als er aus der Tür treten wollte, versperrte Bruno der kleine Pulk nachgemachter Berühmtheiten, von Marilyn Monroe angeführt, den Weg. Um ein Haar wären sie ineinandergelaufen. Zuvorkommend, wie Bruno war, trat er einen Schritt beiseite und lächelte der falschen Marilyn zu, die sich mit einem Knicks bedankte. Ihr auf den Fuß folgten die Tina Turners, die Charlie

Chaplins, der Michael Jackson. Alle stanken sie nach Zigarettenrauch. Zum Schluss betraten die Elvisse das Hotelfoyer, der letzte von ihnen nickte Bruno zu, und schon wollte Bruno nun seinerseits die Tür durchqueren, um endlich zu seiner Verabredung zu spazieren, als ihn von hinten ein heftiger Stoß traf. Im nächsten Moment fuhr ihm ein stechender Schmerz in den rechten Oberschenkel. Bruno ging in die Knie. Er spürte durch seine leichte Sommerhose den kühlen Stein des polierten Hotelfoyers. Dann hob er den Kopf und sah, wie ein Schatten hinter ihm Richtung Ausgang huschte, hinaus ins Freie, dort kurz innehielt und sich zu Bruno umwandte. Es war einer der Elvisse, das sah er sofort, einer der Imitatoren der heutigen Gala-Show. Doch halt. Nein, irgendwas stimmte nicht mit diesem Exemplar. Genau, jetzt fiel es Bruno auf. Er trug, anders als seine Kollegen, kein Elvis-Kostüm, keines dieser glitzernden, tief ausgeschnittenen, vor Fransen starrenden Ungetüme aus der Spätzeit des Sängers, auch keine Jeans und Lederjacke, Cowboy-Binder oder blaue Wildlederschuhe. Ganz im Gegenteil. Dieser falsche Elvis trug einen ganz unspektakulären, schwarzen Arbeitsoverall, der Bruno ein wenig an die Fliegerkombinationen der NVA-Jagdpiloten erinnerte. Und noch etwas war anders: Weder seine Gesichtszüge noch seine Haare waren echt, es war vielmehr eine Art Kautschukmaske, die oben auf dem schwarzen Overall saß, ein Karnevalskopf des großen Elvis Presley mit einem Hang zur Karikatur.

»Alles in Ordnung?«, hörte Bruno hinter sich eine Stimme fragen. Er drehte sich um und erkannte das

Gesicht der Rezeptionistin, der noch immer der rote Streifen auf der Stirn prangte.

»Ja, ja«, sagte Bruno, während er sich aufhelfen ließ, »nur dieser Rüpel da …« Er wandte sich wieder zum Ausgang und zeigte nach draußen, doch der Kerl mit Maske und Overall war nicht mehr da. »Da war so 'n Typ, verkleidet wie Elvis …«

Die Rezeptionistin lachte: »Ja, das ist heut wie 'ne Seuche.«

»Ja, dit issit wohl«, sagte Bruno, der keine Lust hatte, der Rezeptionistin den Unterschied zwischen den Gala-Elvissen und dem rüpelhaften Elvis, der ihn gerade umgestoßen hatte, zu erklären. »Schönen Abend noch, wa.«

»Den wünsch ich Ihnen auch«, sagte die Rezeptionistin.

Irgendwie war Bruno Zabel nach dem Rempler im Hotelfoyer etwas wacklig auf den Beinen. Der Fußweg, für den er maximal eine Viertelstunde eingeplant hatte, zog sich endlos hin. Bruno schwitzte, und seine Beine taten ihm weh. Zweimal auf der kurzen Strecke musste er sich auf eine Bank setzen und verschnaufen. Das kannte er so gar nicht von sich. Er war zwar keine Sportskanone, er aß viel Wurst, auch Berge von Fleisch, und er trank ganz gerne mal einen über den Durst, aber durch die vielen Wege, die er in Altwassmuth oft zu Fuß und häufiger noch auf dem Rad zurücklegte, auch durch die Gartenarbeit und die Arbeit mit den Störchen, für die Altwassmuth schließlich berühmt war, war seine Kondition, wenn nicht herausragend, so doch zumindest akzeptabel.

»Was ist denn mit dir passiert, Bruno?« Kai van Harm sah Bruno fassungslos an, nachdem er die Tür geöffnet hatte. Sein freundliches Lächeln erstarb schlagartig.

»Ick bin heut ein bisschen schwach zu Fuß«, gab Bruno zurück und wischte sich mit dem Handrücken über die schweißnasse Stirn, wobei ihm das Gelenktäschchen gegen die Nase schlug. Er fluchte leise, dann versuchte er ein Grinsen für seinen Gastgeber aufzusetzen: »Dit schwüle Wetter, der Kreislauf. Keene Ahnung, wat heut mit mir los is. Bin einfach malade. Jibt ja so Tage.«

»Und was ist das da?«, fragte van Harm, trat einen Schritt aus der Wohnungstür und zeigte ins Treppenhaus.

Bruno drehte sich um und sah die Bescherung: »Ach du grüne Neune!« Jetzt wurde ihm tatsächlich schwarz vor Augen, vermutlich vor Schreck. Doch bevor Bruno Zabel zusammensacken konnte, war van Harm an seiner Seite, packte ihn am Arm und zog ihn hoch. Dann standen sie da, Bruno auf den Freund gestützt, beide schwer atmend, und betrachteten für ein paar Sekunden die Blutspur, die Bruno im Treppenhaus hinterlassen hatte – alle paar Zentimeter ein Tropfen. Und das Blut, das ließ sich an Brunos heller Hose gut erkennen, war aus dem hinteren Aufschlag seines rechten Hosenbeines getropft. Am rechten Oberschenkel, knapp unter Brunos Gesäß, zeichnete sich ein faustgroßer, rostfarbener Fleck im synthetischen Stoff ab.

»Mensch Bruno, du musst ins Krankenhaus«, rief Kai lauter, als er wollte.

»Papperlapapp!«, knurrte Bruno. »Is do' bloß 'n Kratzer. Da reicht 'n Pflaster.«

»Wer muss ins Krankenhaus?« Die Nachbartür zur Linken war aufgegangen, und zum Vorschein kam der platinblonde Schopf von Peggy. Ihre Haare waren heute zu kleinen, fiesen Stacheln frisiert, die Seiten und die Nackenpartie waren millimeterkurz rasiert. Sie sah neugierig Kai und Bruno an.

»Peggy, gut, dass Sie da sind. Wir haben hier einen Verletzten zu bergen. Würden Sie …«, sagte Kai, aber da war Peggy schon in den Flur hinausgesprungen, hatte Brunos anderen Arm gepackt, und so brachten sie gemeinsam den unglücklichen Berlin-Touristen in van Harms Wohnung, wo es betörend nach gebratener Poularde und Kräutern roch.

Sie legten Bruno bäuchlings auf Kais Bett ab, und während van Harm ein paar Handtücher unter Brunos verletztes Bein legte, holte Peggy einen Erste-Hilfe-Koffer aus ihrer Wohnung.

»Meine jute Hose«, jammerte Bruno, als Peggy den Stoff mit einer Schere anschnitt und – ritsch, ratsch – bis hoch zur Oberschenkelwunde aufriss. Dann nahm sie einen Tupfer, auf den sie etwas Flüssigkeit aus einer Flasche gab, und tupfte damit auf Brunos Bein herum.

Kai musste sich abwenden. Das war ihm jetzt doch ein bisschen zu viel: Blut, getrocknetes und noch frisches, auf Brunos haarigen Schenkeln. Während Peggy Bruno behandelte, versuchte Kai lieber, durch ein lockeres Gespräch die Situation zu entkrampfen.

»Wusste gar nicht, dass Sie das können, Peggy, so als Arzthelferin.«

»Ick hab erst Schwester jelernt!«

»Ah«, sagte Kai.

»Issit schlimm, Frollein Peggy?« Bruno klang kleinlaut.

»Nee, zum Glück nich. Aba wenn ick Sie wär, würd ick morgen zum Doktor damit... Hast du mal 'n Topp heißet Wasser, Herr van Harm, und 'n Lappen...?«

Als Kai mit dem Wasser zurückkam, war Peggy noch immer am Tupfen. »Wat is eigentlich passiert?«, fragte sie Bruno.

Und Bruno, der nach dem Schock im Treppenhaus wieder etwas an Kraft zu gewinnen schien, erzählte die Geschichte von den Elvissen, den Marilyns und den anderen nachgemachten Prominenten, und auch von dem kleinen Gedränge an der Tür des Hotels Sterelle berichtete er und von dem Rempler des vierten Elvis', der im Gegensatz zu seinen drei Artgenossen nach draußen gestürmt war und eine Maske getragen hatte und so weiter, bis zu dem Punkt, wo ihm die Rezeptionistin wieder auf die Beine geholfen hatte.

»Ick versteh nur Bahnhof, ehrlich jesagt«, sagte Peggy.

»Also hat dich einer von hinten angerempelt, und du hast dich dabei irgendwie geschnitten?«, versuchte Kai van Harm die Sache auf den Punkt zu bringen.

»Könnte man so sagen«, sagte Bruno.

»Sieht aber eher aus wie ein Stich«, sagte Peggy, ohne mit der Tupferei aufzuhören, »nich besonders tief und vielleicht 'n Zentimeter breit. Wie vonnem Obstmesser oder so.«

»So wat passiert ebend manchmal«, sagte Bruno,

»Missjeschicke, Unfälle, blutije zumal. Wusstet ihr übrijens, dass die meisten Todesfälle im Haushalt …«

»Mensch Bruno, das sind doch olle Kamellen«, unterbrach ihn Kai. »Ich geh mal in die Küche und kümmere mich ums Essen. Ich glaube, das haben wir uns jetzt verdient.«

Nachdem die Beinwunde versorgt und ein wenig Farbe in sein Gesicht zurückgekehrt war, musste Bruno in Kai van Harms einzige und noch nie benutzte Jogginghose schlüpfen, weil Peggy, trotz Brunos Gejammer, den alten, beigefarbenen und nunmehr rostrot gesprenkelten Synthetikhosen-Kadaver ohne Umstände im Hausmüll versenkt hatte.

Anschließend saßen sie an der Tafel, die am Wohnzimmertisch eingedeckt war, aßen Salat und tranken leichte, süßliche Aperitifs. Damit Bruno wieder schnell zu alten Kräften kam, hatte Kai eigens eine Tasse Hühnerbouillon heiß gemacht, die er für Anlässe wie diesen portionsweise im Tiefkühlfach hatte. Anfangs sprachen sie noch über Brunos Verletzung, spekulierten über das Wie und Wo. Da sich die Diskussion aber schnell im Kreis zu drehen begann, gingen sie noch vor dem Hauptgang zu interessanteren Themen über.

Zum Beispiel über Kai van Harms noch immer vor sich hin stagnierende Ehe mit Constanze, in der es kein Vorwärts zu einer klaren Lösung gab und auch kein Zurück in den alten Zustand eines mehr oder weniger harmonischen Zusammenlebens. Über die so gut wie tote Beziehung zu seinen Kindern Janne und Erik, von denen Kai nur so viel zu berichten wusste, dass sie die todessehnsüchtige Mode-Verirrung ihres kurzen Landaufenthaltes im vergangenen Jahr abgelegt hatten und jetzt wie normale Teenager aussahen, die eine ausgeprägte Vorliebe für Markenklamotten und hochpreisige Elektronikartikel hatten.

Danach kamen sie kurz auf Peggys Familie in Marzahn zu sprechen, und anschließend berichtete Bruno über den Fortgang des Dorflebens in Altwassmuth nach den einigermaßen erschütternden Vorgängen des letzten Sommers, in die sie beide hineingezogen worden waren und die ja nun auf so wunderbare Weise zum Gegenstand von Kais erstem Buch geworden waren.

»So hat dit Schlechte ooch noch sein Jutet jehabt«, fasste Bruno diese Schicksalswendung in einem kurzen Satz zusammen, bevor Kai in die Küche ging, um die knusprige, goldbraune, nach Rosmarin duftende Poularde aus dem Ofen zu holen, die er dann unter allgemeinen Beifallsbekundungen am Tisch zerlegte.

Weil es sehr spät wurde, und Bruno ohnehin geschwächt war durch seine Verletzung und den Alkohol, dem er reichlich zugesprochen hatte, um den Schmerz, wie er behauptete, zu neutralisieren, ließ ihn Kai in seinem Bett übernachten, während er selbst es sich auf dem Wohnzimmersofa bequem machte.

Neuer Tag, neue Hose

»Arzt oder Kaufhaus?« Mit diesen Worten zog Kai am nächsten Morgen die Vorhänge zurück. Eimerweise Sonne drang ins Schlafzimmer. Bruno richtete sich auf und blinzelte, dann sah er auf seine Armbanduhr. Es war kurz vor zehn. Er hatte schon wieder verschlafen. Andererseits: Was hätte er mit sich anfangen sollen in Berlin, wenn er hier, wie in Altwassmuth, schon um sieben auf den Beinen gewesen wäre? Die Stadt machte ihn einfach müde. Der ganze Beton, der Krach, die Menschenmassen.

»Wieso denn jetze Kaufhaus?«

»Na deswegen«, sagte Kai und fischte mit spitzen Fingern die Jogginghose vom Fußboden, die er Bruno gestern geliehen hatte.

Bruno, ohne etwas zu entgegnen, tastete vorsichtig nach Peggys professionellem Verband. Ganz sacht bewegte er den Oberschenkel auf dem Laken, so als sei ihm das Bein eingeschlafen. Zwar merkte er durchaus noch, dass da etwas anders war als sonst, aber Schmerz konnte man das kleine stechende Gefühl kaum noch nennen. Erst recht nicht, wenn man Berufssoldat gewesen war in einem früheren Leben.

»Wie geht's dem Bein?«

»Allet duffte«, sagte Bruno.

»Also gehen wir heute einkaufen«, sagte Kai. »Wie schon gesagt, ich hab mir selbst die ganze Woche freigegeben. Und zwar nur für dich.«

»Willste eijentlich noch 'n zweetet Buch schreiben?« Bruno wuchtete sich in die Senkrechte und riss Kai die Jogginghose aus den Fingern.

»Ich glaube schon.«

»Und worüber?«

»Gute Frage«, sagte Kai. »Solche Sachen wie letztes Jahr passieren ja nicht am laufenden Band.«

»Dann musste dir wohl wat ausdenken?«

»Wenn ich Pech habe«, sagte Kai. »Aber jetzt komm erst mal in die Küche. Ich mach uns Eier mit Speck.«

»Dit is jut fürs Herz, hab ick mir sagen lassen.«

»Und für die Blutwerte!«

»Wat für 'ne Sauarei!« Bruno war wirklich empört, als sie eine Stunde später die Treppe hinunterstiegen. Er meinte das verschmierte und inzwischen braungetrocknete Blut im Hausflur, sein eigenes.

»Übermorgen kommt die Hausreinigung«, sagte Kai, »dann ist das alles wieder weg.«

»Von wegen allet wieder weg«, sagte Bruno, als sie in den frischen und sonnigen Maimorgen hinaustraten. »Kiek dir dit bloß ma an. Dit is do' peinlich.« Er zeigte in die Richtung, aus der er gestern Abend gekommen war. Selbst auf dem Bürgersteig waren braune Flecken zu erkennen.

Kai bestellte mit dem Handy ein Taxi.

»Haste denn keen Auto«, fragte Bruno, ohne den Blick von seinem getrockneten Blut abzuwenden.

»Den Volvo hat Constanze«, sagte Kai, »schon wegen der Kinder. Außerdem fahr ich nicht so gern.«

»Ach so«, sagte Bruno unkonzentriert. Er schien schwere Gedanken in seinem Kopf zu wälzen.

»Wo kaufst du denn gewöhnlich deine Kleidung?«, fragte van Harm.

»Inna Kreisstadt«, sagte Bruno und sah jetzt endlich vom Gehsteig hoch. »Beim Diskonter. Da krigste manchma 'n janzet Autfitt für'n Zehner.«

»Ich weiß«, sagte Kai, »ich kenne den Laden. Aber bedenke: Da ist alle Kleidung aus Erdöl. Und zweitens: von Kindern zusammengeklebt in Bangladesch.«

»Bin ick Krösus?«

»Ich sag ja nur.«

»Früher mit meine Frau manchma ooch in Frankfurt. Bei Wuhlwörß.«

»Gibt es nicht mehr.«

»Puh!«

»Dann lass uns einfach zum Ku'damm fahren!«

»Lieber zum Alex«, sagte Bruno, »dit kenn ick noch von früher. War immer janz schön so'n Ausflug in die Hauptstadt. Erst mit der Frau durch die Jeschäfte bummeln und denn im Palast-Restorang ein Steak mit Pommfritts und Kräutabutta futtern. Ick werd janz nostalgisch, wenn ick dran denke.«

»Den Palast …«, sagte Kai.

»Ick weeß, den jibts ooch nich mehr«, schnitt ihm Bruno das Wort ab und stapfte resigniert zur Straße.

Das Taxi ließ sie direkt vor dem S-Bahnhof raus. Der Alexanderplatz war vollgestellt mit einem Haufen von dunklen Verkaufsbuden aus rauen Holzbohlen, zwischen denen kleine Gassen verliefen. In der Hälfte der Buden rührte das Personal mit Holzpaddeln in riesigen Pfannen herum, in denen überall dieselbe graue, zerfallene Masse vor sich hinzubraten schien, obwohl die Aushänge mal »Champignonpfanne«, mal »Bratkartoffeln« versprachen, dann wieder »Schaschlik in Soße« oder »Nasi Goreng«. In den anderen Buden gab es hauptsächlich blinkenden Tinnef aus China, aber auch handgeschnitzte Räuchermännchen, Nussknacker und Schwibbögen aus dem Erzgebirge, was dem Büdchendorf trotz der Jahreszeit und der fast sommerlichen Temperaturen einen Hauch von Weihnachtsmarkt verlieh. Und tatsächlich war Bruno, als könnte er durch die schweren Essensdünste hindurch einen leichten Tannenduft erschnuppern.

Bruno erkannte den Brunnen der Völkerfreundschaft, wo er und seine Frau früher manchmal nach Stunden des Bummelns gerastet und eine Currywurst gegessen hatten. Wenn es warm gewesen war, hatten sie dabei die nackten Füße ins Wasser hängen lassen. Jetzt war das Wasserspiel abgestellt. Auf dem Brunnenrand saßen zwei Dutzend Besoffene herum, ein Drittel davon weiblich, die allesamt wie Punks kostümiert waren. Die von der billigen Sorte. Das Rudel Hunde, zu dem sich ihre struppigen, hinkenden und verlausten Köter vereinigt hatten, strich, sich selbst überlassen, an den Rückseiten der Fressbuden herum. Manche der Hunde hoben das Bein, andere fraßen von Resten, die sie dort entdeckten. Ihr Kläffen und Jaulen mischte sich mit dem lallenden Geschrei ihrer

Herr- und Frauchen zu einem Soundtrack des Grauens.

Das Einkaufszentrum Alexxa sah aus, als habe sich ein Teil der Hölle nach außen gestülpt, exakt drei Etagen hoch. Hässlich. Rosa. Die Farbe eines erbrochenen Pasta-Gerichts mit Tomatensugo. Obwohl es Mittag an einem Werktag war, stauten sich die Menschenmassen vor dem zentralen Eingang. Was allerdings zu einem Gutteil Schuld der Würstchenverkäufer war, die, es waren fünf in lockerer Reihe, ihr verschrumpeltes Bratgut ausgerechnet dort anboten. Was Bruno noch nie gesehen hatte: Die Wurstverkäufer standen nicht etwa hinter den heißen Grills, nein, sie trugen sie vor dem Bauch, sie hatten sie umgeschnallt. Zwei von den fünfen saßen sogar im Rollstuhl. Es war kaum zu glauben: Sie saßen im Rollstuhl und ihnen hing ein heißer Grill um den Hals. Ein bisschen schien es, als seien die Wurstverkäufer mit den funktionierenden Beinen neidisch auf die mit den gelähmten. Die verkauften wahrscheinlich mehr Bratwürste, wegen des Mitleidseffekts, und sie saßen bequem, wenn auch für immer. Jedenfalls lungerten die Wurstbrater im Abstand von je zwei Metern in einer Reihe vor dem Alexxa herum und hielten den Verkehr auf. Es kauften Menschen Würste, die rauskamen, und es kauften Menschen Würste, die hineinwollten. Bruno wollte nur raus, dabei war er noch nicht einmal drin.

Zwei Stunden blieben sie in der rosa Hölle, dann hatten sie eine Hose gefunden, die ungefähr so aussah wie Brunos alte: beige, billig und synthetisch. Und das, obwohl sie aus hundertprozentiger Bio-Baumwolle bestand. Doch Kai van Harm, den beim Betreten des Konsumtempels eine unendliche Müdigkeit überfallen hatte, hatte Bruno weder zu einer legeren Jeans überreden können noch zu einer klassischen Cordhose für den reifen Mann und Pfeifenraucher, geschweige denn zu einer der eleganten, gerade geschnittenen Anzughosen, wie er sie selbst gern trug. Zwar wirkte Bruno an seiner Seite apathisch wie nichts Gutes, aber seinen schlechten Geschmack trübte diese Mattheit durchaus nicht.

Erschöpft wie nach zehn Stunden Feldarbeit standen sie endlich wieder auf der Straße. Brunos neue Hose, die er gleich anbehalten hatte, leuchtete in der Sonne. Wundersamerweise hatte er aufgehört sein rechtes Bein leicht nachzuziehen, seit er sie trug, so als besitze sie geheime Heilkräfte. Kai winkte ein Taxi heran und dirigierte den Fahrer anschließend nach Kreuzberg in seinen alten Kiez, wo sie auf der Terrasse eines österreichischen Restaurants Leberknödelsuppe bestellten und Wiener Schnitzel mit Kartoffelsalat. Kai trank kalten Riesling dazu und Bruno kaltes Bier, und im Laufe der nächsten zwei Stunden kehrten allmählich ihre Lebensgeister zurück.

Gegen 17 Uhr beschlossen sie aufzubrechen, zu Fuß diesmal. Ein kleiner Verdauungsspaziergang konnte nicht schaden, zumal Bruno behauptete, überhaupt keine Schmerzen mehr im Bein zu spüren. Die Bio-Hose besaß also tatsächlich Wunderkräfte.

In Kais Wohnung wollten sie sich erst ein wenig ausruhen, vielleicht ein kleines Nickerchen machen, denn

Bier und Wein hatten ihnen die Lider schwer werden lassen, um danach zu beschließen, wie sie den Abend gemeinsam verbringen konnten.

Beginn der Unordnung

Erst als Kai van Harm den Schlüssel ins Schloss stecken wollte, merkte er, dass seine Wohnungstür nur angelehnt war. Er sah sich nach Bruno um, der hinter ihm stand.

»Haste wohl verjessen, die Tür zuzuziehen«, sagte Bruno.

Kai, den Türknauf in der Hand, überlegte. Nein, er zog nie die Tür einfach nur hinter sich zu, selbst wenn er bloß zum Briefkasten ging oder den Müll runterbrachte. Das hier war schließlich Neukölln Süd.

»Ich schließe immer ab«, flüsterte Kai und ging behutsam in die Hocke, um das Schloss nach Auffälligkeiten zu untersuchen, »und zwar doppelt.«

Auch Bruno beugte sich hinunter und befingerte den Türlack auf Schlosshöhe. Aber die Kratzer und kleinen Absplitterungen, die sie fanden, schienen allesamt schon älter zu sein.

Plötzlich hielt Bruno, der bis dahin recht laut geschnauft hatte, was am mühsamen Treppenaufstieg lag, die Luft an, sah Kai in die Augen und legte sich den rechten Zeigefinger auf die Lippen. Instinktiv hielt auch Kai die Luft an. Beide lauschten durch den Türspalt in die Wohnung hinein. Und beide konnten sie den eigenen Pulsschlag in den Ohren spüren.

Nach einer halben Minute, in der nichts passierte, in

der sie nur die gedämpften Straßengeräusche vernahmen, stieß Bruno mit einem Mal die angehaltene Luft so explosionsartig aus, dass Kai vor Schreck den Türknauf losließ, die Balance verlor und vornüberfiel. Mit der Schulter stieß er gegen die Wohnungstür, rollte in die Diele hinein und blieb dort liegen. Reglos. Er hörte, wie Bruno »Pssst!« machte und sah, dass er schon wieder die Luft anhielt.

Kai versuchte sich nicht zu rühren, ohne dass es einen wirklich triftigen Grund dafür gab. Nach einer weiteren halben Minute, in der abermals nichts passierte, ließ Bruno erneut die zurückgehaltene Atemluft mit einem lauten, platzenden Geräusch nach draußen. Kai sah sich in der Diele um. Durch das Milchglas der Küchentür fiel gedämpftes Tageslicht. Alles schien normal, die Türen, die zum Bad, zu Schlaf- sowie Wohnzimmer abgingen, waren geschlossen. Jetzt trat auch Bruno einen vorsichtigen Schritt nach vorne.

Im selben Moment hatte Kai van Harm eine Eingebung: »Peggy!«, flüsterte er in Brunos Richtung, bevor er sich leise räusperte und dann mit normaler, aber immer noch gedämpfter Stimme fortfuhr, »sie hat einen Schlüssel für meine Wohnung, nur zur Sicherheit, falls mal was ist.«

»Ach so«, sagte Bruno. Seine Stimme klang jetzt wieder so dröhnend wie immer. Er kam aus der Hocke hoch, streckte seinen Rücken durch und half anschließend Kai auf die Beine. »Dann wirdse wohl irgendwat verjessen ham jestern Abend.«

»Höchstwahrscheinlich«, sagte Kai und hängte sein Tweedjackett an den Garderobenhaken.

Er öffnete die Wohnzimmertür. Ein flüchtiger Blick genügte, um festzustellen, dass nicht Peggy mit dem Zweitschlüssel hier gewesen war.

Es war nicht so sehr die Botschaft selbst, ihr Inhalt, der Kai van Harm einen Schauer auf die Haut jagte, der gar nicht wieder vergehen wollte, es war vielmehr die Art und Weise, in der die Botschaft auf seine bis dahin saubere weiße Wohnzimmerwand aufgebracht war. Und es war natürlich die Farbe. Ein Signalrot, ein helles Blutrot, in der Maisonne, die durchs Fenster schien, eine Farbe, die Gefahr suggerierte, Verletzung, offene Wunden, Tod. Die Buchstaben waren groß, und sie standen kantig nebeneinander. Mit wildem Pinsel hingeworfen, von offenbar zorniger Hand. Ihre Ränder waren verlaufen, faserten nach unten aus in Hunderte Tropfen, kleinere und größere. Dicke Farbnasen klebten auch auf dem schwarzen Ledersofa, das an der Wand stand, genau unter der Botschaft. Das Sofa, auf dem Kai gestern Nacht noch geschlafen hatte. Auf dem dunklen Leder wirkten die Farbspritzer und Schlieren noch bedrohlicher. Wie ein Tatort, von dem man das verletzte, stark blutende Opfer fortgeschafft hatte.

Kai van Harm war sofort klar, dass seine Wohnung von dieser Stunde an nie mehr dieselbe sein würde. Jemand hatte ihre Integrität verletzt, hatte ihm, van Harm, den Kokon der Geborgenheit genommen, in den er sich jederzeit zurückziehen konnte, wenn ihm die Stadt da draußen zu aggressiv wurde, zu laut, zu rücksichtslos oder einfach zu hässlich. Van Harm war klar, dass er über kurz oder lang hier rausmusste. Seine

Wohnung war entweiht worden, war jetzt ein geschändeter Ort, der keinerlei Sicherheit mehr bot.

Unterdessen war Bruno von hinten an ihn herangetreten und versuchte mit zusammengekniffenen Augen die Botschaft an der Wand zu entziffern. Er bewegte dabei tonlos die Lippen. Kai, der wusste, dass Bruno kein Englisch sprach, las ihm die Worte langsam vor:

DON'T YOU STEP ON MY BLUE SUEDE SHOES!

Van Harms Stimme zitterte ein wenig beim Vorlesen. Bruno sah ihn ratlos an. »Was soll denn das?« Dass er Hochdeutsch sprach, zeugte von Brunos Anspannung.

»Das ist aus einem Song«, sagte van Harm. Er ging zu seinem Schreibtisch, klappte das Notebook auf und tippte etwas in die Tastatur.

»Das war doch nie im Leben Peggy«, sagte Bruno.

»Wohl eher nicht«, sagte van Harm, bemüht, seine Stimme tief und ruhig klingen zu lassen. In Wahrheit war er erschüttert, seine Knie fühlten sich an, als seien sie aus Pudding, und die Hände zitterten ihm, während er jetzt nervös auf dem Touchpad des Notebooks rumklickte.

»Wat war ick nich?«, sagte Peggy. Sie stand mit einem Mal im Zimmer und grinste. Sie schien direkt von der Arbeit zu kommen, denn sie hatte einen Rucksack aufgeschnallt. »Die Tür stand offen«, sagte sie fröhlich »und da dacht ick …« Sie hielt inne, weil sie die Parole an der Wand entdeckt hatte. »Ach du Scheiße!«

Kai sah kurz von seinem Notebook zu Peggy hoch, dann las er aus der Wikipedia vor: »Blue Suede Shoes, übersetzt: blaue Veloursléderschuhe, ist ein Rock'n'Roll-Song, den Carl Perkins im Jahre 1955 geschrieben hat und der 1956 zu seinem größten Hit wurde ...«

»Und icke dachte immer, der wär von olle Elvis«, plapperte Peggy dazwischen.

Kai schaute verärgert zu ihr rüber, bevor er fortfuhr: »Ebenfalls sehr bekannt ist die Interpretation von Elvis Presley.« Dann klappte er das Notebook wieder zu.

»Schon wieder Elvis«, sagte Bruno, und man konnte förmlich sehen, wie es in seinem Kopf ratterte.

»Du meinst ...?« Kai stockte der Atem. Auch ihm sah man an, dass er im Kopf Dinge zu kombinieren versuchte, von denen nicht klar war, ob sie wirklich zusammengehörten. Die Elvis-Versammlung am Aschenbecher der Hoteltür, von der Bruno gestern berichtet hatte. Der rempelnde Elvis, der von Aussehen und Kleidung nicht so recht zu seinen Artgenossen hatte passen wollen, und der, ob versehentlich oder mit Absicht, für Brunos Verletzung verantwortlich war. Die Blutspur schließlich, die, vermutlich an der Hotelpforte beginnend, bis hoch vor Kais Wohnungstür führte. Und als Krönung des Ganzen der blutrote Elvis-Spruch hier an seiner Wand.

»Deine Blutspur, Bruno«, sagte van Harm schließlich, »die ist sozusagen die Verbindungslinie von den Elvissen des Sterelle zu dem Elvis-Song-Zitat an meiner Wohnzimmerwand.«

»Stimmt«, sagte Peggy, und auch Bruno nickte bedachtsam. Dann fragte er: »Wat heißt dit jetz eijentlich uff Deutsch?«

»Tritt mir nicht auf meine blauen Wildlederschuhe«, sagte Kai.

»Velourslederschuhe«, korrigierte ihn Peggy. »Trete nich uff meine blauen Velourslederschuhe, Herr van Harm. Hamse doch selba grade so vorjelesen.«

»Tritt!«, sagte van Harm. »Tritt mir nicht, wenn schon!«

»Wie jetze?«

»Der korrekte Imperativ von treten lautet tritt und nicht trete!«

»Grammatik-Nazi«, murmelte Peggy leise vor sich hin, aber Kai hörte es doch.

»Eine Aufforderung also«, sagte Bruno. »Oder man könnte, so wie der Spruch da anne Wand jekleistert wurde, ick meine die Aggressivität, mit der dit Janze dort jeschrieben steht, durchaus von einem Befehl sprechen, oder?«

»In der Tat«, sagte Kai.

»Tritt mir nich uff meine Schuhe! Aus welchem Material die sind, is ja erst mal wurscht. Wat im übertragenen Sinne sowat bedeuten könnte wie: Kümmer dich um deinen eijenen Kram! Oder: Steh mir nich im Wege rum, bei dem wat ick vorhabe. Könnte man dit so sagen?«

»Durchaus«, sagte Kai van Harm, »im Sinne von: Komm mir nicht in die Quere«. Er sah Bruno erwartungsvoll an, in der Hoffnung, dieser würde mit seinen Ausführungen fortfahren. Was aber nicht passierte. Entweder Bruno hatte den Faden verloren oder die Luft war schon wieder raus, jedenfalls stand er nur da, rieb sich das Kinn und starrte mit großen Augen die blutrote Liedzeile über dem Sofa an.

»Is dit eigentlich Blut oder Farbe«, fragte Peggy.

»Eine gute Frage«, sagte Kai. »Ich würde mal raten Farbe, die wie Blut aussehen soll.«

»Na ja, is ja jetzt ooch erst mal egal«, sagte Peggy, »dit wird die Polizei noch früh jenuch rauskriegen.«

»Apropos Polizei«, sagte van Harm und nahm sein Handy vom Schreibtisch.

»Wat? Sie haben noch jar nich?« Peggy war aufrichtig empört.

Kai tippte die erste Eins des Notrufs ein, dann die zweite ... Es war dieses Tippen, begleitet von einem leisen Piepton, das wie ein Signal auf Bruno wirkte. Ein Signal, das ihn aus seiner Versunkenheit riss, und das ihn in ganz und gar unangemessener Lautstärke, so als hingen Leben und Tod davon ab, ausrufen ließ: »Nein! Keine Polizei!«

Peggy fuhr zusammen. Kai wäre beinahe das Telefon aus der Hand gefallen.

»'tschuldigung«, sagte Bruno mit gedrosseltem Volumen, »aber ma ehrlich, Kai, dit hier könnte unsre Schangse sein. Also deine, natürlich.«

Kai sah ihn fragend an. Er wusste nicht, was sein Freund meinte.

»Mensch, unsa Jespräch von heute Morgen«, sagte Bruno, »dit zweete Buch. Du musst dir nüscht mehr aus die Finger saugen. Hier issit.« Bruno zeigte auf die beschmierte Wand.

»O nein ...«, sagte Kai, und es klang sehr entschieden. Aber Bruno ließ ihn nicht zu Wort kommen.

»Dit hier is wie ein Anfang. Die erste Seite, vastehste? Wir müssen einfach nur abwarten und richtig reagieren, und wenn wa Glück haben, blättert sich dit janze

Buch vor uns auf. Von alleene. Wir müssen die Jeschichte dann nur noch uffheben, sozusagen.« Er machte eine kurze Pause, dann fuhr er fort. »Kann natürlich ooch sein, dass es nich klappt. Dass die janze Sache ein Blindgänger is oder dit hier«, er zeigte wieder auf die Wand, »nich mehr wie ein schlechter Scherz. Aber wat soll's: Dann hätten wa ooch nüscht verloren. Denn machste eben wieder mit Plan B weiter und saugst dir für dein Buch wat aus die Finger.«

»O nein, Bruno, vergiss es!«, wiederholte Kai van Harm mit Nachdruck. »Das hier ist Berlin. Eine richtige Stadt, mit Millionen von Menschen. Nicht mit ein paar hundert Hanseln wie in Altwassmuth, wo jeder jeden kennt. Das hier ist ein paar Nummern zu groß für uns.«

»In Altwassmuth letztet Jahr sind wa reinjerutscht. Wir hatten keene Wahl, wir mussten mitmachen. Bei dem hier, ham wa aber die Wahl, und deshalb ham wa die Dinge besser unter Kontrolle. Wir kieken einfach mal, ob wat jeht und warten ansonsten ab. Und wenn's wirklich jefährlich wird, können wa immer noch die Polizei rufen.«

»Die sich dann bedanken wird«, sagte Kai sarkastisch und legte sein Handy vorerst beiseite. Er merkte, dass sich Bruno in den Gedanken festgebissen hatte und im Moment nicht von ihm ablassen würde.

»Wir brauchen einen Plan«, sagte Bruno, als wäre die Sache abgemacht und nahm ein Blatt Papier von Kais Schreibtisch samt einem Bleistift.

»Au ja«, sagte Peggy, »ein Plan«, und sie rieb sich vor Begeisterung die Hände, so als bereiteten sie hier ein Räuber-und-Gendarm-Spiel für den Kindergeburtstag vor.

Kai war enttäuscht. Er hatte gehofft, dass Peggy ihm helfen würde, Bruno zur Vernunft zu bringen. Stattdessen fragte sie aufgekratzt: »Will noch wer ein Bier? Ick geh mir eins holen.«

»Hier«, sagte Bruno und hob die Hand. »Und wär'n Sie so freundlich, mir Zahnputzzeug mitzubringen? Ick übernachte nämlich heute hier.« Er sah Kai an, der nur mit den Schultern zuckte.

»Aye, aye, Sir«, flötete Peggy, »bin gleich wieder da.«

»Na denn woll'n wa mal«, sagte Bruno und grinste zufrieden.

Die Idylle zerstören

Schön habt ihr's hier.

Ist ja keine Selbstverständlichkeit mehr heutzutage. Geht ja überall nur alles bergab. Den Bach runter. Die Zeitungen sind voll davon. Aber euch geht's gut. Das ist die Hauptsache. Alles schön hell, aber warmes Licht. Hohe Räume. Stuck sogar, wie ich sehe. Bepflanzter Balkon selbstverständlich, Blumen. Und Kräuter. Ihr kocht schließlich frisch. Rosmarin und Basilikum.

Schön ist es bei euch, harmonisch wie im IKEA-Katalog. Wie ihr so friedvoll beieinandersitzt. Die Gabeln nicht zu voll nehmt. Und sie zum Mund führt, statt den Mund zum Teller. Und aufmerksam miteinander redet zwischen den Bissen. Euch in die Augen seht dabei. Der Esstisch aus hellem Holz. Ein Strauß Tulpen in der Vase, schöner Farbakzent. Sehr geschmackvoll das.

Eine glückliche Familie, wie es scheint. Die Mutter, trotz ihrer vierzig, noch jugendlich. Zwei Kinder, wohlgeraten. Der Vater ... Aber ach, wo ist er denn hin? Da fehlt ja einer, zum perfekten Glück. Sitzt allein in seinem Rattenloch. Neukölln, wo es stinkt.

Ihr könnt es nicht wissen, doch ich bin gekommen, um euch zu stören. Ich werde euch die Idylle versauen. Euer fast perfektes Paradies am Kanal.

Ich hab euch etwas mitgebracht. Nicht viel fürs Erste. Aber hier: Nehmt es trotzdem.

Bitte sehr! Gern geschehen!

Ein Plan

Gleich nachdem Peggy runter in den Supermarkt gegangen war, um Bier und Waschzeug zu kaufen, hatte sich Bruno Kais Handy geben lassen. Er war damit in die Küche verschwunden, von wo ihn Kai telefonieren hörte. Das Ganze dauerte fast zwanzig Minuten.

Als er zurück ins Wohnzimmer kam, wirkte er zufrieden. Ohne ein Wort an van Harm zu richten, der ihn neugierig ansah, setzte sich Bruno an den Schreibtisch und machte sich Notizen. Er schrieb langsam und sorgfältig. Seine Laune steigerte sich noch einmal, als Peggy kurze Zeit später wiederkam und Dosenbier verteilte.

»Also hört zu, Freunde«, sagte er, nahm einen Schluck Bier und wischte sich mit dem Handrücken über den Mund. »Das Erste, wat wir machen müssen, ist den Schlamassel hier, so jut es geht, zu dokumentieren. Die Wand kann ja so bleiben, aber wenigstens das Sofa sollten wir sauber machen. Da muss schließlich Kai heute Nacht druff schlafen.« Bruno sprach fast Hochdeutsch und sehr akzentuiert. Er war also voll bei der Sache.

»Wir könnten aba ooch 'ne Decke drüberlegen«, gab Peggy zu bedenken, »oder ein Laken, falls wa doch noch mal die Polizei rufen müssen. Ick meine, damit wenigstens noch ein bisschen wat von die Spuren da is.«

»Sehr vernünftig«, sagte Bruno. »Hat jemand eine Kamera, für die Beweisfotos, meine ist leider im Hotel.«

»Ick hab 'n Smartphone«, sagte Peggy und zog ihr Telefon hervor, »damit kann man sojar Filme machen.«

»Na denn fangen Sie schon mal an«, sagte Bruno. »Vielleicht finden Sie ja was Interessantes. Zweitens«, fuhr er fort, während Peggy filmte oder Fotos schoss oder beides, »wir müssen Ruhe bewahren. Keine Anzeichen von Nervosität zeigen. Wat in der Praxis bedeutet, dass Peggy janz normal zur Arbeit geht und ich weiter den Berlin-Touristen spiele und Kai den Fremdenführer. Wichtig dabei: Augen und Ohren uffhalten. Drittens: Wir müssen meine Sachen aus dem Hotel holen, denn ick werde mein Lager hier aufschlagen.«

»Aber wieso denn?«, platzte Kai heraus.

Bruno winkte unwirsch ab und fuhr fort: »Bei der Gelegenheit werde ich der Rezeption ein paar Fragen stellen. Von wegen Elvis. Dit stinkt, meiner Meinung nach, zum Himmel. Natürlich muss es aussehen, als würde ich noch im Hotel wohnen, die ganzen Tage lang, die das Zimmer gebucht ist. Deshalb werde ich den Hotelschlüssel an mich nehmen.«

»Aber wieso musst du denn unbedingt aus dem Hotel raus?«, fragte Kai van Harm, »da ist es komfortabel, und da gibt es einen Sicherheitsdienst ... Und Frühstück. Und du kannst dir sogar deine Wäsche waschen lassen.«

»Weil das hier«, sagte Bruno mit einer Stimme, die keinen Widerspruch duldete, und machte eine kleine, dramatische Pause, »weil das hier unser Hauptquartier wird. Der Ort, an dem wir unsere Kräfte konzentrieren und unsere Technik aufbauen. An dem wir beraten werden und schlussfolgern, an dem wir auswerten und analysieren und Schlachtpläne entwerfen. Der Ort, an dem wir unserer Strategie die Taktik anpassen. Unser Unterstand, unser Generalstab, unser Befehlsstand.«

Peggy hatte bei Brunos letzten Worten ihr Smartphone sinken lassen und starrte ihn nun entgeistert an.

»Wir werden hier nicht als Amateure agieren«, sagte Bruno, »und uns wehrlos und unbewaffnet zum Abschuss aufstellen.« Er trank einen Schluck Bier. »Wir sind schließlich nicht Emil«, sagte Bruno und zeigte dabei auf Kai, »und die Detektive.«

Kai musste an Brunos Haus in Altwassmuth denken, an das eine Zimmer, das er nur ein einziges Mal betreten hatte, und das vollgestellt war mit Computern und anderer Technik, von der er beim besten Willen nicht zu sagen gewusst hätte, wofür sie gut war.

»Damit wäre ich auch schon beim letzten und wichtigsten Punkt: Wir bekommen Verstärkung. Morgen früh, 3 Uhr 30.«

Kai stöhnte leise auf. Er hätte Bruno nie von dem zweiten Buch erzählen sollen.

»Wat is denn dit für 'ne Zeit?«, empörte sich Peggy.

»Das ist eine sehr unchristliche Zeit«, sagte Bruno, »eine Zeit, wo die Wahrscheinlichkeit, jesehen zu werden, am geringsten ist. Die meisten Nachtschwärmer sind schon im Bett. Die meisten Arbeiter schlafen noch.«

»Stimmt.«

»Vier Mann«, sagte Bruno.

»Vier Mann?«, fragte Kai van Harm, und seine Stimme klang schrill.

»Vier Mann«, sagte Bruno nochmal und im selben nüchternen Tonfall. »Mit diesen vier Mann werden wir vier unauffällige, aber zuverlässige Fahrzeuge bekommen, mit flexibler amtlicher Kennzeichnung.«

»Mit wat?«

»Mit auswechselbaren Nummernschildern, wenn ich richtig verstanden habe«, sagte Kai.

»Genau«, bestätigte Bruno, setzte die Bierdose an und nahm zwei sehr ausgiebige Schlucke.

Kai starrte seinen Freund an.

»Mann, Bruno, was sind denn das für Typen, die du hier einfach so anschleppst? Mit gefälschten Nummernschildern. Mit Waffen womöglich. Mit was weiß ich noch allem. Ohne mich zu fragen, ob mir das recht ist!«

»Ich mache das einzig und allein für dich, mein Gutster, und die Menschen, die du abfällig als Typen bezeichnest, sind absolut vertrauenswürdige Genossen ... das heißt Freunde.«

»Was für Freunde?« Kai malte unsichtbare Gänsefüßchen in die Luft, als er das letzte Wort aussprach.

»Von früher.«

»Doch nicht von der NVA?«

»Doch, genau daher.«

»Warum lassen die so einfach mir nichts, dir nichts alles stehen und liegen, wenn du rufst?«

»Weil ick vielleicht der Dienstgradhöhere bin?«

»Das ist doch Quatsch. Das ist doch alles zig Jahre her.«

»Wenn du es sagst«, sagte Bruno.

»Und was treiben deine sogenannten Freunde heute so, ich meine, wenn sie nicht gerade deine Befehle ausführen? Ich meine, was arbeiten die, was sind die von Beruf?«

»Die sind alle selbstständig. Sicherheitsbrangsche. Die haben keine Vorgesetzten, und die arbeiten nicht für den Staat. Das heißt: für diesen Staat. Die ham nämlich einen Eid abgelegt, damals, und die ham nicht vor, den jemals zu brechen.«

»Was denn für einen Eid?«

»Den Fahneneid. Falls dir dit was sagt als Pazifist.«

»Und wie steht's mit dir?«

»Kein Kommentar«, sagte Bruno.

»Und von wo reisen die an?«

»Dit is nicht dein Bier.«

In diesem Moment klingelte Kais Handy. Bruno reichte es ihm rüber. Es war Constanze, van Harms Ehefrau, präziser gesagt: seine Noch-Ehefrau.

»Ja?«, sagte van Harm.

»Du musst sofort kommen, Kai, es ist was passiert.«

Steinschlag

Vor dem Gründerzeithaus am Kreuzberger Paul-Lincke-Ufer, in dessen erster Etage Kai und Constanze vor nicht allzu langer Zeit noch gemeinsam in einer Eigentumswohnung gelebt hatten, stand im Dämmerlicht des frühen Abends ein Streifenwagen der Polizei.

Peggy parkte ihren roten Opel Corsa direkt dahinter. Dann stiegen sie aus.

»Polizei«, kommentierte Bruno unnötigerweise, »dit is jar nich jut.«

»Red doch nicht so einen Blödsinn, Bruno«, sagte Kai und stürzte mit den Schlüsseln in der Hand zur Haustür.

Bruno folgte ihm nicht. Peggy zögerte ebenfalls. Dann setzte sie sich auf den Bordstein neben den Corsa, zog ihr Smartphone hervor und begann, darauf herumzudaddeln. Das Smartphone beleuchtete ihr Gesicht von unten. Ihr Anblick machte Bruno ganz kirre. Nervös war er ohnehin, weil er nicht wusste, was sich dort oben in der Wohnung abspielte, zwischen Kai und seiner Familie und der Polizei. Was da überhaupt passiert war und sie zu dem hektischen Aufbruch aus Neukölln veranlasst hatte, denn offensichtlich war das auch Kai nicht ganz klar geworden nach dem Telefonat mit seiner Frau.

Bruno begann jetzt auf und ab zu gehen, direkt hinter Peggy, vier Schritte auf, vier Schritte ab. Nachdem er diese Prozedur fünfmal wiederholt hatte, wurde nun Peggy ihrerseits nervös.

»Mensch Bruno, muss denn dit sein!« Sie schaltete genervt ihr Telefon aus und stand auf.

»Peggy, Sie sind doch 'ne junge Frau.«

»Ja, warum?« Peggy klang misstrauisch.

»Und ooch sportlich, wa?«

»Ick mach Fitness und manchmal Yoga.«

»Dann ham Sie's ooch noch nich so im Kreuze wie icke, oder?«

»Worauf wolln Sie hinaus, Bruno? Sie reden um den heißen Brei rum, dass es qualmt.«

»Sie sehn doch den Vorgarten hier.«

»Wir stehn ja direkt davor.«

»Und da mittenmang wächst doch so'n oller Baum.«

»Ja.«

»Und sehn Sie die Astgabel von dem Baum?«

»Ja.«

»Und die sieht nicht nur janz jemütlich aus, sondern die is ooch höchstens in drei Meter Höhe. Also jut erreichbar für'n sportlichen Menschen, zumal mit Unterstützung einer weiteren Person. Und dit Beste is, von dort oben lässt sich außerdem ein Eins-a-Blick in die erleuchtete Wohnung im ersten Stock werfen. Da wo der Balkong is mit die Blumen.«

»Und?«

»Jardinen jibts ja anscheinend keene mehr in der Stadt, und Leute sind ooch sonst keene zu sehen. Passiert ja nüscht.«

»Mensch, Bruno, kommen Sie mal zum Punkt. Wenn Sie neugierg sind, jehn Se einfach hoch und stelln sich als Freund von Herr van Harm vor.«

»Könnt ick natürlich machen, klar. Aber dit is taktisch nich unbedingt klug. Man sollte nich immer gleich ufftauchen, wie der Elch im Porzellanladen.«

»Dit kann ick allerdings nur unterschreiben«, sagte Peggy.

»Also?«

Sie zögerte einen Moment, dann zuckte sie mit den Schultern: »Na, ausnahmsweise.«

Durch ein schmales Tor im verschnörkelten, schmiedeeisernen Zaun betraten sie den Vorgarten. Praktischerweise waren in Abständen flache Steinplatten in die Erde eingelassen, sodass sie nicht zwischen die Blumen zu treten brauchten.

»Halten Sie mal«, Peggy gab Bruno ihr Smartphone, der es sich in die Hosentasche stopfte. Dann ging er in die Knie, federte leicht auf und ab, positionierte seine verschränkten Hände zur Räuberleiter am Baumstamm und suchte Blickkontakt zu Peggy. Die setzte einen Fuß auf Brunos Hände, legte ihre eigenen auf seine Schultern, und Bruno zählte. »Eine … zwei … drei …« Er stemmte Peggy so hoch er konnte. Gleichzeitig aus den Knien und aus dem Kreuz. Im selben Moment fuhr ihm ein greller Schmerz durch Letzteres, als habe ihm jemand eine lange Kanüle dort hineingejagt, und auch der Stich im Oberschenkel meldete sich zurück. Aber sie hatten es geschafft. Peggy hatte einen Ast zu fassen bekommen und zog sich nun langsam hoch.

Bruno schnaufte, aber nach einer Weile hatte er seinen Atem wieder unter Kontrolle.

»Wat sehen Sie?«, hauchte er in seiner unnachahmlichen Art, flüsternd zu schreien, nach oben ins Geäst. Peggy war in dem dicht belaubten Baum kaum zu erkennen.

»Da is ein Loch im Fenster.«

»Ein Loch?«

»Das Fenster is kaputt, gesplittert oder so.«

»Und weiter?«

»Zwei Polizisten, ein Mann und eine Frau. Der Mann steht an der Tür. Die Frau redet uff eine andere Frau ein, die an Herrn van Harm seine Schulter hängt und heult.«

»Dit is Constanze«, sagte Bruno, »die Gattin von Kai, janz patentet Mädel.«

»Die sieht aba noch ziemlich jut aus für ihr Alter.«

»Die is noch nich so alt. Anfang vierzig vielleicht.«

»Na, ick bitte Sie aber!«, sagte Peggy, und es ließ sich nicht genau sagen, was sie damit meinte.

»Und sonst«, hauchte Bruno nach oben.

»Die hört gar nich mehr uff zu reden«, sagte Peggy, »aber irgendwie hört ihr andererseits ooch keener richtich zu.«

»Könnse wat verstehn durch dit kaputte Fenster?«

»Nein«, flüsterte Peggy, nachdem sie versucht hatte zu lauschen.

»Herr van Harm seine Kinder sitzen auch noch am Tisch.«

»Dit sind Janne und Erik. Und wat machen die?«

»Nüscht, kucken halt wie Teenager und fummeln an ihren Handys rum.«

»Dit kenn' wa ja.«

»Wow. Da liegt auch noch 'ne ziemliche Klamotte uffm Tisch.«

»Wat liegt da?«

»Ein Stein, ziemlich groß. Sie sollten nicht so schreien, Bruno.«

»Langsam jeht mir ein Licht auf«, sagte Bruno.

»'ne kaputte Vase seh ick auch noch. Und die Polizei sabbelt und sabbelt. Und Herr van Harm seine Frau flennt und flennt. Mann, wie im Fernsehen. Bei olle Derrick. Ah, und jetzt kommt ein bisschen Bewegung in die Sache. Herr van Harm ergreift das Wort.«

»O nein, bloß das nicht«, stieß Bruno hervor. Und schon hatte er sich vom Baum abgewandt und stürzte davon, ohne auf Peggys Protest zu reagieren. Er hatte Mühe, genau auf die Steinplatten zu treten. Peggy oben im Baum war ihm erst mal egal. Vielleicht kam sie von selber runter, ansonsten musste sie eben ein paar Minuten warten. Sie hatte immerhin einen Logenplatz für den Auftritt, den Bruno gleich hinlegen musste. Vor der Polizei und vor der versammelten van-Harm-Sippe. Damit Kai nicht aus lauter Angst in eine sinnlose Kooperationsbereitschaft verfiel, Sachen ausplauderte und damit ihr Projekt gefährdete.

Unten an der Haustür drückte er die Klingel und ließ sie gar nicht mehr wieder los. So lange, bis die Gegensprechanlage knackte. Kais Stimme klang unsicher, ja furchtsam: »Ja, bitte?«

Damit hatte Bruno im Grunde schon erreicht, was er wollte. Kai hatte das Gespräch mit der Polizei unterbrechen müssen, um nachzusehen, wer an der Tür war. Und ehe er den Faden wiederfand und sich möglicherweise doch noch verplappern konnte, war Bruno schon oben in der Wohnung und konnte die Dinge nach seinem Gusto regeln. Im Sinne ihres gemeinsamen Vorhabens.

»Bruno hier, ick komm jetzt hoch. Ick hab der Polizei wat zu erzählen?«

»Du?«

»Ja, icke. Frag nich weiter. Lass mich einfach mit denen reden.«

»Ich weiß nicht, ob das jetzt so günstig ist.«

»Nun mach schon uff, Mensch!«

Die Tür summte, und Bruno stürmte das Treppenhaus hoch, so gut ihm das in seiner Allgemeinverfassung möglich war. Oben an der Wohnungstür erwartete ihn Kai.

»Kurzrapport! Pronto!«, schnappte Bruno und trat ein.

»Ein Stein kam durchs Fenster geflogen. Komischer Spruch drauf. Ähnlich dem, der bei mir …«

»Ist das Ihr Bekannter, Herr van Harm?«, ertönte in diesem Moment eine Stimme. Ein Polizist war aus dem Badezimmer in den Wohnungsflur getreten. Man hörte noch die Klospülung rauschen. Die beiden Freunde wandten sich zu ihm um.

Im Übrigen war allein der Flur hier schon so groß wie van Harms Neuköllner Wohnzimmer. Er war gut ausgeleuchtet und mit zwei mannshohen Trockenblumengestecken dekoriert sowie verschiedenen Landschaftsaquarellen, die Constanze von Brandenburger Künstlern gekauft hatte. Hier hätte man als Gast gern seine Iso-Matte ausgerollt.

»Ja, dit bin ick«, sagte Bruno und wurde mit einem Mal sehr ruhig. »Is ’ne lange Jeschichte, wie wir uns kennenjelernt haben …«

»Ja, ja«, fuhr der Polizist ihm ins Wort, »kann ich mal Ihre Papiere sehen?«

Bruno pfriemelte seine Ausweiskarte aus der hinteren Hosentasche und reichte sie dem Mann. Dabei merkte er, wie ihm Peggys Smartphone in die Leistengegend drückte: Hoffentlich hielt sie still in ihrem unfreiwilligen Ausguck im Baum.

»Ick will eine Aussage tätigen«, sagte Bruno.

»Dann kommen Sie«, sagte der Polizist, »das macht meine Kollegin.« Er führte Bruno ins Esszimmer, wo sich ihm exakt die Szenerie bot, die Peggy vorhin beschrieben hatte. Nur Kai musste sich erst wieder neben Constanze stellen, was er denn auch augenblicklich tat.

»Ich geh mal runter, die Papiere prüfen«, sagte der Polizist zu seiner Kollegin und machte dabei eine Geste, als würde er an einer unsichtbaren Zigarette ziehen. Brunos Ausweis ließ er auf dem Tisch liegen.

»Kennen Sie diesen Mann?«, fragte die Polizistin in die Runde hinein.

»Das ist Bruno«, sagte Janne.

»Ja, Bruno«, sagte Erik, ohne von seinem Handy aufzusehen.

»Das ist Herr Zabel aus Altwassmuth im Oderbruch«, bestätigte Constanze, während ihre Augen auf Bruno ruhten. »Wir haben ein Wochenendhaus in Altwassmuth.«

»Und?«, fragte die Polizistin, wirkte dabei aber nicht sonderlich interessiert.

»Und was?«, fragte Constanze.

»Also, es ist so …«, begann Kai van Harm und erzählte anschließend in aller gebotenen Ausführlichkeit vom Entstehen ihrer Bekanntschaft und vom Übergang dieser Bekanntschaft in eine Freundschaft. Er riss auch die seltsamen Erlebnisse des letzten Jahres an, und wie ihre Zusammenarbeit der Polizei von Frankfurt/Oder genutzt hatte.

Das Ganze dauerte fast zehn Minuten. Die Polizistin machte sich keinerlei Notizen, sondern nickte nur hin und wieder apathisch oder unterdrückte ein Gähnen. Und es endete damit, wie Bruno für seine Verdienste um Kais erstes Buch vom Buttermann-Verlag ins Erlebnishotel Sterelle eingeladen worden war und zwar für eine ganze Woche lang. Die saß er nun gerade ab, sozusagen.

»Wobei wir auch schon beim Thema wärn«, sagte Bruno, als Kai verstummte.

»Puh«, sagte die Polizistin, »noch so ’n Seemannsgarn?«

»Das ist alles wahr!«, rief Kai van Harm.

»Ja, ja, schon gut«, sagte die Polizistin, »so war das nicht gemeint.«

»Keene Bange«, sagte Bruno, »meine Aussage wird Ihre Anwesenheit hier eher verkürzen. Is ja schon spät, und inna Stadt wie Berlin ruht dit Vabrechen ja nu’ ooch nich’ grad. Da issit doch nicht jut, wenn wir Sie hier aufhalten mit unsan Dummejungenstreich, wa Kai?« Bruno fing Kais irritierten Blick auf.

»Einen Anschlag bezeichnen Sie also als Dummejungenstreich, Bruno.« Constanze fuhr empört auf.

»Ja, dit tu ick«, sagte Bruno, schob aber hastig ein lang gedehntes, beschwichtigendes »denn« hinterher, »*denn* – ick fürchte, unser lieber Kai hat sich nicht getraut mit der Wahrheit rauszurücken. Wat ick verstehn kann. Für ihn steht einiget uffm Spiel. Nich zuletzt die Familie, wa?«

»Drücken Sie sich bitte ein bisschen klarer aus!«, sagte die Polizistin.

»In Ordnung. Und zum Mitschreiben: Wir haben dit Ding jeworfen«, sagte Bruno. Er zeigte auf den Pflasterstein, der friedlich neben der zerbrochenen Vase und den Tulpen auf dem Esstisch lag.

»Sie haben diese Klamotte in die Wohnung Ihrer Exfrau geschmissen?«

»Wir sind noch immer verheiratet«, sagte Kai.

Die Polizistin sah Constanze an, und Constanze nickte. Anschließend tauschten die Noch-Verheirateten einen kurzen Blick aus. Keinen der Liebe, aber einen der Vertrautheit mindestens. So hätte es jedenfalls Bruno formuliert, wenn er gefragt worden wäre. Ihm wurde ganz warm ums Herz. Noch war in dieser Sache nichts verloren.

»Kleine Korrektur: Ich war es, nicht wir«, sagte Bruno, »aber richtich is ooch, dass Herr van Harm, also Kai, einjeweiht war.«

»Stimmt das?«

»Äh«, machte van Harm und suchte abermals die Augen von Constanze. Dann sagte er: »Ich denke, ja.«

»Ein praktischet Experiment. Für Kai sein nächstet Buch. Wir wollten testen, ob man aus 'ner Baumkrone wie dieser …« Bruno zeigte durchs zerbrochene Fenster in die Dunkelheit. Für einen Wimpernaufschlag erkannte er Peggys Gesicht im schwarzen Geäst. Blitzschnell aber war es wieder verschwunden. Was für ein Ausrutscher! Was für ein elender Leichtsinn! Auch Kai musste was gesehen haben, denn er wurde im Folgenden noch blasser, noch fahriger als ohnehin schon. Zum Glück war wenigstens die Polizistin zu erschöpft, um Brunos unfreiwilligem Fingerzeig zu folgen. Müde starrte sie Bruno ins Gesicht und wiederholte, vermutlich, um ihm auf die Sprünge zu helfen und die ganze Sache abzukürzen, seine letzten Worte: »Aus einer Baumkrone wie dieser … Ja?«

»Äh, aus einer Baumkrone wie dieser einen Stein in eine angrenzende Wohnung werfen kann.«

»Und: Kann man?« Ihr Sarkasmus war nicht zu überhören.

»Eijentlich sollte die Klamotte nur bis auf den Balkon gehen. Da hab ick wohl etwas zu stark …«

»Und was ist mit der Botschaft«, unterbrach ihn die Polizistin und angelte nach einem zerknüllten Zettel, der auf der Anrichte lag und den Bruno bis jetzt nicht bemerkt hatte.

»Kann ick noch ma' sehn?« Die Polizistin reichte Bruno das Blatt.

»Aber warum …« Constanze wollte etwas einwenden, aber Kai ließ sie nicht ausreden, machte stattdessen nur: »Schschschhhht.« Ganz sachte, so wie man ein Kleinkind beruhigt, das noch einmal kurz aus dem Schlaf hochgeschreckt ist. Und Constanze ließ es sich ausnahmsweise gefallen. Nur heute.

Unterdessen hatte Bruno den Zettel in seiner Hand

ausführlich betrachtet: So im Kleinformat auf Papier sah die Schrift fast lächerlich aus. Harmlos. Wie gewollt und nicht gekonnt. Wie die Graffiti-Skizze eines Schülers, der sich im Deutsch-Unterricht gelangweilt hatte. Wie die Botschaft, die im Laufe des heutigen Tages an Kais Wohnzimmerwand geschmiert worden war, war sie in Großbuchstaben notiert. Sie lautete:

A LITTLE LESS CONVERSATION,
A LITTLE MORE ACTION!

»Ein Zitat«, sagte Bruno aufs Geratewohl. Leider verstand er den Inhalt nicht, die mangelnden Englischkenntnisse mal wieder.

»Ja, von Elvis«, sagte die Polizistin genervt.

»Genau, von Elvis«, sagte Bruno. Er klang ziemlich begeistert, und er verlieh dieser Begeisterung Ausdruck, indem er Kai den gereckten Daumen seiner rechten Hand zeigte, so unauffällig allerdings, dass weder die Polizistin noch Constanze es mitbekamen.

Endlich Nachtruhe

Die Polizei war am Ende. Sie war so müde, dass sie fast dankbar für Bruno Zabels Geschichte des Steinwurfes war, ob diese jetzt plausibel klang oder nicht. Im Grunde war die Sache eine Lappalie und das Papier nicht wert, auf dem sie – falls überhaupt – protokolliert werden würde. Constanze musste noch einen Wisch unterschreiben, und dann konnte endlich auch die Polizistin nach unten zu ihrem Kollegen gehen, um eine Zigarette zu rauchen. Und Berlin vor den richtigen Verbrechen zu schützen.

»Aber das nächste Mal …«, setzte sie an der Wohnungstür an, als wolle sie zum Schluss noch einmal ihrem volkspädagogischem Auftrag nachkommen.

»Ja?«, sagte Bruno und lächelte zuvorkommend.

»Ach vergessen Sie's«, sagte die Polizistin und ging grußlos und mit hängenden Schultern die Treppe runter.

»Ich werd dann auch mal«, sagte Kai zu Constanze, die mit an die Tür gekommen war.

»Vielleicht sollteste hier übernachten«, schlug Bruno vor, »wär sogar günstig für heute Nacht.«

»Kommt ja gar nicht in Frage!« Das platzte so reflexhaft aus Constanze heraus, dass Bruno fast schon Mitleid mit seinem Freund bekam. Nach all dem Trost und Beistand, den er ihr hatte angedeihen lassen, und dem ganzen Händchenhalten.

Auch Kai van Harm guckte nicht sehr glücklich aus der Wäsche, obwohl er seiner Noch-Gattin natürlich zustimmte: »Wie kommst du denn auf diese absurde Idee, Bruno. Und für den Schaden, Constanze, komme ich natürlich auf.«

»Nich noch mal, Bruno, ick warne Sie!«, keifte Peggy, als Kai ihr aus dem Baum geholfen hatte. Natürlich hatte sie es *nicht* von selbst runter geschafft. Von wegen Yoga und Fitness. Das waren doch keine Sportarten, Bruno hatte es sich gleich gedacht, das waren doch nur protzige Namen für ein bisschen kräfteschonendes Gehampel, mit deren Hilfe man den Menschen das Geld aus der Tasche zog. Denn darum ging's ja, wenn man Bruno fragte, den lieben langen Tag, den anderen Leuten das Geld aus der Tasche zu ziehen.

Bruno gab ihr das Smartphone zurück. Peggy zog erst eine Schnute und checkte dann ihren Facebook-Account.

Wortlos, obwohl es doch einiges zu erklären gegeben hätte in dieser Nacht, fuhren sie mit dem Corsa ins heimische Neukölln zurück.

»Muss morgen früh raus«, sagte Peggy oben vor der Wohnung und dann noch, bevor sie die Tür hinter sich ins Schloss zog: »Damit allet schön normal aussieht!« Da war er schon wieder: dieser Sarkasmus.

»Morgen ist doch Sonntag«, sagte Kai.

»Trotzdem«, sagte Peggy.

»Noch ma der olle Elvis, wa?« Bruno reichte Kai ein Laken, damit dieser das besudelte Sofa abdecken konnte, das sein Lager für die Nacht werden sollte. Kai breitete das Laken über die Sauerei, dann platzierte er Decke und Kissen. Er wollte nur noch schlafen. Er war müde, und er wusste nicht wovon. Alle Lebensgeister waren aus seinem Körper gewichen. Seine Arme waren bleischwer, sein Kopf lief im Standby-Modus.

»Einen Jefalln könnteste mir noch tun.« Das war schon wieder Bruno. Jetzt fiel Kai van Harm auch wieder ein, warum er so erschlagen war. Das lag an seinem vermeintlichen Freund aus dem Oderbruch. An dessen Oberschenkelverletzung. An der vermaledeiten Hose, die sie kaufen waren. An den Bratwurstbratern vor der rosa Hölle. An der Schmiererei hier an der Wand und dem Steinwurf bei Constanze. Vor allem aber daran, dass das alles noch weitergehen sollte. Bruno hatte anscheinend Blut geleckt.

»Einen allerletzten, Bruno, aber wirklich.«

»Wat bedeutet die Liedzeile auf Deutsch?«

»Ein bisschen weniger Konversation, ein paar mehr Taten«, sagte Kai.

»Also: weniger quatschen und mehr handeln?«

»Ja.«

»Oh, oh«, sagte Bruno, »die heiße Phase beginnt. Und übrigens, wenn's heut Nacht etwas lauter werden sollte, lass dich nich davon stören. Jute Nacht.«

Es war halb vier, als es im Wohnungsflur schepperte. Irgendein schweres Metallgestänge war auf die Dielen geknallt und hatte van Harm aus dem Schlaf schrecken lassen. Er hörte ein hektisches Flüstern und dann Metall an Metall schlagen und dann scharfkantiges Metall über relativ weichen Dielenboden furchen. Und natürlich war da wieder Brunos Spezialität beim konspirativen Handeln: das flüsternde Schreien. Kai langte nach einer Packung Tempo-Taschentücher, die er für alle Fälle unter dem Sofa deponiert hatte, riss zwei Stücke ab, rollte sie zu Pfropfen und stopfte sich die Pfropfen anschließend in die Ohren. Es drückte zwar ein wenig, aber keine Minute später war Kai van Harm wieder weggetreten, das heißt, desertiert in das andere Reich. Dort, wo er Bestsellerautor war und ihm die Geschichten für kommende Bücher nur so zuflogen, wo er als Vorstand einer glücklichen Familie brillierte und was für labende Wunschvorstellungen es sonst noch gab. All die Träume von einer besseren Welt, die man ab und zu brauchte, um Kraft aus ihnen zu schöpfen für den Kampf mit der unerbittlichen Wirklichkeit.

Der Besuch ist da

Kai fuhr der Duft von Kaffee in die Nase. Er schlug die Augen auf. Sonne drang durch die Gardinen. Das war schon mal besser als nichts. Die blöde Schmiererei an der Wand ignorierte er, sah stattdessen auf die Armbanduhr: kurz nach zehn.

Nein, es war nicht gerade ein Duft, der ihm in die Nase fuhr, es war bloß ein Geruch. Der Geruch von Bohnenkaffee, von Filterkaffee. Kai hasste Filterkaffee, besonders wenn er wie dieser hier roch. Ölig, bitter, sauer. Er musste gar nicht kosten, um zu wissen, wie ein Bohnenkaffee schmeckte, wenn er derart roch. Den hatte es damals in der Redaktion literweise gegeben, für lau. Bis Kai die Magenwände taub geworden waren und er auf eigene Kosten eine teure, italienische Espressomaschine für das gesamte Kulturressort angeschafft hatte.

Er öffnete, bekleidet mit einem schwarzen, seidenen Morgenmantel, die Tür zum Flur. Ein fetter Kratzer zierte die Ochsenblutdielen. Der Geruch war hier stärker. Neben der Schlafzimmertür lehnten Bretter an der Wand. Sie kamem Kai irgendwie bekannt vor. Er näherte sich vorsichtig. Fuhr mit dem Zeigefinger über die Maserung. Na klar: Das war sein Bett – auseinandergebaut!

Hinter der verschlossenen Küchentür hörte er leise Stimmen, die er nicht kannte, männliche. Nur Bruno konnte er identifizieren, wenn dieser zu seinem Spezialflüstern ansetzte. Van Harm legte vorsichtig das Ohr an die Tür seines Schlafzimmers, dessen Umwandlung in einen Führerbunker … nein, wie hatte Bruno es gestern ausgedrückt, in ein Hauptquartier, in einen Befehlsstand oder wie auch immer, nun offenbar vollzogen war. Er vernahm ein leises Summen. So hörte es sich an, wenn kleine, sympathische Maschinen arbeiteten. Intelligente Maschinen, Computer und ihre handlichen, tragbaren, niedlichen Verwandten.

Kai wagte nicht die Klinke runterzudrücken, schlich stattdessen zur Badezimmertür, öffnete sie geräuschvoll und schlug sie noch lauter hinter sich zu. Als er nach zehn Minuten wieder herauskam, wartete draußen schon Bruno auf ihn, frisch rasiert und die Haare mit Wasser gestriegelt, sogar die Koteletten. Allerdings in demselben Hemd, das er bei seiner Ankunft vor drei Tagen getragen hatte. Drei Tage, die Kai im Übrigen wie eine kleine Ewigkeit vorkamen. Brunos Hemd roch schon ein bisschen streng. Noch nicht nach Verwahrlosung, aber durchaus schon nach wildem Mann.

»Wenn du eins meiner Hemden willst, Bruno …«

Bruno hob den rechten Arm und schnupperte unter der Achsel: »Ick geh ja nachher sowieso ins Hotel. Komm jetzt erst mal in die Küche. Ick möchte dir ein paar jute Freunde vorstellen. Eijentlich die besten der Besten. Außer dir, versteht sich.«

Er schob Kai in die Küche, wo die drei Männer, die dort am Tisch gesessen hatten, sofort aufsprangen. Für

Kais antimilitaristischen Geschmack eine Spur zu zackig. Instinktiv zuckte er leicht zusammen. Aber da konnte man wohl nichts machen. Das war eben ihr Hintergrund.

Die Männer waren ungefähr in Kais Alter, Mitte bis Ende vierzig, und sie sahen aus, wie Männer in diesem Alter eben aussahen. Also normale Männer in normalen Berufen. Wie die, die man in der Tagesschau sieht, wenn zufriedene, festangestellte Arbeiter in großen Autofabriken gezeigt wurden oder wenn es um ehrliche Beamte in der mittleren Verwaltung ging.

»Rocco, Ronny und Robert«, sagte Bruno und zeigte auf Rocco, Ronny und Robert, dann deutete er auf Kai und sagte, »Kai van Harm, unser Herbergsvater und ziviler Auftraggeber, wenn ihr so wollt.«

»Angenehm«, sagte Kai und deutete eine Verbeugung an, und auch die drei R's sagten: »Sehr erfreut. Hallo. Guten Tag.«

So richtig hatte sich Kai nicht gemerkt, wer von den Besuchern jetzt auf welchen Namen hörte. Zu sehr lenkte ihn das Ding ab, das sie anscheinend mitgebracht hatten und das jetzt in der Mitte des Küchentisches stand. Es war groß und hässlich und hatte die Farbe von vergilbtem Perlmuttweiß. Es gluckerte und brodelte, als sei etwas in seinem Inneren kaputt. Und es verströmte den Geruch, den Kai schon vorher gerochen hatte und der ihn jetzt, in seiner vollen Konzentration, wie ein Schlag in die Magengrube traf: Filterkaffee.

»Was sagste nun, Kai?« Bruno drückte ihn auf einen Stuhl nieder.

»Kaffee?« Einer der R's, er trug ein rotes Adidas-Shirt,

war zum Brühhalbautomaten vorgeschnellt, hatte die Kanne von der Wärmeplatte gerissen und hielt sie nun in der Luft, genau auf der Höhe von Kais Kopf, während ein anderer, er trug ein grün-orangenes Shirt von der Firma Puma, eine Tasse wie aus dem Nichts hervorholte. Schon ergoss sich der schwarze Trank ins Porzellan. Aber Bruno hatte diesen kleinen Vorgang so wohlwollend beobachtet, dass es Kai nicht gewagt hätte, das finstere Gebräu abzulehnen. Der dritte R trug im Übrigen ein braunes Sporthemd der Marke Nike. Vielleicht sollte er sie bei sich einfach so nennen: Addi, Puh und Naik. Es stand allerdings zu befürchten, dass sie in den nächsten Tagen mit ihren Shirts auch die Marken wechselten. Dass sie länger zu bleiben gedachten, war van Harm ziemlich klar. Das zeigte schon die Kaffeemaschine.

»Ich dachte, es kommen vier«, sagte Kai van Harm, weil ihm tatsächlich nichts Besseres einfiel. Er fühlte sich in der Unterzahl. Irgendwie in der Defensive.

»Richard kann nicht«, sagte Bruno, »familiäre Probleme.«

»Deine Freunde heißen allen Ernstes Richard, Rocco, Ronny und … und …«

»Robert«, half Puh ihm auf die Gedächtnissprünge. Vermutlich, weil Puh selber Robert war. Oder weil sein *Nom de Guerre* so lautete.

»Harr, harr, harr«, lachten Addi und Naik im Chor. Die drei R's hatten auch alle irgendwie die gleichen Frisuren. Hinten Fasson, vorne weite, fliehende Stirnen, an den Seiten millimeterkurz, wahrscheinlich damit die Stirnen nicht so auffielen. Koteletten allesamt, allerdings nicht buschig wie bei Bruno, sondern ebenfalls millimeterkurz getrimmt. Nur ihre Haarfarben unterschieden sich leicht voneinander, changierten von Rötlichblond bis hin zu einer Art warmem Goldbraun, einer Farbe wie Waldhonig.

»Papperlapapp«, sagte Bruno zu Kai, »merk dir bloß nich die Namen. Wat man nich weiß, kann man auch nich verraten. Wenn man verhört wird oder so. Oder gefoltert. Guantanamo ist dir vielleicht ein Begriff. Normalerweise müssten wa ja in Uniform antreten. Aber dit würde noch mehr ufffallen, würd ick mal sagen. Es gilt also: Wenn wa schwer unterscheidbar sind, is dit schlecht für den Gegner. Wat wiederum jut für uns is, zumal wenn der Gegner noch unbekannt ist. Quasi jesichtslos. Wie in unsam Falle.« Unter beifälligem Gemurmel der drei R's beendete Bruno seine kleine Ansprache: »Elvis-Maske zählt dabei nich als Jesicht.«

»Und wie soll ich denn deine Freunde dann anreden, Bruno?«

»Icke bin deine Kontaktperson«, sagte Bruno streng zu Kai. »Wenn de etwas von Ronny, Robert oder Rocky willst, dann wendeste dich am besten an mich.«

»Äh, Chef … Rocco«, sagte Naik, »nicht Rocky.«

Herrje, dachte Kai van Harm.

»Mein ick do'«, sagte Bruno. »Alle Klarheiten beseitigt?« Er stand auf. »Wir warn ooch schon fleißig. Komm ma mit, mein Freund.«

Er lotste Kai in die Diele und öffnete dann die Wohnungstür. Draußen, neben der Klingel, lehnten Kais Matratze und sein Lattenrost.

»Ich habe schon gesehen, dass ihr mein Bett auseinandergenommen habt.«

»Ja, dit kommt jetzt gleich runta.« Bruno stieß einen kurzen Pfiff aus, und schon waren die drei R's zur Stelle. »Bringt dit mal fix inn Keller!«

Im nächsten Moment hatten Addi und Puh sich den Krempel auf die Schultern geladen.

»Der Schlüssel«, sagte Kai.

»Brauchen wir nicht. Wir haben das hier«, sagte Addi und ließ ein riesiges Schlüsselbund um seinen Zeigefinger kreisen. An einem großen Schlüsselring hingen Dutzende kleiner Haken und Dietriche und schraubenzieherartige Werkzeuge. So wie ein Sheriff im Western seinen Colt um den Finger kreisen ließ, ließ Addi das Schlüsselbund jetzt kreisen. Und das, obwohl auf seiner linken Schulter Kais Lattenrost ruhte. Das war, zugegeben, nicht ganz ohne.

»Ein Lockpicking-Tool«, erläuterte Bruno, »damit kannste quasi allet knacken. Wenn de kannst. Aber die hier können. Is ja sozusagen ihr Beruf. Los, ab jetzt, Jungs!«

»Zweite Tür rechts«, rief Kai Addi und Puma noch hinterher, die bereits auf dem nächsten Treppenabsatz waren.

»Kiek mal, der Boden«, sagte Bruno und grinste und stieß van Harm kumpelhaft mit dem Ellbogen in die Seite.

»Was soll denn mit dem Boden sein?«

»Na nüscht is mit dem!« Brunos Grinsen wurde breiter, wenigstens um einen Zentimeter.

»Und was soll dann die Frage?«

»Na, issit denn nich schön, wenn mal nüscht mit dem Boden is. Hat man doch ein Problem weniger, oder? Kann man sich uffs Wesentliche konzentrieren. Muss man nich ständig an den Boden denken.«

Jetzt kapierte Kai endlich, worauf Bruno hinauswollte. Der Boden im Hausflur war frisch gewischt, was bedeutete, dass Brunos Blutspur verschwunden war. Und die Hausreinigung würde erst morgen, am Montag, kommen. Als Hausmeister- und Entrümpelungsdienst waren die drei R's anscheinend nicht zu unterschätzen. »Wann habt ihr denn das alles gemacht? Habt ihr gar nicht geschlafen?«

»Wir brauchen keinen Schlaf, wir trinken Kaffee«, sagte Naik. Und er verzog dabei nicht im Geringsten das Gesicht. Er kam überhaupt nicht auf die Idee zu lächeln. Er meinte das vollkommen ernst.

»Vielleicht könnten Rocco oder die anderen ja auch noch das Sofa ...«, flüsterte Kai hinter vorgehaltener Hand, damit Naik es nicht mitbekam. Er sollte sich schließlich nicht wie eine Putzfrau fühlen.

»Null Problemo«, sagte Naik sofort, der offenbar auch über das verunreinigte Sofa unterrichtet worden war. »Wir haben alles Notwendige dabei.«

»Allet zu seiner Zeit. Die Jungs sind jebrieft. Und mit allen Details vertraut. Aber jetzt mach dich uff wat jefasst, mein Freund. Dit Beste für heute kommt nämlich erst noch. Biste bereit?«

»Ja ...«, sagte Kai van Harm zögernd.

»Dit gloob ick aber kaum.« Bruno verzog das Gesicht und zeigte auf Kais Morgenmantel. »Zieh dir mal lieber erst wat richtijet an. Wat für Männer. Denn kannste nämlich ooch richtich aus den Schuhen kippen. Wie'n Mann.«

Doppelstock

Es war dunkel. Das Sirren der netten Maschinen schmeichelte dem Ohr. Ein beruhigender Hintergrundsound. Und es war hier wärmer als in der Diele, was von der warmen Abluft der Geräte herrühren mochte und von den geschlossenen Fenstern. Trotzdem war es nicht stickig, denn der regelmäßige Strom eines Standventilators ließ die Luft im Raum zirkulieren. Kai van Harm hatte sein Schlafzimmer beim Betreten gar nicht wiedererkannt. Die gut zwanzig Quadratmeter hatten sich über Nacht in etwas völlig anderes verwandelt. In etwas, das Kai so noch nie gesehen hatte, jedenfalls nicht in der Wirklichkeit. Der Aufwand musste enorm gewesen sein, und er zeigte vor allem eines: dass Bruno keinen Spaß machte, auch wenn er jetzt leicht amüsiert Kai van Harms Erstaunen genoss.

Kais Herz pochte vor Aufregung. Er drehte sich in dem Raum um, der nicht mehr sein Schlafzimmer war. Bruno war ihm gefolgt und hatte die Tür geschlossen. Naik war draußen geblieben. Er setzte wahrscheinlich eine frische Kanne Bohnenkaffee auf.

In der Mitte des Raums, wo Kais Doppelbett gewesen war, standen jetzt zwei Tapeziertische nebeneinander. Auf jedem der Tische befanden sich zwei LCD-Monitore. Nur einer war aktiv, auf den drei anderen drehte sich so etwas wie ein dreidimensionales Emblem um sich selbst. Vermutlich ein Bildschirmschoner. Die Monitore waren mit billig wirkenden Laptops verbunden, deren Lüfter rauschten. Hin und wieder flackerte irgendwo eine grüne, blaue oder orangefarbene Diode auf. Einige externe Festplatten, Tastaturen, Mäuse komplettierten die Computerausrüstung.

Vor den beiden Tapeziertischen standen jeweils zwei Bürodrehstühle mit hohen Lehnen und Armstützen. Kai registrierte mit Wohlwollen, dass Brunos Leute sogar Unterlegmatten für die harten Rollen der Stühle mitgebracht hatten. Das schonte nicht nur den Boden, sondern bewahrte ihn hoffentlich auch vor dummen Fragen der Nachbarn von unten.

Mehr aber noch als der Technikkram in der Mitte des Raumes prägte etwas anderes das neue Image des alten Schlafzimmers. Verlieh ihm eine Aura von Militär und Bunker. Von Männerbund und Abenteuer. Es waren zwei Doppelstockbetten, die jenseits der Monitorfront hintereinander an der linken Wand des Zimmers standen, Fußteil an Fußteil. Schwer wirkende Bettgestelle aus Stahl, grau, massiv. Ganz anders als die klapprigen Gestelle in den Möbelkatalogen.

Bruno knipste eine der beiden Schreibtischlampen an, die auf den Tapeziertischen standen und die auch nicht aus Kai van Harms Besitz stammten: »Wat sagste?«

»Ich weiß nicht so recht«, sagte Kai.

Decken und Kopfkissen waren mit blau-weiß-karierter Wäsche bezogen, an den Fußenden lag jeweils eine graue zusammengelegte Decke. Keine Falte verdarb das

Bild der gemachten Betten. Sie sahen aus wie aus Marmor gemeißelt und bemalt. Das hier war die allerhöchste Schule des militärischen Bettenbaus. Die der Armeen des Warschauer Pakts.

Unter den Betten konnte Kai drei Seesäcke in Tarnmuster erkennen. Des Weiteren drei Holzkisten in Olivgrün.

»Und wo sind meine Sachen hin?«, fragte Kai.

»Na hier«, sagte Bruno. Der Kleiderschrank war hinter die Tür gerückt worden. »Kannste natürlich jederzeit ran«, gestand ihm Bruno großzügig zu. »Aber nüscht anfassen.« Er zeigte auf die Technik.

»Wir ham noch einen zweiten Vorhang hinter deinen jespannt«, sagte Bruno mit Blick zu den Fenstern. »Der is licht- und blickdicht.«

»Ja, es ist ziemlich dunkel«, bestätigte Kai das Offensichtliche.

»Nimm Platz, mein Freund«, sagte Bruno und schob Kai einen der Bürostühle entgegen, während er sich selbst auf dem Stuhl gegenüber niederließ.

Der Stuhl glitt fast lautlos über die Matte. Überhaupt hatte Kai den Eindruck, dass der Schall im Raum wie gedämpft war, so als sei er mit leeren Eierpackungen ausgeschlagen, wie ein Musikkeller. Man hörte seine eigene Stimme viel deutlicher als früher, viel näher. Keine Ahnung, wie Bruno und die drei R's dies hinbekommen hatten.

Kai setzte sich. Der Monitor vor seiner Nase zeigte ein monochromes graues Standbild. Nichts bewegte sich darauf. Auf dem anderen Bildschirm dagegen drehte sich nach wie vor das Emblem des Bildschirmschoners. Leider erkannte Kai jetzt auch, woraus das Emblem bestand. Es waren eine Maschinenpistole und ein Hammer, die sich in einem Adventskranz kreuzten.

Kai beugte sich ein wenig nach vorne, um besser sehen zu können. Der Hammer war ein Vorschlaghammer, man konnte das aus dem langen Stiel ableiten, und das, was Kai im ersten Moment für einen Adventskranz gehalten hatte, entpuppte sich als eine Art Erntedankgebinde, ein Ring, geflochten aus Weizenähren. Diese Art Emblem hatte Kai schon tausendmal gesehen, und weil sie sich alle zum Verwechseln ähnlich sahen, konnte er sie nie auseinanderhalten. Ein mulmiges Gefühl bekam er trotzdem immer, wenn er dergleichen sah, und vor allem, wenn er ahnte, wie in diesem Fall, dass das Emblem nicht zwingend ironisch gemeint war.

»Schick, nich?« Bruno hatte sich zu ihm rübergebeugt und betrachtete nun auch den emblematischen Bildschirmschoner.

»Nicht ganz mein Geschmack«, sagte van Harm.

»So is eben die Zeit«, sagte Bruno, »reicht heute eben nich mehr, wennde ein guter Mann bist. Schicket Logo brauchste ooch noch. Und möglichst noch ’nen markigen Spruch: Mit dem Hammer, beenden wir den Jammer! Kennste? Nee, kennste nich als oller Wessi, wa? Da stehn die Kunden druff, sagt Robert. Is seine Firma. Sojar lizensiert.«

»Und was ist das für eine Firma?«

»Wie schon jesagt: Sicherheitsbrangsche. Im weitesten Sinne.«

»Aha«, sagte Kai. Er bemerkte plötzlich, dass sich auch auf dem anderen Monitor etwas bewegte. Ein

Kopf schob sich ins monochrome Standbild. Und dann eine Schulter, ziemlich kräftig, und ein muskulöser Oberarm, über dem der Stoff des Hemdes spannte. Ein Hemd, das drei Streifen hatte. Ein Hemd, das Addi gehörte, der aus dem Keller zurückkam. Jetzt trat auch Puh ins Bild, mit dem Raubtier auf der linken Brust. Wahrscheinlich hatte Bruno recht in Bezug auf die Embleme und die dummen Sprüche. Addi jedenfalls zog sein Dietrichbund aus der Hosentasche, dann ruckte er kurz an der Tür, und unmittelbar darauf konnte Kai hören, wie die beiden in die Diele traten. Auf dem Bildschirm dagegen sah er, wie sich seine Wohnungstür von außen schloss. Dann war wieder das monochrome Standbild zu sehen.

Jetzt, da er wusste, was er sah, erkannte van Harm, dass der weite Winkel der Kamera auch die Tür von Peggys Wohnung zur Linken sowie die von Sophia, einer netten, jungen Biologiestudentin und Kais Nachbarin zur Rechten, erfasste.

»Sicher ist sicher, wa?«, sagte Bruno, der zufrieden die Reaktion seines Freundes beobachtet hatte.

»Ich habe gar keine Kamera gesehen vorhin.«

»Is in deinem Türstock drin, paar Millimeter Durchmesser. Sieht man nur, wenn man's weiß.«

Kai war nun tatsächlich ein bisschen erleichtert. Zum ersten Mal seit gestern Abend. Erleichtert darüber, dass der ganze Budenzauber, den Bruno entfachte, ein erstes Resultat zeitigte, und wenn es nur die Videoüberwachung ihrer Etage war. Bis eben noch hatte er den Verdacht gehabt, dass Bruno die Sache einerseits übertrieb und andererseits zu wenig ernst nahm, einerseits ein paramilitärisches Spezialkommando in seiner Wohnung einquartierte, dessen Tätigkeit sich andererseits im Kaffeekochen und Bodenaufwischen erschöpfte. Dass sie auch anders konnten, hatten sie fürs Erste mit der Installation der Überwachungskamera bewiesen. Dennoch hätte Kai am liebsten die Polizei gerufen und ihr den ganzen Kladderadatsch übergeben. Das allerdings kam ihm nach Brunos gestrigem Auftritt bei Constanze schier unmöglich vor.

Als hätte Bruno Kais Gedanken gelesen, sagte er: »Bei deine Jattin schaun wa heute Abend ooch noch vorbei. Wenns schön dunkel is. Zwei Kameras. Eene vor die Haustür, die andre uffs Jeäst jerichtet, wo höchstwahrscheinlich der Kerl mit dem Stein jestern jesessen hat. Und später unsre liebe Peggy.«

»Danke Bruno, das beruhigt mich«, sagte Kai.

»Nur zur Sicherheit. Wozu ham wa denn dit janze Jelumpe mitjebracht?« Er zeigte zu den Munitionskisten unterm Etagenbett oder was immer das für Kisten waren.

»Danke«, wiederholte Kai.

»Wir sind in null Komma nichts drüben, sollte sich wat regen.«

»Ich weiß das zu schätzen.«

»Dauert keene fünf Minuten.«

»Vielen Dank!«

»Nüscht zu danken!«

Frau und Mann

»Soll ich einen Glaser bestellen?« Kai hatte sich ins Wohnzimmer zurückgezogen, um in Ruhe mit seiner Noch-Gattin telefonieren zu können.

»Heute ist Sonntag, Kai«, sagte Constanze.

»Es gibt doch bestimmt einen Notdienst.«

»Den du ganz bestimmt nicht bezahlen willst! Feiertagsaufschlag und was weiß ich noch. Die Kinder haben erst mal eine Pappe mit Gaffer-Tape vor das kaputte Fenster geklebt. Der Glaser kommt morgen Vormittag.«

Ach ja, die Kinder, dachte Kai. Sie wurden langsam erwachsen.

»Sag mal, wie kommt dieser Zabel eigentlich dazu, uns das Fenster einzuwerfen? Und dann noch mit deinem Wissen?«

»Ich wusste doch gar nichts davon!«

»Aber du hast doch selber …«

»Ja schon, das heißt …«, unterbrach Kai Constanze.

»Also hat er doch mit deinem Wissen gehandelt«, unterbrach Constanze Kai.

»Nun, es ist so, den Stein hat gar nicht Bruno …« Kai verstummte. Wie sollte er das jetzt erklären?

»Nicht Bruno? Wer hat denn dann den Stein geworfen.«

»Also Bruno, das heißt Herr Zabel…«

»Doch nicht etwa du?«, schnitt Constanze ihm das Wort ab.

»Doch, genau, ich selber war's.« Kai seufzte, und er war dennoch fast dankbar für die Antwort, die ihm Constanze in den Mund gelegt hatte. Das kam ihm vorerst besser vor, als gar keine Antwort zu haben.

»Nur noch mal zum Mitschreiben. *Du* hast das Fenster eingeworfen? Aus welchem Grund auch immer? Also, ich bitte dich zu kommen, um uns beizustehen, und du tust dann am Telefon auch noch so, als müsstest du aus Neukölln anreisen, im Auto deiner Nachbarin, obwohl du die ganze Zeit draußen auf der Straße stehst und die Sache mit einem Wort aus dem Weg hättest schaffen können.«

»Aber wie hätte ich denn dagestanden?« Kai wagte kaum ein Wort des Widerspruchs zu äußern.

»Dumm hättest du dagestanden. Aber nicht halb so dumm, wie du jetzt dastehst, mein Lieber. Und spielst dann der Polizei dieses Theater vor! Und lässt noch den armen Herrn Zabel die Schuld auf sich nehmen. Schämen solltest du dich, Kai!«

Von wegen armer Herr Zabel, dachte Kai. Seine Wut auf Bruno wuchs mit jeder Sekunde. Und die auf sich selbst auch. Warum hatte er diesen Landtölpel nur nach Berlin geholt? Warum hatte er ihn nicht in Altwassmuth gelassen, wo er keinen Schaden anrichten konnte? Beziehungsweise, wo sich die Schäden in Grenzen hielten.

»Was meinst du, was die Kinder von dir denken,

wenn ich ihnen das erzähle«, fuhr Constanze fort, in der Wunde zu stochern.

»Oh, bitte nicht«, sagte Kai.

»Nein, das werde ich auch nicht tun. Der guten Zeiten zuliebe, die wir ja auch hatten.«

»Ja, die hatten wir«, sagte Kai. »Ihr könntet für ein paar Tage zu meinen Eltern ziehen, du und die Kinder.«

»Was sollen wir denn bei deinen Eltern?«, fragte Constanze.

»Na wegen des Steinwurfes, nur zur Sicherheit.«

»Du wirfst hier die Fenster ein, und wir sollen zu deinen Eltern ziehen? Hast du was getrunken? Oder beabsichtigst du, noch ein paar Steine zu schmeißen.«

»Das stimmt natürlich.« Kai hatte in der ehrlichen Sorge um seine Familie die Lüge ganz vergessen.

Sie schwiegen beide für ein paar Sekunden, bevor Constanze eine Oktave höher fortfuhr: »Und ich dumme Kuh dachte, du würdest endlich erwachsen werden, wenn du mal für eine Weile alleine lebst. Weil du dich selber kümmern musst, wenn dir keiner mehr alles hinterherträgt, so wie ich es jahrelang getan habe. Aber wie ich sehen muss, ist genau das Gegenteil eingetreten: Du wirst immer kindischer. Das fängt ja schon bei deiner Frisur an. Du solltest dich mal sehen. Wie einer von diesen Berufsjugendlichen siehst du aus. Peinlich.« Constanze machte eine kleine Pause, während der Kai versuchte, möglichst lautlos zu schlucken. Ihm war heiß und kalt geworden bei den letzten Worten seiner Noch-Frau. »Und weißt du, was das Schlimmste ist: Ich war fast so weit, dir eine zweite Chance zu geben. Ich wollte unsere Ehe retten. Eines Tages sogar wieder mit dir zusammenwohnen. Ich kann dir gar nicht sagen, wie enttäuscht ich bin …«

»Aber ich …«, begann Kai.

Doch Constanze hatte aufgelegt.

Fauler Sonntagnachmittag

Viel mehr passierte an diesem Sonntag nicht.

Nach dem Telefonat war Kai wie benommen auf dem Sofa sitzen geblieben. Irgendwann hatte er die Beine hochgelegt und auf die Geräusche gelauscht, die aus den übrigen Zimmern zu ihm herdrangen. Bruno und seine Männer waren voll beschäftigt. Schließlich musste van Harm eingeschlafen sein. Als er um kurz nach drei wieder erwachte, hatte er das dringende Gefühl, jetzt ein Getränk zu brauchen. Ein alkoholisches. In der Küche saß Bruno und löste ein Kreuzworträtsel. Bruno nickte ihm militärisch knapp zu. Die Kaffeemaschine war ausgestellt und befand sich jetzt auf dem Kühlschrank. Sämtliche Kaffeebecher standen abgewaschen auf einem ausgebreiteten Geschirrhandtuch neben der Spüle.

Kai nahm eine Ginflasche aus dem Kühlschrank. Er füllte zwei Wassergläser mit Eiswürfeln und goss eines zur Hälfte mit dem Schnaps voll. Ölig floss das Getränk ins Glas, das gleich darauf beschlug. Als er Bruno fragend die Flasche entgegenhielt, ließ dieser den Stift sinken und brummte zustimmend. Kai goss auch das andere Glas zu Hälfte voll. Sie stießen an und tranken. Zwischendurch öffnete Kai eine Dose gesalzene Erdnüsse, die sie innerhalb von zwei Minuten vertilgten.

Bruno spülte den Gin mit Bier runter, von dem reichlich im Kühlschrank vorhanden war. Es schien, als seien die drei R's einkaufen gewesen, vielleicht im Spätkauf oder an der Tankstelle. Auf der Anrichte jedenfalls lag obendrein eine große, prall gefüllte Bäckertüte. Überhaupt kam es Kai van Harm aufgeräumter, ja sogar sauberer in der Wohnung vor, seit Brunos Genossen hier waren. Sie waren leise, sie waren diskret, und sie vermittelten Kai tatsächlich ein Gefühl von Sicherheit. Lediglich um seine Familie sorgte sich van Harm. Als er Bruno darauf ansprach, winkte dieser beschwichtigend ab: Ronny und Ricco befänden sich in unmittelbarer Nähe. Würden Gegend und Wohnung observieren und später dann, wie erwähnt, die Kameras installieren. Er solle sich um Gottes willen keine Sorgen machen. Dann tauschte Bruno sein Kreuzworträtselheft gegen eines mit Sudokus aus.

Die meiste Zeit jedoch schwiegen sie. Als seien sie erschöpft von der Überdosis Kommunikation der letzten drei Tage. Kai hing seinen Gedanken nach, die sich vor allem um Constanzes Worte am Telefon drehten. Er fragte sich, ob sie es ernst gemeint hatte mit der zweiten Chance für ihre Ehe. Und ob diese zweite Chance sich mit dem Telefonat am Vormittag erledigt hatte oder fortbestand, und falls sie nicht mehr fortbestand, ob es eventuell noch eine dritte Chance gäbe.

Und außerdem: ob er selbst überhaupt eine weitere Chance wollte. Es war geradezu anmaßend, dass Constanze ihm einfach so unterstellte, noch immer ein Familienleben führen zu wollen, so wie früher. Mutter, Vater, Kinder. Wie kam sie eigentlich dazu? Wieso unterstellte sie ihm, mit ihr zusammenleben zu wollen? Ging es ihm denn hier in seiner Neuköllner Junggesellenbude nicht eigentlich *besser*? Weil er mehr oder weniger tun und lassen konnte, was er wollte? Weil er keine Pflichten hatte und keine Verantwortung, und weil er nicht ständig Konversation betreiben musste? Weil er sich zum Essen nicht an den Esstisch setzen musste und eine Stoffserviette in den Hemdkragen stopfen, sondern das halbe gegrillte Hähnchen, das er sich vom türkischen Imbiss unten geholt hatte, mit bloßen Fingern in sich reinstopfen konnte, während er dabei am Schreibtisch saß und im Internet surfte? Und alles beschmierte und mit Hähnchenfett volltropfte, während er die knusprige Haut, die ja immer das Beste war, vom würzigen Fleisch zog?

So ging die Zeit dahin, mit Grübeleien und Sudoku.

»Ich habe Hunger«, sagte Kai schließlich.

Es war fünf. Der Gin war alle.

»Robert is übrijens ein janz vorzüglicher Koch. Der kann aus Pfützenwasser, Entkeimungstabletten und 'ner Handvoll Laub eine prima Soljanka zubereiten. Hab ick selber schon jegessen.«

»Klingt gut«, sagte Kai, »aber wie wäre es heute mit Grillhähnchen und Fritten?«

»Goldbroiler und Pommes, ein Klassiker!«

Sie gingen runter auf die Straße, wo das abendliche Leben zu erwachen begann. Kinder sprangen über die Bürgersteige und neckten sich, halbstarke Jugendliche posierten, aus ihren Autoradios, die am Straßenrand parkten, drang mal hektische Technomusik, mal türkischer Pop. Großfamilien kamen von ihren Sonntagsausflügen zurück, die bärtigen Hipster in ihren Röhrenhosen und die Studenten brachen auf Richtung Nordneukölln und Kreuzberg, wo es die coolen Cafés gab und die angesagten Restaurants und die Clubs, wo man bis in den Montagmorgen hineintanzen konnte.

Überall roch es nach Essen und nach Wasserpfeifen und nach Hundescheiße, die jetzt in der letzten Maisonne des Tages vor sich hin dörrte.

Kai und Bruno fanden ein lauschiges Plätzchen vor einem Grillimbiss. Sie saßen im Schatten eines Baumes an einem der Gartentische, jeder ein eiskaltes Bier vor sich, und ließen das Stadtleben an sich vorbeiziehen. Später ging eine Lampionkette im Geäst des Baumes an, und sie verzehrten zwei mächtige Portionen Grillhähnchen mit Salat und goldgelben Pommes, tranken eiskaltes Bier und später den Raki, den ihnen der Wirt spendierte.

Als sie gegen halb zwölf aufbrachen, zufrieden, satt und mehr als nur ein bisschen angetrunken, tobte noch immer das Leben, spielte noch immer Musik, waren noch immer ein paar Kinder unterwegs, als sei morgen nicht Montag, mit seinen Pflichten und Sorgen, sondern ein weiterer Sonntag, als zählte nur das Hier und Jetzt, der Augenblick, als sei einfach jeder Tag ein Sonntag.

Endlich!

Ha, da ist er!

Wurde auch Zeit. Hab wahrlich noch anders zu tun, als mich den lieben langen Tag hier rumzudrücken. Muss immerhin Geld verdienen, anders als der da. Provinzei! Dorftrottel!

Zieht ganz schön hier. Ist ungemütlich. Kriegt man Verspannung im Nacken. Nächstes Mal einen Schal mitnehmen. Kann mir Kranksein nicht leisten.

Ob mich jemand erkannt hat? Verdacht schöpft?

Aber nein! Die Tarnung ist gut. Die Rolle sitzt. Nur keine Panik. Keine Selbstzweifel. Zweifel sind der Anfang vom Ende. Sich nichts einreden lassen. Von anderen. Immer dagegenhalten. Mit hoch erhobenem Kopf. Sich wehren. Sich rächen.

Dieses Flaubert-Zitat: Ich habe immer versucht, in einem Elfenbeinturm zu leben, aber an seine Mauern schwappt ein Meer von Scheiße. Wie komm ich da jetzt drauf? Egal. Merken. Später notieren. Im Internet auf Vollständigkeit checken! Verwursten! Kommt gut intellektuell.

Okay, jetzt hat er den Zimmerschlüssel. Neue Hose hat er auch, oder was? Lächerlich. Was labert der da bloß? Egal: Das war's für mich hier! Fürs Erste.

Bin raus jetzt.
Ihr seid am Zug.
Verdammte Penner!

Zurück im Sterelle

Weil Kai ihn gebeten hatte, den Vormittag alleine verbringen zu dürfen, da er einen wichtigen Termin habe, kam Bruno am Montag endlich dazu, das zu tun, was er schon seit zwei Tagen hatte erledigen wollen: Seine Sachen aus dem Sterelle zu holen. Das Hemd, das er nun schon den fünften Tag trug, verströmte bereits einen Hauch von Zoo.

Trotz des kleinen Gelages am Vortag war er klar im Kopf und guter Laune. Auch weil er registrierte, dass die dünne Blutspur, die er vor ein paar Tagen hinter sich hergezogen hatte, inzwischen verschwunden war, dank dem Frühlingsschauer, der letzte Nacht heruntergekommen war und die Stadtluft frisch und aromatisch machte. Dennoch ging Bruno, soweit es sich einrichten ließ, auf der jeweils anderen Straßenseite.

Auch vor dem Eingang des Sterelle mit seinem kleinen Wasserspiel und den Aschenbechern für die rauchenden Gäste war kein Blut mehr zu sehen. Entweder das Personal hatte sie beseitigt oder, was wahrscheinlicher war, das Blut aus der frischen Wunde hatte sich zu jenem Zeitpunkt noch nicht bis zum Saum seines Hosenbeins vorgearbeitet.

»Oh, da sind Sie ja wieder. Wir haben uns schon Sorgen gemacht.« Es stand dieselbe Frau hinter der Rezeption, die ihm am Freitag bei seinem Sturz aufgeholfen hatte, jene mit dem Schlafstriemen über der Stirn. Heute erkannte Bruno, dass sie ein kleines Schild mit ihrem Namen über der rechten Brust trug.

»Vielen Dank, Frollein Kunze.«

»Frau Kunze«, sagte Frollein Kunze und lächelte souverän über Brunos sprachlichen Fauxpas hinweg. Gleich darauf reichte sie ihm den Zimmerschlüssel über den Tresen, ohne dass Bruno ihr die Nummer genannt hatte. Offenbar hatte sich das Hotel wirklich Sorgen um ihn gemacht.

»Äh«, sagte Bruno, »ick hab für ein paar Tage bei einem Freund jewohnt. Kai van Harm, vielleicht kenn Se den ja. Der hatte hier letzten Donnerstach seine Buchpremiere jehabt.«

»Ja, ich erinnere mich«, sagte Frau Kunze, »der Empfang vom Buttermann-Verlag.«

»Sie müssen wissen, wir bereiten gerade sein zweitet Buch vor. Ick bin sowat wie sein Assistent. Und deshalb hab ick mich hier ein bisken rar jemacht. Reschersche und so.«

»Freut mich zu hören. Ich bin ja nur froh, dass es Ihnen gut geht nach Ihrem kleinen Sturz neulich«, sagte Frau Kunze, »geht es doch, oder?«

»Uff jeden!«, sagte Bruno, kratzte sich am rasierten Kinn und fragte dann sehr behutsam: »Aber Sie haben sicherlich nicht die Polizei … Ich meine, weil ick jetzt ein paar Tage abwesend war?«

»Nein, haben wir nicht. Hätten wir denn sollen?«

»Uff keinen!«, sagte Bruno. Er klang gelöst. »Allet prima, allet fein! Eine Frage hätte ick aber dennoch.«

»Ja?«

»Als ick unpässlich war, neulich, is Ihnen da wat aufjefallen?«

»Aufgefallen?«, sagte Frau Kunze und wurde unverzüglich rot im Gesicht. »Was meinen Sie denn konkret, Herr Zabel?«

Mist, dachte Bruno. Er hatte Frau Kunzes außerplanmäßiges Nickerchen für den Moment völlig vergessen. Er wollte sie keinesfalls in die Bredouille bringen deswegen. War ja nur menschlich so was. Hätte er an ihrer Stelle auch gemacht. »Da war doch diese Doppelgänger-Show an dem Abend, erinnern Sie sich?«

»Ja?« Sie klang mit einem Mal misstrauisch.

»Aber Sie erinnern sich, oder?«

»Doch, doch.«

»Charlie Chaplin, Marilyn Monroe, eine ganze Handvoll Elvisse und so weiter?«

»Das haben wir hier mindestens einmal im Monat«, sagte Frau Kunze.

»Aber ist Ihnen vielleicht auch aufjefallen, dass einer von diesen Elvissen anders war. Und zwar jener, welcher mich später anjerempelt hat?«, fragte Bruno, und er erklärte Frau Kunze in wenigen Worten die Unterschiede: Kautschukmaske statt Schminke und frisierter Naturtolle, schwarze Fliegerkombi statt Glitzeranzug. Raus aus dem Hotel statt rein in den Veranstaltungssaal nach der Raucherpause.

»Da bin ich jetzt überfragt«, sagte Frau Kunze, »tut mir leid.« Aber Bruno merkte, dass sie sich überhaupt nicht die Mühe gemacht hatte, noch einmal in ihrem Gedächtnis zu kramen und sich an Details jenes Nachmittags zu erinnern. Sie lächelte ihn tapfer an, aber Bruno hatte das untrügliche Gefühl, sie wollte ihn jetzt gern loswerden, und das, obwohl er der einzige Gast an der Rezeption war. Vielleicht wollte sie ja nur so schnell wie möglich zurück in ihre geheime Schlafkammer.

»Nichts für ungut, Frau Kunze«, sagte Bruno zum Abschied, »ick bin dann mal auf dem Zimmer. Falls Ihnen noch wat einfällt, dann ...«

»Einen angenehmen Restaufenthalt wünsche ich Ihnen, Herr Zabel«, sagte Frau Kunze und wandte sich überraschend schnell ab. Trotzdem sah Bruno noch, wie sie die rechte Hand hochriss, um hinter ihr ein herzhaftes, ein wahrlich großes Gähnen zu verbergen. Das Gähnen war grandios. Frau Kunze musste überaus müde sein in diesen Tagen. Vielleicht war sie ja schwanger, fiel Bruno ein. Da war so was natürlich. Kein Grund, sich aufzuregen. Seine eigene Frau hatte damals 1988, ein Jahr vor der Wende, als sie mit Nadine schwanger gewesen war, auch den lieben langen Tag nur schlafen wollen.

Dicker Teppichboden dämpfte Brunos Schritte, als er den Flur der zehnten Etage entlangschlurfte, seinem Zimmer entgegen, das der Buttermann-Verlag noch ganze drei Tage für ihn angemietet hatte. Heute war Montag, am Donnerstag, spätestens gegen elf Uhr musste er raus. Was danach kommen würde? Wer konnte das schon sagen. Eigentlich hatte er sofort nach Altwassmuth zurückfahren wollen, um nach dem Rechten zu sehen. Aber er hatte zu Hause weder Tiere zu versorgen noch Pflanzen zu wässern, und so wie sich die Dinge nun entwickelten, war es fraglich, ob er seine ursprüngliche Planung einhalten könnte.

Während sich der exquisite Fußboden an seine billigen Schuhsohlen schmiegte, dachte Bruno über den Rat seines Freudes Kai nach, den Komfort des Sterelle zu nutzen, solange er ihm noch zur Verfügung stand. Den Zimmerservice, den Wellnessbereich, das Kulturprogramm, die Wäscherei. All das würde er so schnell nicht wieder bekommen, vielleicht nie wieder in seinem Leben, und mit den Kameraden in den Etagenbetten zu schlafen, war alles andere als ein Vergnügen. Auch Kai, da war sich er sicher, fühlte sich mittlerweile eingeengt. Dafür hatte Bruno eine Antenne.

Das Nächste, was Bruno dachte, war: Jetzt habe ich mich doch glatt in der Tür geirrt. Er machte auf dem Absatz kehrt, ging bis zur nächsten Tür zurück, merkte sich deren Nummer, machte abermals auf dem Absatz kehrt und stand wieder vor der Tür, die er eben für die falsche gehalten hatte. Sie war es aber nicht, sie war nicht die falsche. Nein: Er hatte sich nicht geirrt. Die Zimmernummer war die richtige. Nicht richtig dagegen war das Schild, das am Türknauf hing:

Bitte nicht stören!
Please do not disturb!

Ein Schild, das Bruno dort nicht angebracht hatte.

Er zückte die elektronische Schlüsselkarte und schob sie in den Türschlitz. Mit einem sanften Klacken öffnete sich das Schloss, und noch bevor Bruno das Zimmer betreten hatte, wusste er, dass etwas nicht stimmte.

Bei Buttermanns

»Wir sind schon ein bisschen unzufrieden«, sagte Frau Dr. Gruber von der Presseabteilung und schenkte Kai ein Glas stilles, italienisches Wasser ein. Dann rückte sie die Keksschale in seine Richtung und verschränkte anschließend die Arme vor der Brust.

Eine solche Begrüßung hatte Kai nun wirklich nicht erwartet. Voller Freude war er gegen zehn Uhr Richtung Friedrichstraße gefahren, erst mit der U-, dann mit der S-Bahn, wo der Buttermann-Verlag, nur einen Steinwurf vom Ostberliner Friedrichstadt-Palast entfernt, seine Büroräume hatte. Unterwegs hatte er sogar noch einen opulenten Strauß Frühlingsblumen gekauft, der jetzt in einer Glasvase zwischen ihm und der Pressefrau steckte.

»Jetzt gucken sie nicht so traurig, lieber Herr van Harm, wir sind nicht unzufrieden, sondern, lassen Sie es mich so sagen: Wir hätten uns ein bisschen mehr erhofft.« Wie immer trug Frau Dr. Gruber ein klassisches Kostüm zu einer klassischen Bluse, grau und weiß. Ihre Haare – schwarz, hier und da von einer weißen Strähne durchzogen – hatte sie zu einem strengen, klassischen Pferdeschwanz nach hinten frisiert. Sie war höchstens zwei, drei Jahre älter als Constanze, schätzte Kai.

»Aber …«, hob Kai an und verstummte sofort wieder, weil er merkte, dass seine Stimme einen beleidigten Tonfall angenommen hatte. Schon nach nur einem Wort. Dagegen konnte er vorerst nichts machen, also ließ er Frau Dr. Gruber reden.

»Ich weiß, was Sie sagen wollen«, sagte Frau Dr. Gruber dann auch sofort und nippte mit ihren kirschroten Lippen ganz kurz am Wasserglas. »Ihr Buch ist gerade mal einen Monat auf dem Markt, vielleicht bekommen wir ja noch ein paar schöne Rezensionen, was sehr hilfreich wäre für den Buchhandel. Das kann man natürlich nie hundertprozentig voraussagen. Aber bislang sieht es leider nicht danach aus.«

Hätte Frau Dr. Gruber etwas anderes gesagt in diesem Moment, hätte Kai van Harm sie durchaus attraktiv gefunden. Wenn sie ihm ein Kompliment gemacht hätte, beispielsweise. Doch stattdessen stocherte sie weiter in der frischen Wunde herum, von der Kai bis eben noch nicht gedacht hätte, dass es sie geben könnte.

»Im Prinzip ist das Schicksal eines Buches schon vor der Veröffentlichung entschieden. Wird es von den Händlern nicht geordert und in die Regale gestellt, existiert es praktisch nicht. Spätzünder, die dennoch zu den Lesern finden, sind die ganz große Ausnahme. Sie kommen ungefähr so häufig vor wie ein Sechser im Lotto«, sagte Frau Dr. Gruber und nippte erneut an ihrem stillen Wasser.

»Ja, aber was stimmt denn nicht mit meinem Buch«, fragte Kai van Harm. Und leider klang seine Stimme noch immer mehr als unsouverän. Sie war jetzt pure Empörung und verzweifeltes Pathos.

»Ach«, sagte Frau Dr. Gruber, »ich würde nicht mal sagen, dass etwas nicht stimmt mit Ihrem Buch. Es liegt nur – und das leider sehr deutlich – völlig neben den aktuellen Trends. Die Leser wollen einfach etwas anderes lesen im Moment. Spannung. Thriller, blutrünstig und rasant. Ohne viel Chichi. Pure Handlung, reines Genre. Bücher, die geschnitten sind wie Kriminalfilme. Knappe Szenen und keine seitenlangen Beschreibungen der Charaktere. Die womöglich noch psychologisch sind. Besonders Letzteres ist ja mal so was von vollkommen out«, sagte Frau Dr. Gruber.

»Wirklich wahr?«

»Ja, aber wie gesagt, geben Sie die Hoffnung nicht auf. Sie haben ja eine zweite Chance von uns erhalten. Und es gibt ja durchaus auch Menschen, die durchs Lottospielen Millionäre geworden sind. Vergessen Sie das nicht.«

»Es gibt auch Leute, die auf dem Abtritt vom Blitz erschlagen wurden«, sagte Kai.

»Warten Sie kurz«, sagte Frau Dr. Gruber. Sie erhob sich und zupfte mit zwei sehr resoluten Bewegungen ihren knielangen Rock zurecht. Im Herausgehen tätschelte sie noch Kais rechten Arm, der wie erschossen auf dem Tisch lag, genau zwischen Keksteller und Blumenvase, so gefühl- wie nutzlos.

Dann war van Harm allein in ihrem Büro. Er starrte auf all die Meter erfolgreicher Bücher, die wie eine Trophäensammlung in einem wandausfüllenden Regal hinter Frau Dr. Grubers Schreibtisch aufgereiht waren. In den folgenden fünf Minuten war Kai der einsamste Mensch auf der Welt. Aber er hatte auch einen Moment der Erleuchtung in diesen fünf Minuten. Er ahnte mit einem Mal, wie sich die Autoren gefühlt haben mochten, die er jahrelang gemaßregelt hatte in seinen eigenen Buchrezensionen. In seiner Funktion als Literaturkritiker und Kulturredakteur. Denn natürlich hatte es ihm viel mehr Freude bereitet, Bücher zu verreißen, als sie zu loben. So war nun mal der Mensch, da musste man sich gar nichts vormachen. Hämisch, neidisch, schadenfroh. Natürlich hatte Kai in seinen Kritiken andere Maßstäbe verwendet als Frau Dr. Gruber eben in ihrer Kritik seines Buches. Und dennoch waren ihre Ausführungen eben auch eine Kritik gewesen, zwar keine ästhetisch-künstlerische, sondern eine, die von Zahlen ausging, aber dennoch eine Kritik. Eine betriebswirtschaftliche, wenn man so wollte. Aber das machte es nicht besser, und als Frau Dr. Gruber nach fünf Minuten wieder hereinkam, war Kai van Harm noch immer ganz geknickt darüber, dass sein Buch – so konnte man es wohl abschließend formulieren – durchgefallen war.

Wenigstens Frau Dr. Gruber hatte zu ihrer guten Laune zurückgefunden, und mit einem strahlenden Lachen überreichte sie Kai einen Jutebeutel mit dem Logo des Buttermann-Verlages, der ziemlich prall gefüllt war.

»Lieber Herr van Harm«, sagte Frau Dr. Gruber und ihre Stimme klang fast ein wenig feierlich, »jetzt lassen Sie mir bloß nicht den Kopf hängen. Hier haben Sie«, und mit diesen Worten übergab sie ihm den Jutebeutel, »einige unserer Erfolgstitel aus der Backlist und auch ein paar unserer Neuerscheinungen. Ich hoffe, Sie lassen sich davon inspirieren. Möglicherweise finden Sie ein paar Anregungen für sich und vor allem natürlich für Ihr nächstes Buch, auf das wir uns in jedem Fall freuen. Mit Sicherheit werden Sie sich als Kenner der Materie – als Literaturfreund, der Sie doch sind – auch an dem einen oder anderen reiben, das doch sehr ins Populärkulturelle tendiert. Aber meine Hoffnung ist, dass aus dieser Reibung ganz besondere Energien entstehen, und falls Sie die Bücher ganz und gar nicht lesen wollen …«

»Dann verkaufe ich sie einfach auf eBay«, sagte Kai van Harm, was ihm zum Abschied und zu allem Überfluss auch noch ein rügendes Stirnrunzeln von Frau Dr. Gruber einbrachte.

Zurück im Sterelle (2)

Zur selben Zeit, als Kai van Harm noch in Frau Dr. Grubers Büro in der Friedrichstraße saß, steckte Bruno seine Schlüsselkarte in die Halterung neben der Tür. Im Zimmer und im Bad gingen klackernd die Lichter an. Von der Tür aus konnte er nur den Fußteil des Bettes sehen. Er hatte es neulich leicht zerwühlt verlassen, jetzt war es gemacht. Die Überdecke war mindestens ebenso glatt gestrichen wie die Decken im Etagenbett des improvisierten Gefechtsstandes bei Kai van Harm. Die Vorhänge waren zurückgezogen, und so präsentierte das Fenster einen weiten Blick über das strahlende Frühlings-Berlin.

Bruno setzte vorsichtig einen Schritt nach vorne. Auch der dicke Teppichboden des Zimmers dämpfte die Schritte. Allerdings: Falls jemand im Zimmer war, hätte er ohnehin mitbekommen, dass Bruno eingetreten war. Und möglicherweise, fiel Bruno jetzt ein, hatte ja der Zimmerservice das »Bitte nicht stören!«-Schild an die Tür gehängt. Möglicherweise hatte die Rezeption den Service über Brunos Abwesenheit informiert. Und warum sollte auch das Zimmer jeden Tag neu geputzt werden, wenn doch der Gast ganz woanders weilte. Das Schild draußen, schloss Bruno, und damit kam er aus der Hocke hoch, atmete hörbar aus und dann tief wieder ein und zog endlich auch die Tür hinter sich zu, das Schild war nicht mehr als ein Zeichen für die Kolleginnen des Zimmerservice, dass dieses Zimmer bis auf Widerruf nicht geputzt werden müsse.

Bruno knöpfte sein verschwitztes Hemd auf, streifte es ab und feuerte es durch die offene Badezimmertür auf die weißen Kacheln neben die Dusche. Dann beschloss er, direkt die Minibar in Angriff zu nehmen, in der er noch ein paar Biere aus dem Supermarkt deponiert hatte. Er konnte jetzt eine kleine Stärkung gebrauchen. Immerhin musste er sich heute noch entscheiden, ob er zu den Bequemlichkeiten des Hotellebens zurückkehrte oder endgültig in Kai van Harms Wohnung wechselte. Eigentlich konnte er alles bequem vom Bett aus regeln. Sein Notebook war hier und sein Handy ebenfalls, und wenn er ein vertrauliches Gespräch führen wollte, konnte er sich von der Rezeption auf Kais Festnetzanschluss durchstellen lassen, den dieser so gut wie nie benutzte. Auch Rocco, Ronny und Robert konnte er aufs Zimmer bestellen, falls es etwas zu besprechen gab. Sie waren Profi genug, sich dabei nicht beobachten zu lassen.

Die Minibar war in den Schreibtisch eingebaut, und der Schreibtisch befand sich direkt unter dem Fenster, sodass man seinen Blick über die Stadt schweifen lassen konnte, wenn man etwa einen Brief schrieb. Zum Beispiel an seine Tochter. Das war eine gute Idee, egal, ob er im Hotel blieb oder nicht – auf jeden Fall würde er gleich einen Brief an seine Tochter Nadine schreiben, von der er schon ein paar Wochen nichts mehr gehört hatte. Er würde den Ausblick genießen, kaltes Bier trinken und an seine Tochter schreiben. Das würde dem Brief die nötige Lockerheit verschaffen, ihn nicht so steif klingen lassen wie die Postkarten, die Bruno einmal im Quartal schrieb, und nicht so harsch, wie seine Stimme klang, wenn er hin und wieder mit Nadine telefonierte. Denn insgeheim machte er ihr immer noch den Vorwurf, dass sie aus dem Oderbruch fortgezogen war.

Bruno stand schon am Schreibtisch und ging in die Knie, um die Tür der Minibar aufzuziehen, als er im Augenwinkel registrierte, dass die Putzkolonne ihre Arbeit doch nicht so perfekt gemacht hatte, wie er es noch von der Tür aus vermutet hatte.

So ordentlich das Fußende des Bettes war, so unordentlich war das Kopfteil des Doppelbettes. Denn da lag nicht nur irgendein Handtuch quer oder war ein Kissen zerwühlt. Nein, dort herrschte ein heilloses Chaos. Es waren Brunos Sachen, seine ganzen Klamotten, Unterwäsche, Socken, Hemden, ein Paar Sandalen, sein Strohhut, das Regencape, die komplette Garderobe – die er für die eine Woche in Berlin eingepackt hatte, ja sogar die Schmutzwäsche vom Donnerstag. Er erkannte seinen braunen Anzug von der Premierenfeier, ebenso wie ein paar Kreuzworträtselhefte, die er sich am Bahnhof der Kreisstadt für die Zugfahrt gekauft hatte.

Das alles war aus seinem Koffer gekippt und zu einem unförmigen Haufen auf den Kissen getürmt worden. Der karierte Koffer lag neben dem Bett, wie ein totes Tier, die Klappe halb offen wie ein Maul. Sowohl der Deckel als auch die Seiten waren aufgerissen, wie zerfetzt von einer Machete oder einem stumpfen Bajonett.

Bruno kam aus der Hocke hoch. Das Bier war vergessen, ebenso der Brief an seine Tochter.

Den Blick stur auf den Haufen gerichtet, wusste er jetzt, dass die Stichwunde am Freitagabend im Hotelfoyer kein Unfall gewesen war. Es war auch kein Zufall gewesen, dass der falsche Elvis-Imitator gerade ihn, Bruno, angerempelt hatte. Es ging dem großen Unbekannten genau um ihn, Bruno, und um Kai van Harm. Und auch um Kai van Harms Familie, leider. Der kleine Stich vom vergangenen Freitag war nur der Auftakt gewesen, der Auftakt zu etwas Größerem. Da war sich Bruno sicher.

Etwas störte Bruno an dem Haufen. Der Haufen allein war schlimm genug, gewiss. Dieser Berg aus Brunos Sachen symbolisierte, dass er, Bruno, angreifbar war, verwundbar. Und er symbolisierte auch die Macht seines Widersachers. Wer immer hier eingedrungen war, verfügte über die Fähigkeit, elektronische Schlösser zu öffnen. Aber damit nicht genug. Er konnte unsichtbar sein, wenn er wollte. Aber er konnte auch sichtbar agieren, wenn er es für nötig hielt, so wie am Freitag am Eingang in Gestalt des Kautschuk-Masken-Elvis, und dabei dennoch unerkannt bleiben.

Jemand, der so handelte, konnte sich mit Rocco, Ronny und Robert messen, dachte Bruno, und wer sich mit seinen drei Freunden messen konnte, der war gefährlich. Bruno war sich sicher: Das war niemals einer der Altwassmuther gewesen, denen Bruno und Kai letztes Jahr in die Quere gekommen waren. Die sie hatten hochgehen lassen. Weder Wolf Kretzschmer, der Wirt vom Deutschen Haus, noch sein bester Freund Winfried Jagoda, der Dorf-Zampano, waren zu solch einer Tat imstande. Das waren Grobmotoriker und keine Symboliker. Wenn die zuschlugen, dann mit Baseballschlägern, sodass es splitterte und krachte und es jeder mitbekam. Und wenn sie eine Waffe benutzten, dann niemals ein Präzisionsgewehr mit Zielfernrohr, sondern immer eine Schrotflinte, die einen ordentlichen Flächenschaden verursachte. Hauptsache viel Lärm. Kollateralschäden egal.

Aber wer dann? Wer konnte es dann gewesen sein?

Bruno rieb sich die Stirn mit dem Handballen. Er stand noch immer neben dem Schreibtisch. Die Kühlung der Minibar sprang an und brummte freundlich vor sich hin. Also öffnete er jetzt doch die Tür und nahm sich ein Bier. Das kalte Getränk tat gut. Erst als sie leer war, setzte Bruno die beschlagene Flasche wieder ab. Und in diesem Moment sah er es: Dieser unförmige Berg aus seinem privatesten Besitz war … er war obendrein besudelt. Mittendrin prangte eine Fäkalienwurst. Und jetzt sah er auch die Schrift am Kopfteil des Bettes. Braun auf Braun. Die Botschaft des Eindringlings war mit Kot auf das Holzpaneel gemalt – mit braunem, dünnflüssigem Kot!

Bruno stellte die Flasche ab, dann näherte er sich auf Zehenspitzen der Sauerei. Trat ganz langsam an die Bettkante des Fußteils heran, bis seine Schienbeine den flachen Bettrahmen berührten, und ließ sich dann sehr vorsichtig mit den Knien auf die Matratze nieder, als könne der Lattenrost unter seinem Gewicht zusammenbrechen. So, auf der Matratze kniend, entzifferte er die braunen, verlaufenen Buchstaben, ohne freilich ihren Sinn zu erfassen, denn abermals hatte der Schmierfink die englische Sprache benutzt, um sich auszudrücken. Um zu drohen, um ihnen Angst einzujagen, was auch immer, und wahrscheinlich handelte es sich bei den Worten abermals um ein Elvis-Zitat. Aber das konnte Bruno nur mutmaßen:

DON'T MESS WITH THE KING!

King, das hieß König, so viel wusste Bruno immerhin. Und so wie man Michael Jackson den König des Pop nannte, was Bruno mal auf der bunten Seite der *Märkischen Oderzeitung* gelesen hatte, so wurde Elvis Presley der König des Rock'n'Roll genannt.

Jetzt fiel Bruno eine weitere Sonderbarkeit auf. Der Kothaufen auf seinen Kleidern – er stank nicht. Bruno schnupperte, ging näher an die Wurst heran. Das braune Etwas roch allenfalls nach Lösungsmittel.

Bruno erhob sich von seinen Knien. Das auf dem Paneel, das auf seinen Sachen waren keine Fäkalien. Das war Farbe, billige, vermutlich, lösungsmittelhaltige Ölfarbe. Er beugte sich über sein Feiertagsjackett, auf dessen Aufschlag dieses braune Knäuel von Nacktschnecke saß. Und er musste jetzt tatsächlich grinsen, weil er sah, dass es sich lediglich um eine Farbwurst handelte. Direkt aus der Tube gedrückt, aus einer Tube mit einer recht breiten Tubenöffnung ganz offensichtlich. Aber was sagte das jetzt über denjenigen aus, der diese Schmiererei angerichtet hatte? Dass er Maler war? Dass er an der Kunstakademie lehrte? Dass er im Einzelhandel Farbtuben kaufen konnte? Dass er einen Künstlerbedarf führte? Oder einen Heimwerkerladen? Dass er bei OBI arbeitete? Oder dass er mit jemandem befreundet war, der bei OBI …?

Blödsinn, ermahnte sich Bruno selbst, sei nicht albern!

Im Augenblick war er vor allem eines: erleichtert. Erleichtert, dass die vermeintlichen Fäkalien sich als Farbe herausgestellt hatten. Das schwächte die Aussage der Drohung ab. Es war nur ein Als-ob. Wie am Samstag bei Kai. Bei Kai hatte es ausgesehen, als ob Blut an die Wand geschmiert worden wäre, hier sah die braune Farbe aus wie Kot. Das machte die Drohung, die hinter einer solchen Aktion stand, zwar nicht gegenstandslos, aber es nahm ihr etwas von der aggressiven Unmittelbarkeit. Wenigstens hatten sie es ganz offensichtlich nicht mit einem manischen Triebtäter zu tun.

»Frau Kunze?« Bruno, am Schreibtisch sitzend, ein zweites Bier in der Hand, hatte die Nummer der Rezeption gewählt, und nach dem sechsten Klingeln war auch endlich jemand rangegangen.

Vorher allerdings hatte er aus dem besudelten Klamottenhaufen eines der kurzärmligen, grobgewürfelten Hemden herausgezogen, das noch am wenigsten verdreckt war und nur eine kleine Farbschliere am linken Kragen aufwies. Er hatte es übergezogen, doch der prüfende Blick in den Spiegel konnte ihn nicht zufriedenstellen. Es sah trotzdem aus, als hätte er sich mit Kacke beschmiert. Also blieb ihm wohl nichts anderes übrig, als mit Kai noch einmal in die rosa Hölle am Alexanderplatz zu fahren.

»Ja?« Frau Kunzes Stimme klang matt.

»Zabel hier, Zimmer 1015. Hab ich Sie geweckt?«

»Wie kommen Sie denn da drauf, Herr Zabel?« Jetzt klang sie plötzlich hellwach. Bruno stellte sich einen dicken Striemen auf ihrer Wange vor.

»War nur 'n Scherz«, sagte Bruno. »Eine Frage: Wurde mein Zimmer heut Morgen sauber jemacht.«

»Stimmt etwas nicht?«

»Allet bestens, meine Liebe«, sagt Bruno, »ick frage aus purer Neugier. Ick hab nämlich mit mir selbst jewettet. So sind wa manchmal eben, wir alten Zausel, wa?«

»Warten Sie«, sagte Frau Kunze. Bruno hörte, wie sie mit den Fingern auf einer Computer-Tastatur herumklapperte. »Doch, Ihr Zimmer wurde ganz regulär gereinigt. Haben Sie die Wette gegen sich gewonnen.«

»Nee, verloren«, sagte Bruno, »aber darf ick Sie noch wat fragen?«

»Nur zu!«

»Jibs dort unten im Foyer Überwachungskameras?«

»Keine Ahnung«, sagte Frau Kunze«, ich bin hier auch nur zur Aushilfe. Eigentlich studiere ich.«

»Kunst?«

»Woher wissen Sie …?«

»Pure Intuition«, fiel Bruno ihr ins Wort. »Und? Jibs welche?«

»Ich glaube ja«, sagte Frau Kunze, »da hängt so ein komisches rundes Ding an der Decke. Direkt hier über dem Empfangstresen. Und dahinten über der Sitzecke ist noch so eins.«

»Und dit sind keine Feuermelder?«

»Nein.«

»Und woran sehen Sie dis?«

»Weil die Feuermelder direkt daneben hängen. Die Dinger, die ich meine, sehen aus wie verspiegelt.«

»Bingo«, sagte Bruno. Er machte eine kleine Pause und fragte dann mit der einschmeichelndsten Stimme, die er besaß und die ungefähr so klang, als hätte er ein Pfund Kreide verschlungen: »Sagen Sie, es wäre nicht ganz eventuell möglich, dass Sie für mich einmal einen Blick ...?«

Aber Frau Kunze ließ ihn nicht einmal ausreden und sagte stattdessen streng: »Ich bin hier nur zur Aushilfe.«

»Ausnahmsweise?« Noch zwei weitere Esslöffel Kreide obendrauf. Schlemmkreide.

»Wissen Sie eigentlich, wie viel ich hier verdiene? Außerdem habe ich keinen blassen Schimmer, ob es überhaupt Aufzeichnungen gibt, und wenn ja, wo sich die befinden. Und außerdem, warum sollte ich Ihnen einen Gefallen tun? Sie sind weder von der Polizei, noch haben Sie mir einen Geldbetrag angeboten, mit dem Sie meine Loyalität kaufen könnten. Und glauben Sie mir, wenn der Betrag hoch genug wäre ...«

»Tu mir leid, mit Jeld kann ick nich dienen«, kürzte Bruno die Sache ab, »so jerne icks für Sie täte.«

»Hab ich mir schon gedacht«, sagte Frau Kunze und lachte plötzlich. Jedenfalls klang sie mit einem Mal heiter. »Wenn Ihnen was an den Bildern der Überwachungskameras liegt, dann müssen Sie sich schon an die Geschäftsleitung wenden. Wofür brauchen Sie die eigentlich?«

»Na dieser Kerl, der mich am Freitag umgerannt hat…«

»Apropos«, sagte Frau Kunze.

»Für die Versicherung«, schob Bruno noch schnell eine Begründung nach – nur sicherheitshalber, falls sich mal jemand bei Frau Kunze nach Bruno erkundigen sollte –, bevor Frau Kunze nun ihrerseits zum Besten gab, was ihr vorhin noch eingefallen war, vermutlich kurz bevor sie ins Reich der Kurzschlafträume abgedriftet war: »Diese schwarze Montur, die Sie vorhin erwähnt haben.«

»So 'ne Art Overall«, präzisierte Bruno.

»Genau. Diese Overalls sind mir nicht ganz unbekannt. Einige meiner Kommilitonen tragen so was im Atelier. Das sieht gleich zwei Nummern professioneller aus. Und genau an diesem Freitag, als Sie, Herr Zabel, gestürzt sind, habe ich ein paar Stunden vorher jemanden in so einem schwarzen Overall gesehen.«

»Mit 'ner Elvis-Maske?« Bruno merkte, wie sein Herz um ein paar Takte beschleunigte.

»Nein, ohne natürlich«, sagte Frau Kunze. »Und zwar den ganzen Tag über. Immer mal wieder. Auch schon lange bevor die Darsteller unserer Abendveranstaltung da waren. Ich habe den Mann für einen Handwerker gehalten. Davon laufen ja viele hier herum. Sie können sich denken, dass in einem Haus wie unserem ständig was zu reparieren ist.«

»Kann ick«, bestätigte Bruno.

»Er hat mir auch ein paarmal zugenickt. So grüßend.

Und eine Handwerkertasche hatte er schließlich auch dabei.«

»Eine Handwerkertasche?«, fragte Bruno, und er versuchte sich zu erinnern, ob der Mann mit der Kautschuk-Maske eine Handwerkertasche mit sich geführt hatte. Für einen Augenblick, noch im Fallen sozusagen, hatte Bruno ihn ja gesehen. Aber er konnte sich jetzt beim besten Willen nicht an eine Tasche erinnern. Er war ja völlig perplex gewesen von dem Stoß, den der Mann ihm versetzt hatte, und danach hatte er vor allem diese leichenstarre, tote Elvis-Maske angestarrt, die eine Sekunde zu lange auf ihn heruntergeblickt hatte. Vielleicht aber – und auch das war realistischerweise als Möglichkeit nicht auszuschließen – handelte es sich bei dem Mann im schwarzen Overall, der Frau Kunze aufgefallen war, tatsächlich nur um einen x-beliebigen Handwerker.

»So einen wuchtigen Koffer eher«, präzisierte Frau Kunze ihre Angaben, »so aus derbem Leder. Ein Werkzeugkoffer.«

»Ick weiß, wat Sie meinen.«

»Das wäre ja an sich noch nichts Besonderes«, sagte Frau Kunze, »und in der Regel sehe ich solche Handwerker und habe sie im nächsten Moment auch schon wieder vergessen. Aber das Exemplar hier nicht. An den hab ich mich wieder erinnert, weil bei dem etwas nicht stimmte.«

»Inwiefern jetze?« Bruno rutschte vor lauter Aufregung auf dem Schreibtischstuhl hin und her. Hätte er noch eine seiner alten Synthetikhosen getragen, wäre er jetzt elektrisch geladen gewesen.

»Da waren so Details«, sagte Frau Kunze, »die mir jetzt im Nachhinein komisch vorkommen.«

»Zum Beispiel?«

»Na, seine Sonnenbrille, zum Beispiel.«

»Oha«, sagte Bruno. »Eine Sonnenbrille is ja im Prinzip ooch nur ’ne Art, sich zu maskieren.«

»Wobei man schon sagen muss, dass es durchaus ein sonniger Tag war, der Freitag. Sie können sich bestimmt noch daran erinnern.«

»Stümmt.«

»Es war mehr die Art der Sonnenbrille. Schon so retro, auf achtziger Jahre gemacht. Typ vollverspiegelte Pilotenbrille. Tropfenform und so weiter.«

»Ick kann mich jut erinnern«, sagte Bruno, »warn wa alle mächtig scharf druff annudunnemals in unsan Diskozeiten.«

»Ja, aber weder war es eine wirklich alte Brille, noch war es so ein neues Billigteil von der Tankstelle, das nur einen auf alt macht. Die Sonnenbrille, von der ich spreche, war retro-designed. Wobei die Betonung auf designed liegt.«

»…«

»Sind Sie noch dran?«, fragte Frau Kunze.

»Ja«, sagte Bruno, »alladings bin ick mir nich sicher, ob ick Ihre letzten Worte richtich begriffen habe.«

Frau Kunze kicherte am Ende der Leitung wie ein Schulmädchen: »Was ich damit sagen will, lieber Herr Zabel, so eine Sonnenbrille kostet hundertsiebzig bis zweihundert Euro am Ku’damm.«

»Puh«, machte Bruno, der alle Beträge über hundert Euro fast automatisch mit seinen eigenen Bezügen ins

Verhältnis setzte, die er laut Sozialgesetzbuch II erhielt. »Bei uns uffm flachen Land laufen die Handwerker bestimmt nich mit sowat rum.«

»In Berlin auch nicht, da kann ich Sie beruhigen. Das müsste dann schon ein sehr eitler Fatzke sein«, bestätigte Frau Kunze. »Aber da ist noch mehr. Man kriegt ja eine gewisse Menschenkenntnis, wenn man an der Rezeption arbeitet, wenn auch nur als Aushilfe.«

»Na, nu bin ick aba jespannt.«

»Was ganz Banales«, sagte Frau Kunze abwiegelnd, »die Frisur.«

»Die Frisur?« Bruno Zabels Bio-Hosenboden glühte schon fast.

»Die Frisur im Zusammenspiel mit der Haarfarbe«, präzisierte sie ihre Angabe. »Ein sehr helles Blond, fast schlohweiß. Ich bin mir ziemlich sicher, dass die Farbe künstlich war. Denn der Mann war nicht alt. Man konnte trotz der Sonnenbrille sein irgendwie noch jugendliches Gesicht ahnen. Und er war auch nicht ... wie heißt das gleich ... Sie wissen doch, wenn jemand solche weißblonden Haare hat, dann fehlt ihm manchmal so ein ...«

»Er war kein Albino, meinen Sie. So wie olle Heino, dieser sojenannte Sängerknabe.«

»Richtig. Kein Albino. Ich kam gerade nicht auf das Wort.«

Bruno nahm sich einen der Hotelbleistifte und machte sich auf dem dazu gehörenden Block Notizen. Das, was ihm Frau Kunze hier auftischte, war doch immerhin schon etwas, jedenfalls mehr, als er bisher gewusst hatte, nämlich gar nichts.

»Und seine Haare waren akkurat geschnitten. Hinten und an den Seiten messerscharf kurz. Oben eine Art Bürste. Ein absoluter Präzisionshaarschnitt. Eine Augenweide. Sie werden lachen, aber dieses Wort ist mir tatsächlich in den Sinn gekommen: Präzisionshaarschnitt. Eine Frisur, wie Deutsche in Hollywoodfilmen sie manchmal tragen.«

»Wat denn für Deutsche?«

»Na ja, die Bösen. Die von früher. Eine Frisur, wie sie auf keinen Fall irgendein Berliner Handwerker tragen würde, geschweige denn einer aus dem Brandenburger Umland. Zumal vielen von denen wohl auch die entsprechenden Haare dafür fehlen würden. Die scheren sich höchstens 'ne Glatze.«

»Fräulein!«, hörte Bruno eine zweite leisere, weibliche Stimme im Hörer.

»Einen Moment noch«, sagte Frau Kunze. Sie schien zur Seite zu sprechen.

»Ich stehe hier schon fünf Minuten und warte«, sagte die leisere Stimme. »Wir haben Karten für die Veranstaltung heute Abend und eine Zimmerreservierung!«

»Für welche Veranstaltung, bitte?«

»Zu Carmen Nebel. Ein bunter Strauß der Volksmusik«, sagte die Stimme.

»Ein *schwarzer*, meinen Sie. Einen kleinen Moment noch: Ich bin gleich für Sie da«, sagte Frau Kunze zuckersüß, und dann wieder direkt in den Hörer: »Ich muss jetzt Schluss machen, Herr Zabel. Nur eines noch: Er hatte auch eine super Figur. Keinen Waschbärenbauch, wie die Handwerker, die ich so kenne. Vom Feierabendbierchen und vom Grillen. Und auch die

Schultern … also ziemlich athletisch, soweit man das erkennen konnte unter dem schwarzen Overall. Überhaupt war er eigentlich ziemlich gutaussehend, wenn ich es mir jetzt recht überlege. Na ja, wir sehen uns sicherlich noch mal. Sind ja noch ein paar Tage unser Gast. Einen schönen Aufenthalt noch!«

»Den wünsche ick Ihnen auch«, sagte Bruno sinnloserweise, während er seine letzte Notiz beendete: junggebliebener Schönling (mit Geld).

Einmal feucht durchwischen

»Was für ein Massaker«, sagte Robert, der mit seinem leichten Bauch- und Glatzenansatz vermutlich viel eher einem Handwerker glich als das Phantom im schwarzen Einteiler. Das war eine halbe Stunde, nachdem Bruno das Gespräch mit Frau Kunze von der Rezeption beendet hatte. Unmittelbar danach hatte Bruno seinen Mitarbeiter angerufen, um ihn zu einem Soforteinsatz ins Erlebnishotel Sterelle zu beordern.

(Im vormaligen Leben übrigens, das Bruno unter Freunden, die ihm sehr nahestanden – bedeutend näher als zum Beispiel Kai van Harm –, als das richtige Leben bezeichnete, waren Robert, Rocco und Ronny Jungoffiziere jener NVA-Hubschrauberstaffel gewesen, die Major Zabel mit fester Hand, aber durchaus auch mit väterlicher Nachsicht kommandiert hatte. Aber das nur am Rande.)

»Kannste da wat machen?« Bruno wies auf den Kleiderturm und die besudelte Wand.«

»Denke schon«, sagte Robert. Sein Adidas-Shirt war unter den Achseln dunkel vom Schweiß verfärbt.

»Es muss nur so gut aussehen, dass die Putzfrau morgen früh nüscht merkt. Wie de das hinkriegst, is mir wurst. Das Wichtigste ist, die Putzfrau darf nüscht merken. Die Putzfrau wiederum beseitigt dann deine

Spuren, wenn se jut is, weswegen das Zimmer ruhig benutzt aussehen sollte morgen früh. Zerwühlte Betten, Handtücher uffm Boden und so weiter. Du kriegst dit schon hin.«

»Alles klar, Bruno«, sagte Robert. Er hatte einen Werkzeugkoffer mitgebracht, auf den die Beschreibung von Frau Kunze auch ganz gut gepasst hätte, schwarz, Leder, voluminös.

»Hat dich die Kleene von der Rezeption gesehen?«, fragte Bruno.

»Denke nicht«, sagte Robert. »Da kam gerade 'ne Wagenladung Rentner an, die zur Volksmusik wollten.«

»Pass ein bisschen uff, dass du nich jesehen wirst. Die Kleene is jetzt misstrauisch, wat hauptsächlich meine Schuld is.«

»Verstanden«, sagte Robert, ohne sich nach der Art von Brunos Schuld zu erkundigen.

»Und wenn de Hilfe brauchst, rufste noch einen von den andern, wa?«

»Jawoll, Chef.«

»Und vielleicht kann man ja noch ein paar von meine Sachen retten.« Bruno zeigte auf seine Klamotten.

»Ich tue mein Bestes.«

»Und vorher natürlich allet uff Foto dokumentieren«, sagte Bruno.

»Selbstverständlich«, sagte Robert, »ich bin doch kein Anfänger.«

Nur mit einer Plastiktüte in der Hand verließ Bruno das Hotelzimmer wieder. Die Tüte enthielt seine Gelenktasche, die ziemlich viel von der braunen Farbe abbekommen hatte (Geld und Papiere hatte der Täter unangetastet gelassen), sein Waschzeug (das der Farb-Attentäter wohl vergessen hatte, aus dem Bad zu holen und in den Klamottenstapel einzubauen) sowie sein altes Handy (dessen Guthabenkarte wie stets bis zum Anschlag aufgeladen war). Das Laptop, das Fernglas und einigen anderen technischen Schnickschnack würde Robert oder einer der anderen später in Kai van Harms Wohnung schaffen, denn Bruno hatte nun doch beschlossen, die Sicherheit des Kollektivs dem Komfort des Hotellebens vorzuziehen. Er hätte es nie zugegeben, aber seine Angst vor dem unbekannten Gegner wuchs, langsam, aber stetig. Wie es so schön hieß: Sie nagte an ihm.

Und wenn es ihm selbst schon so erging, mochte Bruno sich gar nicht vorstellen, wie es in seinem Freund Kai van Harm aussah. Der hatte nicht mal gedient und war obendrein noch Pazifist. Bruno wusste, dass Kai am liebsten die Polizei eingeschaltet hätte, spätestens nach der Steinattacke auf Constanze und seine Kinder. Und er wusste, dass Kai es nur ihm zuliebe unterließ. Nicht weil er ihm vertraute, sondern weil er dachte, ihm einen Gefallen damit zu tun.

Bruno zweifelte unterdessen selbst, ob es nicht besser war, die Angelegenheit der Polizei zu übergeben. Doch wie hätte er das wiederum Rocco, Ronny und vor allem Robert erklären sollen. Die alles stehen und liegen gelassen hatten, um ihrem ehemaligen Vorgesetzten beizuspringen. Die ja gerade gekommen waren, damit die Polizei außen vor bleiben konnte, so wie es Bruno ausdrücklich gewünscht hatte?

Die Sache wird komplizierter, dachte Bruno, während der Fahrstuhl mit einem sanften Pling im Foyer ankam. Es herrschte noch immer ein gewaltiger Trubel. Die Empfangshalle schien geradezu von Senioren geflutet zu sein, die alle gekommen waren, um Carmen Nebel zu erleben, ohne das Kleingedruckte gelesen zu haben. Im Hinauseilen sah Bruno die Ankündigung:

Exklusiv!
Ihr Erlebnis-Hotel Sterelle präsentiert:
Ein schwarzer *Strauß der Volksmusik.*
Sänger! Bläser! Mutationen!
Der Carmen Nebel des Grauens

In Wirklichkeit hatte man den gutgläubigen Rentnern die Tickets zu einer billigen Persiflage verkauft. Einen Budenzauber mit Perücken und Playback. Plus Übernachtung, versteht sich. Es war eine verdammte Schande.

Noch immer voller Zweifel lief Bruno wenig später die Sonnenallee entlang. Die Wohnung öffnete er mit dem Ersatzschlüssel, den er von Kai am Morgen erhalten hatte. Schon im Flur roch es gut, vertraut, nach Heimat und Geborgenheit: nach frisch aufgebrühtem Kaffee. Es gab wirklich keinen Grund, der für einen weiteren Hotelaufenthalt sprach. Außer vielleicht die Plaudereien mit der netten Frau Kunze.

Am Küchentisch saß Rocco und las in einer Zeitung, die er aber sofort zusammenfaltete, als Bruno eintrat.

Ohne zu fragen, nahm er einen sauberen Henkelbecher vom frischen Küchentuch auf der Spüle und schenkte Bruno Filterkaffee ein. Bruno führte den Becher genießerisch zur Nase, sog den Duft ein und nippte dann ganz vorsichtig von dem heißen Getränk.

»Genau dit hab ick jetzt gebraucht«, sagte Bruno. Er trank die halbe Tasse leer, dann verfiel er kurz in eine Art von Starre, aus der er ebenso unvermittelt wieder erwachte, um dem überraschten Rocco in einem Affentempo zu berichten, was sich im Hotel zugetragen hatte.

»Puh«, sagte Rocco, als Bruno fertig war und wie ein Verdurstender in der Wüste nach der Kaffeekanne griff.

»Und wat war bei euch so?«, fragte Bruno, als er wieder bei Puste war.

»Ronny und ich«, sagte Rocco, und man konnte sehr deutlich die Gänsefüßchen heraushören, die den Namen Ronny einrahmten, »waren auch nicht ganz untätig. Komm mal bitte mit, Chef.«

Sie gingen rüber in Kais ehemaliges Schlafzimmer, wo es dunkel war und der Ventilator die warme Maschinenabluft bewegte. Auf allen vier LCD-Monitoren waren jetzt die farbschwachen und ein wenig unscharfen Bilder von Überwachungskameras zu erkennen. Zur Nummer eins, die alle drei Wohnungstüren auf Kai van Harms Etage im Blick hatte, war Kamera Nummer zwei gekommen, die die Hofeinfahrt des Hauses und ein Stück des Bürgersteiges davor abfilmte. Gerade konnte man sehen, wie ein älterer Hundehalter gedankenverloren seinen Köter dabei beobachtete, wie dieser neben dem Ahornbaum, dessen grünes Geäst bis vor Kai van Harms Wohnzimmerfenster ragte, sein Geschäft verrichtete. Rocco drückte eine Taste auf dem Laptop, das vor dem Monitor stand, und augenblicklich zoomte die Kamera an das Gesicht der Promenadenmischung heran. Der Hund musste an Verstopfung leiden. Seine Hundemiene war ein einziger Krampf. Dann zoomte Rocco wieder zurück und brachte die Kamera in die Ausgangsposition. Einige Passanten liefen gerade eilig an dem Mann und seinem schmerzvoll kackenden Köter vorbei.

»Darf man das denn?«, fragte Bruno, »ick meine, einfach so die Leute filmen?«

»Nicht, dass ich wüsste«, sagte Rocco ungerührt. »Wir zeichnen auf«, erklärte er, »sichten alle vierundzwanzig Stunden das Material und löschen es sofort wieder, falls wir nichts finden. Schon wegen der Speicherkapazitäten.«

»Verstehe«, sagte Bruno, der ja in Altwassmuth die beinahe weltberühmten Live-Kameras betreute, die Bilder ins Internet streamten von sich paarenden Störchen, von brütenden Störchen, von Störchen, die fraßen und schliefen, von Störchen, die starteten und landeten und von Störchen, die sich langweilten und ausgiebig gähnten.

»Ist ja nur für den Privatgebrauch«, griff Rocco noch einmal die Frage der Legalität auf. »Und überhaupt, wo es keinen Ankläger gibt, gibt es auch kein Verbrechen. Man darf sich nur nicht erwischen lassen.«

»Amen«, sagte Bruno.

Kamera drei überwachte den Eingang von Constanzes Haus am Kreuzberger Paul-Lincke-Ufer. Man konnte einen Teil des blühenden Vorgartens sehen. Das wirkte schon ganz anders als der schäbige Neuköllner Straßenabschnitt von Kamera zwei. Das wirkte gediegen und bürgerlich. Da rochen sogar die Bilder nach Pfingstrosen und stanken nicht nach Hundedreck und vollgepisster Jogginghose, wie jene von Kamera zwei. Im übertragenen Sinne, versteht sich.

Kamera vier musste ungefähr dort befestigt worden sein, wo Peggy neulich gehockt hatte und Bruno Auskunft über die Vorgänge in Constanze van Harms Wohnung gegeben hatte. Jetzt allerdings konnte man so gut wie nichts sehen, denn die Sonne spiegelte sich in den Fensterscheiben. Immerhin war zu erkennen, dass der Glaser gekommen war und das kaputte Glas ausgetauscht hatte. Abends, wenn es draußen dunkel war und in der Wohnung hell, würde man wahrscheinlich alles klar und deutlich sehen.

»Aber dass ihr mir keen Schindluder mit Kamera vier treibt«, sagte Bruno. »Dit is wirklich wichtig: Frau van Harm darf unter keinen Umständen etwas merken. Dit würde Kai in Teufels Küche bringen, und wir wolln doch alle, dass seine Ehe wieder jekittet wird. Man muss ja ooch mal an die beiden Kinder denken. So janz ohne Vater, die armen Gören.«

»Noch'n Käffchen, Chef«, fragte Rocco und schaltete die Monitore ab. »Strom sparen«, sagte er. »Unser Gastgeber wird 'ne gepfefferte Rechnung kriegen nächsten Monat.«

»Können wa da nich ooch wat machen. Ick meine, Leitung anzapfen im Keller oder so wat?«

»Kommt Zeit, kommt Rat«, sagte Rocco und zwinkerte mit dem rechten Auge.

Und dann setzten sie sich in die Küche. In ihrer Mitte, auf dem Tisch, prasselte die Kaffeemaschine, so wie in Urzeiten das Feuer im heimatlichen Herd geprasselt haben mochte. Und während sie darauf warteten, dass der labende Trunk fertig braute, erzählte Rocco, was er und Ronny noch so alles getrieben hatten, vor allem in der sehr späten Nacht und in den allerfrühesten Morgenstunden. Nämlich: winzige GPS-Sender zu verbauen, deren Bewegungen in Kürze auf einem fünften Monitor in ihrer Schaltzentrale zu verfolgen wären. Ronny war gerade dabei, die entsprechenden Gerätschaften zu besorgen.

Den ersten GPS-Sender hatten sie an Constanzes Volvo befestigt, einen zweiten – weil Bruno das ausdrücklich so verlangt hatte – an Peggys rotem Corsa, und den dritten, weil Kai van Harm ja nun mal kein Auto besaß, hatten sie aus Verlegenheit einfach in den Kragenaufschlag seines groben, braunen Tweedjacketts eingearbeitet. Ein Jackett, das er fast jeden Tag trug, selbst an warmen Tagen, dann legte er es sich locker über die Schulter.

»Und du bist sicher, dass er nüscht merkt?«

»Der Stoff ist dick wie 'ne alte Pferdedecke«, sagte Rocco, »und riecht auch ein bisschen so.«

»Haste die Kleene heute schon gesehen, unsre Nachbarin Peggy?«, fragte Bruno.

»Ist halb acht zur Arbeit gefahren«, sagte Rocco. »Echt niedlich.«

»Auf die müssen wir ganz besonders achten«, sagte

Bruno, und er wirkte so besorgt dabei, als ginge es um seine eigene Tochter, »die steckt tief mit drin, und sie ahnt nüscht davon!« Da war sie wieder, die nagende Angst, und Bruno spürte deutlich, dass sie allmählich in sein Allerheiligstes vordrang – sein Selbstbewusstsein, seine unerschütterliche Siegesgewissheit.

Grauburgunder

Von der Friedrichstraße fuhr Kai van Harm direkt in das österreichische Restaurant in Kreuzberg, wo er sich ein Wiener Schnitzel mit Kartoffel-Gurken-Salat bestellte und einen halben Liter vom offenen Grauburgunder. Das brauchte er jetzt. Doch noch während er auf den Wein wartete, meldete sich das schlechte Gewissen. Und es sagte ihm, dass er sich solch ein opulentes Mahl eigentlich nicht leisten konnte, zumal an einem ordinären Werktag wie diesem. Dass seine Bestellung in keinem Verhältnis stand zu der Anzahl von Büchern, die er verkauft hatte. Das heißt, wenn er Frau Dr. Gruber glauben schenkte. Aber warum sollte er das nicht tun? Um sich von den lästigen Gedanken abzulenken, die erst der Wein vollständig vertreiben würde, holte Kai den Jutebeutel hervor, den ihm Frau Dr. Gruber vorhin beim Abschied überreicht hatte. Vorsichtig, als handele es sich um hochexplosives Material, spähte Kai zunächst nur in den Beutel hinein. Er zählte: Es waren exakt … zehn Bücher, drei eingeschweißte Hardcover, der Rest Taschenbücher.

Vielleicht konnte er die Bücher ja tatsächlich verkaufen und von dem Erlös das heutige Mittagessen bezahlen. Kam ganz darauf an, wie lange die Bücher schon auf dem Markt waren. Er hatte auch schon früher, als er im Kulturessort seiner Zeitung für die Literaturbesprechungen zuständig gewesen war, die Rezensionsexemplare verkauft. Das war ein recht gutes Zubrot gewesen. Allein damit hatte er mehr verdient als mancher freie Journalist, der ihnen regelmäßig zuarbeitete. Denn Kai hatte wirklich viele Rezensionsexemplare auf seinen Schreibtisch bekommen. Die Verlage waren ganz heiß darauf gewesen, ihre Bücher in die Redaktionen zu schaufeln, in der Hoffnung, sie würden besprochen werden. Kai musste nicht einmal Interesse heucheln. Und wenn er mal einen exquisiten Bildband zu seinem privaten Vergnügen haben wollte, ließ er seine Sekretärin einfach beim Verlag anfragen, und nur wenige Tage später konnte er das Prachtexemplar ins heimische Bücherregal einsortieren, auf das er allerdings seit seinem Auszug keinen Zugriff mehr hatte.

Er hatte Bücher rezensiert, so wie der Bäcker Brötchen buk. Am Fließband quasi. Im Laufe der Jahre war er zu einem Großmeister des Querlesens geworden, und nur selten unterlief ihm ein gröberer Fehler, verwechselte er Namen der Helden oder missdeutete kolossal die Aussage eines Romans. Aber selbst diese Ausrutscher hatten keine Konsequenzen. Man konnte davon ausgehen, dass auch die meisten Kollegen querlasen. Bei einigen hatte Kai sogar den Verdacht, dass sie statt der Bücher nur die Rezensionen der Kollegen lasen, aus denen sie wiederum ihre eigenen destillierten. Das fiel immer dann auf, wenn sich einer der kapitalen Lektürefehler gleich in mehreren Besprechungen fand. Die Autoren beschwerten sich jedenfalls nie. Sie waren zu feige, weil sie wussten, wie der Hase läuft. Wenn sich trotzdem mal einer von ihnen über eine Besprechung echauffierte, und sei es nur über einen sachlichen Fehler, dann galt er als schlechter Verlierer. Und er konnte davon ausgehen, dass ihm bei seinem nächsten Werk erst recht ordentlich eingeschenkt werden würde.

Endlich kam der Wein. Die Bedienung war blond, trug eine weiße Bluse und eine gebügelte, schwarze Schürze. Sie sprach mit österreichischem Akzent. Alles Gründe, warum Kai dieses Restaurant mochte.

Er sagte: »Danke«, und noch bevor die Bedienung den Gastraum wieder verlassen hatte, war das erste Glas geleert. Er schenkte sich aus der Karaffe ein zweites nach.

Wo war er gerade stehengeblieben? Ach ja: Rezensionen wie am Fließband. Man musste es so sehen: Je weniger Zeit man brauchte, desto höher war der Stundenlohn.

Jetzt war Kai zum Autor geworden, und er durfte selber die Furcht der Autoren vor den Rezensenten kennenlernen. Noch allerdings hatte es keine einzige Besprechung seines Buches gegeben, jedenfalls nicht in den Medien, die er für seriös hielt. Das Internet zählte nicht, da war er kulturkonservativ. Im Internet bekamen ja sogar Dostojewski und Thomas Mann ihr Fett weg, Shakespeare und Dante Alighieri. Typen, gegen die sich ein professioneller Kritiker nie etwas zu sagen traute. Da musste erst der Pöbel zur Feder greifen, um in Leserrezensionen die angeblichen Titanen der Literatur vom Sockel zu holen. Das heißt natürlich: in die Tastaturen hauen. Das heißt natürlich: das Volk, nicht der Pöbel. Herrschte ja schließlich die sogenannte Demokratie.

Kai van Harm war drauf und dran, sich in Rage zu grübeln. Zur Beruhigung trank er einen nächsten, sehr beherzten Schluck vom Grauburgunder, dann zog er mit spitzen Fingern eines der gebundenen Bücher aus Frau Dr. Grubers Jutebeutel heraus.

Herrjemine, was war denn das da auf dem Cover? Eine verwesende Leiche? Waren das da Fleischfetzen an einem Knochen? Sah aus wie abgenagt. Eindeutig ein Unterarm, Elle und Speiche. Zweimal gebrochen. Zwar kaschiert vom Grafiker wie das gesamte Bild, weichgezeichnet irgendwie, aber dennoch alles gut erkennbar. Da kam einem ja das Frühstück wieder hoch. Samt diesem ekligen Filterkaffee. Und war das da etwa ein Madennest? Dort in dieser halbgefüllten Augenhöhle? Aber womit zum Henker war diese Augenhöhle überhaupt halb gefüllt. Das war alles Mögliche, nur kein Auge. Irgendein Matsch aus graurotem Fleisch. Und das dahinten in der Ecke, unter dem zerborstenen Spiegel, aus dem diese Gesichtsfratze starrte, war das eine Handgranate? Nein, das war keine Handgranate. Das war ein herausgerissenes Herz, das verdeutlichten die heraushängenden Arterien. Ein blaues Herz, ein kaltes Herz, ein toter als totes Herz. Mein Gott, wer kaufte denn solche Sachen? Es gingen doch auch Kinder in Buchhandlungen! Manchmal jedenfalls.

Kai stopfte das Buch in den Beutel zurück. Und zog den nächsten Hardcover-Band hervor. Puh, dachte er, das ist jetzt wahrlich eine Erholung. Im Vordergrund war eine saftige Bergwiese zu sehen, strahlend grün wie ein Spinat-Smoothie und von Gänseblümchen überzogen. Hinten gab es eine Gletscherkette. Der Himmel war blau, und die Sonne strahlte. Der Grafiker hatte es sogar noch geschafft, zwischen Gletscher und Wiese einen Bergsee zu platzieren. Das Cover sah aus wie ein Urlaubsprospekt, und es kam Kai van Harm irgendwie bekannt vor. Nach einigem Überlegen fiel ihm auch ein, warum. Das lag an dem niedlichen Ferkel, das mit seinem süßen kleinen Rüssel etwas grundlos in der saftigen Bergwiese herumstocherte. Genau so ein süßes kleines Ferkel zierte nämlich auch van Harms Erstlingswerk. Verdammt!

Er steckte das Buch zu seinesgleichen in den Beutel zurück. Das waren nun also die Titel, die Frau Dr. Gruber ihm zur Lektüre und diskreten Nachahmung empfahl. Er hatte noch nie einen der beiden Autorennamen gehört. Sie klangen beide deutsch, aber sie sagten ihm nichts. Darauf musste er noch einen Schluck trinken.

Als das Schnitzel kam, war der erste halbe Liter Wein bereits geleert. Von der Betrachtung weiterer Buchcover hatte Kai Abstand genommen. Er bestellte zur Sicherheit lieber noch einen zweiten halben Liter. Wäre doch gelacht, wenn er seine Stimmungsschwankungen nicht unter Kontrolle bekam.

Das Schloss

»Hier Peggy, für Sie«, sagte Kai und drückte seiner Nachbarin, die soeben von der Arbeit nach Hause kam, den Jutebeutel von Frau Dr. Gruber in die Arme. Er selbst stand schon seit fünf Minuten vor der eigenen Wohnungstür und bekam den verdammten Schlüssel nicht ins Schloss. Entweder die drei R's hatten es ausgetauscht oder aber der zweite halbe Liter Grauburgunder war jener, welcher zu viel gewesen war. Für letztere These sprach auch die Tatsache, dass ihm seine Zunge schwer und unnatürlich groß vorkam, gerade so als habe er eine Kröte im Mund. Ausspucken oder schlucken, das war hier die Frage.

»Bist du betrunken, Herr van Harm?« Peggys Reaktion schien die zweite These zu bestätigen.

»Das kommt von meinen Allergietabletten«, log Kai van Harm, »und, Peggy, wenn ich Sie um eines bitten dürfte: Lassen Sie das doch mal mit dem Du und dem Herr van Harm.«

»Nö«, sagte Peggy frech, »daran hab ick mich jetzt gewöhnt.« Sie schaute neugierig in den Jutebeutel. »Bücher?«

»Weil Sie doch gerne lesen.«

»Wat isset denn Schönes?«

»Krimis«, sagte Kai, und jetzt ihm fiel ihm wieder

ein, dass er den ganzen Tinnef ja eigentlich hatte weiterverkaufen wollen, um damit sein Schnitzel zu bezahlen und den Liter Grauburgunder. Aber was tat er? Spielte hier den Gönner. »Äh, Peggy, wenn Sie so freundlich wären, vorsichtig mit den Büchern umzugehen. Das ist nur, äh, eine Leihgabe meines Verlags.« »Klar, mach ick«, sagte Peggy. »Ich liiiebe Krimis!«

»Ich nicht.«

»Du schreibst nur manchmal welche, wa, Herr van Harm?« Sie lachte.

»Ich versuche eher humorvolle Milieustudien zu verfassen mit einem gewissen kriminalistischen …«

»Macht ja ooch nüscht«, würgte Peggy ihn ab. »Vielen Dank jedenfalls.« Blitzschnell zog sie ihren Wohnungsschlüssel aus der Umhängetasche, die sie über der Schulter trug, stieß ihn ins Schloss, drehte ihn dortselbst ohne Kraftanstrengung zweimal um und war als Nächstes auch schon in ihrer Wohnung verschwunden.

So ging das also, dachte van Harm, und versuchte Peggys Bewegungsablauf zu imitieren, aber schon beim Zustoßen verfehlte er das angepeilte Ziel und zog sich am scharfkantigen Schlüsselbart einen blutigen Kratzer am Daumen zu. Im nächsten Moment öffnete sich die Tür dennoch wie von Geisterhand. Kai nahm schnell den Daumen aus dem Mund. Hinter der Wohnungstür stand Bruno und versuchte, eine ernste Miene zu machen: »Mit der Nummer könnteste im Sterelle ufftreten.«

Erst jetzt fiel Kai die Kamera wieder ein, die über der Tür angebracht war. Man konnte sie wirklich nicht sehen und schon gar nicht mit einem Liter Wein im

Blut. Er schlüpfte schnell an Bruno vorbei in die Wohnung. In der Diele stieß er fast mit Naik und Puh zusammen, die gerade aus seinem Schlafzimmer kamen und wahrscheinlich auf dem Weg in die Küche waren, um sich einen Liter Jacobs Krönung hinter die Binde zu kippen. Sie hatten ernste Gesichter, aber Kai sah ganz deutlich, wie es arbeitete unter dieser Maske ausdrucksloser Reglosigkeit.

»Habt ihr das Schloss ausgetauscht?«

»Nee, wieso?« Das klang mehr als scheinheilig.

»Mensch Bruno«, sagte Kai, »ich dachte, du wärst mein Freund.«

Jetzt konnte Bruno nicht mehr an sich halten. Er prustete los: »Du hättst dich ma sehn solln. Dit war Slapstick vom Feinsten. Buster Keaton is 'n Scheißdreck gegen dich. Biste knülle oder wat?«

»Du hast selber 'ne Bierfahne«, gab Kai beleidigt zurück.

»War 'n langer Tach«, sagte Bruno beschwichtigend und legte Kai seine Pilotenpranke auf die Schulter. »Wir genehmigen uns noch einen vor der Nachtruhe, und du erzählst mir dabei, wat los war. Ick selba hab dir nämlich auch so einiget mitzuteilen.«

So geschah es dann auch. Sie saßen im Wohnzimmer, Kai auf seinem Bürostuhl, Bruno hatte sich einen Sessel an den Schreibtisch herangerückt, zwischen ihnen standen zwei Bierflaschen, und Kai berichtete von seiner Verabredung im Verlag und von dem Frustessen danach. Das Ganze dauerte keine zwei Minuten. Es waren ja nicht die Fakten, die den meisten Raum einnahmen, sondern deren Interpretation. Aber Kai hatte weder die Kraft noch die Lust, Bruno auch diese noch zu servieren. Deshalb stand schnell ein Schweigen zwischen ihnen. Minutenlang hörte man nur das Bier gluckern, wenn sie die Flaschen ansetzten und tranken.

»Bruno, du hast da was am Hemd, das aussieht wie … naja«, sagte Kai, als ihm das Schweigen langsam peinlich zu werden begann, »wie Stuhl.«

»Ick weeß«, sagte Bruno und begann nun seinerseits die Geschichte dieses Tages für Kai nachzuerzählen, vom verwüsteteten Hotelzimmer über das Gespräch mit Frau Kunze von der Rezeption des Sterelle bis hin zu den GPS-Sendern, die Rocco (alias Naik) und Ronny (alias Puh) an den Autos von Peggy und Constanze angebracht hatten. Den Sender im Kragen von Kais Tweedjackett allerdings verschwieg er seinem Freund lieber. Man konnte nie wissen.

Zu Kai van Harms Erstaunen echauffierte sich Bruno jedoch nicht etwa über seine besudelten Sachen oder darüber, dass seine Oberschenkelverletzung mit ziemlicher Sicherheit das Ergebnis eines geplanten Anschlags gewesen war, sondern über ein Konzert, das an diesem Abend im Sterelle stattfinden sollte. Mit einer Sängerin namens Carmen Nebel, ein Name, der Kai noch nie in seinem Leben untergekommen war. Und die auch gar nicht selbst anwesend sein würde, sondern nur als Parodie ihrer selbst. Keine Ahnung, was damit gemeint war.

»Isset nich ’ne Schande«, wiederholte Bruno mehrmals, »isset nich ’ne Schande.« Er bekam sich gar nicht wieder ein. Erst als Kai irgendwann beschwichtigend sagte: »Doch, das ist sehr wohl eine Schande«, gab Bruno endlich Ruhe.

Was sie sonst noch an diesem Abend herausfanden, war Folgendes: »Don't mess with the King!« war kein Zitat aus einem Elvis-Presley-Song, sondern bezog sich höchstwahrscheinlich, wie Bruno bereits vermutet hatte, auf Elvis' inoffiziellen Titel als König des Rock'n'Roll.

»Und wie würdeste den Spruch übersetzen?«

»Leg dich nicht mit dem König an«, sagte Kai.

»Wat ja passen würde zu dem janzen anderen Zeug.«

»Ganz genau.«

»Noch 'n Absacker?«

»Muss das sein?«

»Muss«, sagte Bruno und holte aus der Küche zwei Wodka, die sie auf ex tranken, und so war es auch nicht weiter verwunderlich, dass sie schon gegen halb elf in den Betten lagen, Bruno im surrenden Gefechtsstand und Kai auf dem bekleckerten Sofa.

Verschnupft

Man konnte an diesem schönen Frühlingstag im Mai leider nicht behaupten, dass Kai van Harm keinen Kater hatte. Ganz im Gegenteil: Grauburgunder, Bier und Wodka hatten ganze Arbeit geleistet und seinen Kopf in einen dröhnenden Resonanzraum verwandelt.

Deshalb war er nur mäßig begeistert, als Bruno Zabel, kaum dass sich Kai kurz vor zehn von seinem Sofa erhoben hatte, an die Wohnzimmertür klopfte. Hatten die drei R's etwa auch im Wohnzimmer eine Kamera installiert? Kai beschloss, in einer ruhigen Minute, wenn die anderen außer Haus waren, das Wohnzimmer einmal gründlich abzusuchen. Dann legte er sich wieder hin, zog sich die Decke bis unters Kinn und rief: »Herein!«

Schon letztes Jahr in Altwassmuth hatte er bewundert, wie locker Bruno all den Alkohol wegsteckte, den er über den Tag hinweg konsumierte. Er trank auch mit einer gewissen Lockerheit, nie gierig, nie zu viel auf einmal, jedenfalls solange die Sonne noch nicht untergegangen war, und oft mit einem selbstironischen Spruch auf den Lippen. Aber er trank eben, und Kai fragte sich, ob er bei günstiger Gelegenheit seinen Freund einmal darauf ansprechen sollte.

Jetzt allerdings war Bruno einmal mehr das strahlende Leben, frisch geduscht und gestriegelt. Aus dem Ei gepellt. Der einzige Makel in seiner Erscheinung war die Bremsspur am Hemdkragen, die Kai nicht weniger störte als gestern Abend, obwohl er mittlerweile ja aufgeklärt war über ihre Herkunft.

»Jetzt starr nich so uff mein' Kragen«, sagte Bruno, »genau deswegen komm ick ja.«

»Mein Kopf«, stöhnte Kai und fasste sich theatralisch an die Stirn. Er ahnte, was Bruno von ihm wollte.

»Hier, du Flachlandtiroler, hab ick mir schon jedacht!« Bruno reichte ihm ein Glas mit sprudelndem Wasser, »dit jute Aspirin aus unsra Feldapotheke.«

Kai richtete sich auf und trank.

»Bessa?«

»Sehr komisch!«

»Also, es geht darum ...«, hob Bruno an.

»Nein, Bruno, vergiss es«, fiel Kai ihm ins Wort. »Ich habe heute keine Zeit, um mit dir ein neues Hemd einzukaufen.«

»Aber ...«

»Ich muss ein Exposé für mein neues Buch einreichen. Ich war ja gestern im Verlag, wie du weißt, und die machen mir ganz schön Druck. Du kannst dich aber jederzeit gern aus meinem Schrank bedienen. Der steht ja praktischerweise in eurem Zimmer.«

»Du weißt ganz genau, dass ick nich in deine Sachen rinpasse.«

»Dann geh doch einfach mit Addi oder mit Puh.«

»Wie meinen?«

»Ich meine mit Rocco oder Ronny. Oder mit Robert.

Dann kannst du ihnen gleich noch den Alex zeigen und den Fernsehturm und das Budendorf mit den Fressständen. Und vor der rosa Hölle könnt ihr eine Bratwurst essen, die ein Rollstuhlfahrer gebraten hat, dem der Grill direkt um den Hals hängt.«

»Sehr ungern«, sagte Bruno. Er lachte nicht mal über Kais Bratwurst-Scherz. Fast sah es aus, als würde er schmollen.

»Es muss aber sein. Der Verlag macht mich sonst zur Minna«, sagte Kai van Harm mit Nachdruck und glaubte fast selbst an seine dahingestümperte Ausrede.

Gegen halb zwölf kehrte endlich Ruhe in der Wohnung ein. Bruno und die drei R's waren weggegangen, und Kai, der bis dahin versucht hatte, seinen Kater loszuwerden, konnte endlich aufstehen. Tatsächlich schien sein Kopf wieder heile zu sein. Er brühte sich einen kräftigen Kaffee auf türkische Art, denn seine geliebte Espressomaschine befand sich wie beinahe alles von Bedeutung oder Wert in der Kreuzberger Wohnung bei Constanze. Dann bediente er sich mit großem Appetit aus der Bäckertüte, die seine Gäste besorgt hatten, begab sich anschließend unter die Dusche und holte sich aus seinem dunklen, summenden und stickig warmen Schlafzimmer einen hellgrauen Anzug und ein hellblaues Hemd. So angezogen, nämlich seriös, wollte er sich an sein Notebook setzen und ein neues Textdokument erstellen, in das er vorerst nur einige lose Gedanken und Stichpunkte für sein zweites Buch zu notieren gedachte. Falls Bruno dann irgendwann wieder hereinschneien würde, könnte er sehen, dass Kai ihn keineswegs angelogen hatte, was die Sache mit dem Hemdkauf in der rosa Hölle betraf.

Doch bevor Kai van Harm sein Notebook hochfuhr, beschloss er, die Post zu holen. Ein Fehler, wie sich schnell herausstellte. Erstens: weil sich unten im Briefkasten nur ein weißer A4-Umschlag des Buttermann-Verlages befand, in dem er nach dem gestrigen Gespräch mit Frau Dr. Gruber nichts Gutes vermutete. Der Umschlag war zwar sehr dünn, aber für eine schlechte Nachricht genügte zur Not auch ein einzelnes Blatt Papier.

Zweitens: weil, als er mit dem so dünnen und doch so bleischweren Verlagsschreiben wieder vor seiner Wohnungstür stand, die Tür zur Linken aufging und Peggy erschien, die doch eigentlich längst auf der Arbeit sein sollte.

»Sie sollten aber längst auf der Arbeit sein, Peggy«, kam Kai van Harm auch sofort zur Sache, ohne sich mit einer Grußformel aufzuhalten. Vielleicht sprach er eine Spur zu streng für jemanden, der selbst noch keinen Handschlag an diesem schönen Tag getan hatte.

»Mensch Herr van Harm, kiek doch mal, wie ick ausseh«, sagte Peggy, und da fiel es Kai auch auf: Ihre sonst so aufwendig frisierten Haare lagen platt am Kopf. Ihre Augen waren dick und irgendwie glasig, als hätte sie schon einen über den Durst getrunken, und ihre Nase war ganz rot vom vielen Schneuzen. Außerdem trug sie einen voluminösen Bademantel aus Frottee und an den Füßen Pantoffeln, die die Gestalt von kleinen Plüschkatzen hatten.

»Was hat Sie denn so zugerichtet«, fragte Kai.

»Das kann ick dir sagen«, sagte Peggy, »dein Kumpel Bruno war's jewesen.«

»Ach?«

»Neulich, als er mich uff dem Baum hat sitzen lassen.«

»Aber es war doch warm gewesen an dem Abend.«

»Es hat gezogen da oben. Wie Hechtsuppe.«

»Aber das ist doch kein Durchzug, wenn in einer Baumkrone ein bisschen der Wind weht. Das nennt man vielmehr eine Brise.«

»Bin ick erkältet, oda bin icks nich?«

»Wollen Sie vielleicht einen Kamillentee?«, sagte Kai und schloss seine Tür auf. Ohne Probleme heute.

»Ja gerne«, sagte Peggy, »ick komme gleich nach.« Sie verschwand in ihrer Wohnung.

Kai warf die giftige Verlagspost ungeöffnet auf seinem Schreibtisch ab, dann setzte er das Teewasser auf. Ein paar Minuten später stand Peggy in seiner Küche und reichte ihm zwei Bücher über den Tisch. Buch eins war dasjenige mit der verwesenden Leiche auf dem Cover. Buch zwei hatte Kai vorher noch nicht in Augenschein genommen. Es stammte von einer gewissen Tanja Hufschmied und hieß *Abgestochen*. Sein Cover war nicht viel besser als das von Buch eins. Es zeigte die Wände eines sehr, sehr kleinen Raumes. Die Wände waren gekachelt, und die Kacheln waren mit kleinen Blutspritzern übersät. Auf dem ebenfalls gekachelten Fußboden lag ein großer Fleischklumpen, eine Art Torso. Es ließ sich nicht mal mit Bestimmtheit sagen, ob es ein menschlicher war, geschweige denn, ob es sich um Männlein oder Weiblein handelte. Über alldem prangte, vermutlich um die Tristesse zu verstärken, eine nackte Glühbirne.

»Das kann ich mal so was von gar nicht ab«, sagte Peggy, nachdem Kai sein ausführliches Studium des Covers beendet hatte. Er schob ihr den Becher mit Tee rüber.

»Und warum nicht, liebe Peggy?«

»Da geht's nur um Grausamkeit. Wat da zählt, is die blanke Brutalität. Je schlimmer die Verstümmelungen, desto besser. Keene Folter kann da hart genug sein. Da werden dann dem Opfer nicht nur alle zehn Fingernägel mit glühenden Zangen gezogen und durch künstliche ersetzt, die mit Sekundenkleber wieder uff dit blanke Nagelbettfleisch jepappt werden. Nee, dit reicht nicht. Da werden nebenbei mit 'nem mechanischen Holzbohrer ooch noch so kleene Löcher in beide Knieschieben jebohrt. Du kennst doch diese Holzbohrer, Herr van Harm. Womit man im Herbst Kastanienmännchen bastelt, wa? Und allet natürlich bei lebendijem Leibe und bei vollem Bewusstsein. Und wenn dit Bewusstsein denn doch ma verschwindet, jibs 'nen Eimer Säure uff die Füße, die denn so langsam wegätzen bis uff die Knochen runter. Aber weil der Schmerz so groß is, is dit Bewusstsein wenigstens wieder da. Und denn kann's lustig weiterjehn mit die janzen Misshandlungen.«

»Quasi: Füße weg, Bewusstsein wieder da«, versuchte Kai Peggys kleinen Bericht mit etwas Humor aufzulockern.

»Du brauchst dich jar nich lustich zu machen. Dit is so eklig, da verschlägt's dir jelegentlich die Sprache, Herr van Harm, besonders wenn denn ooch noch Tiere zum Einsatz kommen«, sagte Peggy und warf einen angewiderten Blick auf das Buch von Tanja Hufschmied namens *Abgestochen*.

»Tiere? Inwiefern denn Tiere? Und was für Tiere? Insekten oder Nagetiere? Oder gar Fische?«

»Dit willste gar nich wissen, gloob's mir einfach so. Und wenn doch, denn les dit einfach selba nach.«

»Und ist das andere Buch auch so ... wie soll ich sagen, unappetitlich?« Kai zeigte auf das Buch mit der verwesenden Leiche oder was das war.

»Dit is noch viel schlimmer«, sagte Peggy, »dit hab ick schon nach hundertzwanzig Seiten abjebrochen. Dit hält ja kein Mensch aus, sowat.«

Kai nahm den Schmöker in die Hand, den Peggy nur hundertzwanzig Seiten lang ertragen hatte, und blätterte kurz hinein. Zirka vierhundert Seiten waren ihr auf diese Weise entgangen.

Im Übrigen hieß das Werk *Wetzstein*.

»*Wetzstein*«, sagte Kai leise, mehr zu sich selbst, und legte das Werk auf den Küchentisch zurück.

»Die Bücher von diesem Jens-Uwe Palmer haben alle diese komischen Namen«, sagte Peggy. »*Wetzstein, Scherkamm, Axtbeil.*«

»*Scherkamm, Axtbeil*«, wiederholte Kai fast ehrfürchtig. Jens-Uwe Palmer. Er hatte den Namen noch nie gehört. Dann sagte er laut, ja fast ein bisschen empört: »Was um alles in der Welt ist denn ein Axtbeil?«

»Soweit ick weiß, is die Axt das größere Ding mit dem langen Stiel. Wogegen ein Beil das kleinere mit dem kürzeren ist. Ein Axtbeil is dementsprechend wohl 'ne Mischung aus beidem. Wahrscheinlich jut zum Foltern geeignet oder um wem den Schädel zu spalten. Nich so ufffällig wie eine große Axt, aber mit mehr Power als ein kleenet Beil. Kann man wahrscheinlich trotzdem jut in der Handtasche transportieren oder zumindestens im Rucksack.«

»Ja, ja, so genau wollte ich es nun auch wieder nicht wissen.« Er hatte die Frage schließlich nur rhetorisch gemeint. Das sollte doch selbst jemand wie Peggy erkennen können.

»Ick sach ja nur«, sagte Peggy beleidigt.

»Entschuldigen Sie bitte«, sagte Kai und war drauf und dran, ihr kurz die Hände zu tätscheln, die die dampfende Teetasse hielten, bevor ihm einfiel, dass diese Hände wahrscheinlich voller Erkältungskeime waren. Langsam, um sich nicht verdächtig zu machen, fuhr Kai seine Beschwichtigungshand wieder ein. »Was ich mich nur frage«, sagte er gleich darauf, betont versöhnlich, »warum gibt mir der Verlag ausgerechnet diese Art von Büchern mit, sozusagen als Vorbilder?«

»Dit lässt sich leicht beantworten«, sagte Peggy, ließ aber mit der Antwort auf sich warten.

»Ja?«, insistierte Kai nach einer Weile, in der Peggy mindestens drei große Schlucke vom Kamillentee genommen hatte und zwar aufreizend langsam.

»Geld«, sagte Peggy.

»Ja nun. Um das liebe Geld dreht sich natürlich alles heutzutage. Leider, wenn ich das hinzufügen darf.«

»Tanja Hufschmied und vor allem aber dieser Jens-Uwe Palmer, dit sind die goldenen Kälber von deinem Buttermann-Verlag«, sagte Peggy, »die Dukatenscheißer. Kiekste dir eigentlich nich die Bestsellerlisten an?«

»Schon lange nicht mehr«, sagte Kai, »das letzte Mal, als ich noch Redakteur war. Das war vor …«

»Ganz besonders dieser Jens-Uwe Palmer«, unterbrach Peggy Kais Kopfrechenanstrengung, »der alleine hat drei Titel gleichzeitig in den Listen mit seinem Brutalo-Schund. Und soll ick dir noch wat sagen?«

»Ich bitte darum«, sagte Kai.

»Der schreibt noch unter einem Haufen von anderen Namen.«

»Unter Pseudonymen?«, sagte Kai.

»Ganz genau«, sagte Peggy, »und falls de wissen willst, unter welchen Namen jenau, denn is Wikipedia dein Freund, mein lieber Herr van Harm.« Peggy trank den Rest Kamillentee in einem Zug aus und erhob sich.

Kai brachte seine Nachbarin noch zur Tür, wünschte ihr gute Besserung und gute Unterhaltung mit den restlichen Büchern aus dem Jutebeutel des Buttermann-Verlags. Dann ging er langsam in seine Wohnung zurück, während er immer wieder drei Worte vor sich hin flüsterte: »*Wetzstein, Axtbeil, Scherkamm.*«

Da war doch mal was gewesen, überlegte er, als er sich im Wohnzimmer an den Schreibtisch setzte, das Notebook hochfuhr und den Umschlag mit der fiesen Verlagspost unter einem Stapel Zeitungen versteckte.

»*Wetzstein, Axtbeil, Scherkamm.*« Da war doch tatsächlich mal was gewesen. Und langsam, ganz langsam ging ihm ein Licht auf.

»*Jens-Uwe Palmer.*« Es stimmte doch gar nicht, dass Kai diesen Namen noch nie gehört hatte. Das war doch gar nicht wahr.

Unterdessen in der Hölle

Eigentlich war es durchaus bequemer für Bruno, mit Ronny, Rocco und Robert einkaufen zu gehen. Und dann wiederum doch nicht.

Sie fuhren mit einem der Autos, das einem der dreien gehörte, in die Berliner Mitte. Es war aus französischer Produktion und eine seltsame Mischung aus Kasten- und Familienwagen. Dementsprechend waren die beiden hinteren Fensterscheiben mit je einem Hello-Kitty-Sonnenschutz verdunkelt. Dieses absurde Gefährt brachte sie jedenfalls direkt in die Tiefgarage der rosa Hölle. So einfach konnte es sein, wenn man, anders als Kai van Harm, grundlegende Kulturtechniken des Abendlandes wie das Autofahren beherrschte.

Aber das Einkaufen selbst war mit den drei R's noch eine Spur anstrengender, als es das mit seinem Freund Kai ohnehin schon gewesen war. Das musste Bruno zugeben. Mit Kai hatte ihn immerhin die unausgesprochene Verachtung für den Konsumtempel verbunden. Das war eine Gemeinsamkeit, die einem die Qual, sich dennoch dem verhassten Einkaufen von Konsumartikeln manchmal unterwerfen zu müssen, ein wenig erleichterte. Fand Bruno jedenfalls.

Ronny, Rocco und Robert dagegen waren bei aller Abgebrühtheit, die sie ansonsten an den Tag legten, ehrlich begeistert. Von der Größe der Tiefgarage, von der Größe des Kaufhauses, sogar von der Schönheit des Büdchendorfs um den versifften Brunnen der Völkerfreundschaft herum. Dorthin hatte Bruno sie geführt, damit sie trotz der ganzen Arbeit auch noch ein bisschen von der Stadt zu sehen bekamen. Und außerdem, weil sie noch in der Tiefgarage der Hölle über Hunger geklagt hatten, der sie angeblich plage. In der Tat: Es ging auf Mittag zu. Und so standen die drei R's also kurz nach zwölf zwischen den Holzbuden des Alexanderplatzes, hielten Plastikteller und Pappschalen in der Hand und spachtelten Pilzpfanne, Bami Goreng, Schaschlik mit Soße, Buletten mit Bratkartoffeln, warme Käse-, Schinken- und Lauchstangen, als ob es kein Morgen gäbe. Bruno dagegen begnügte sich mit einem frischen Bier vom Fass und danach, weil seine Kameraden noch immer nicht fertig waren mit ihrer Fressorgie, gönnte er sich noch einen Caipirinha mit extra Rum. Und kurz darauf, die drei R's kauten weiterhin auf ihrem Essen herum, ein weiteres Bier vom Fass.

Als sie dann endlich wieder hinübergingen zur rosa Hölle, fiel Bruno auf, dass Rocco, Ronny und Robert nicht gerade unauffällig aussahen. Sie wirkten ganz eindeutig wie Touristen oder konkreter: Wie leicht zurückgebliebene Brüder aus der tiefsten Provinz, aus dem Erzgebirge zum Beispiel oder aus der Oberlausitz. Und das lag nicht nur daran, dass sie alles mit großem Ah und Oh bestaunten und dabei mit ihren nicht mehr ganz taufrischen Handys ablichteten, wie etwa die dämliche, mehrstöckige Saturn-Filiale, die mitten auf dem Alex rumstand und an der sie vorbeikamen. Nein, dieser Eindruck entstand hauptsächlich dadurch, dass alle drei das ungefähr gleiche Sporthemd trugen, wie Bruno aufgefallen war, eine Art Fußballtrikot ohne Rückennummer und Vereinsemblem. Lediglich die Farben der Hemden unterschieden sich.

Mal einen Schritt vor ihm, mal einen Schritt dahinter, so umtänzelten die drei R's Bruno. Einmal musste er sie sogar mit einem Zischen auseinanderscheuchen, so dicht waren sie ihm auf die Pelle gerückt. Als ob er der Vater wäre, der mit seinen Söhnen die Hauptstadt besichtigt.

Bruno hoffte nur inständig, dass er ausgerechnet heute nicht unter der Beobachtung vom Kautschuk-Elvis stand. Denn in dieser Formation boten sie nicht nur einen lächerlichen Anblick, sie waren wirklich hilflos. Sie waren unkonzentriert und abgelenkt von all dem Flitterwerk des Kapitalismus, vom Shoppen und vom Fressen. Sie waren eine leichte Beute.

Und nein: Es wunderte Bruno keinesfalls, dass Ronny, kurz bevor sie endlich in die heiligen Hallen der rosa Hölle eintreten konnten, ein weiteres Mal stoppte, um sich – war es aus Appetit, oder war es aus Mitleid? – eine Bratwurst direkt aus dem Rollstuhl zu kaufen.

Hirntod

Der Autor als Fleischer
Jens-Uwe Palmer serviert hausgeschlachtete Sülze nach Brandenburger Art

Nein. Auf den Inhalt des Buches soll an dieser Stelle mit keinem Wort eingegangen werden. Sie werden natürlich fragen, warum nicht? Ich werde es Ihnen sagen: Weil es sich nicht lohnt. Weil die Geschichte ein fader Witz ist. Weil nichts stimmt. Weil die Figuren reine Pappkameraden sind, die Jens-Uwe Palmer in seinen Pappkulissen hin und her schiebt. Das heißt, vorzugsweise lässt er sie in teuren Automobilen über die Alleen jagen. Immerhin spielt das Werk im Brandenburgischen, und vielleicht ist das auch schon das einzige Verdienst dieses Kriminalromans. Doch halt! Er spielt ja gar nicht im schönen Berliner Umland. Lediglich Palmers Pappkulissen sind gelegentlich beschriftet mit Namen wie Rheinsberg oder Neuruppin oder Havelland. Aber immer so, dass man die Sperrholzstützen dahinter noch ganz deutlich sieht. Nein, in diesem Buch stimmt wirklich gar nichts, und der sogenannte Plot ist nur das fadenscheinige Mäntelchen, das der Autor seiner wirklichen Leidenschaft umzuhängen versucht. Und die heißt: Blood and

Gore, was auf Deutsch so viel bedeutet wie Blut und Gedärme, eigentlich eine Abart des amerikanischen Horrorfilms. Hierbei floss das Filmblut nicht literweise, sondern hektoliterweise, und im Grunde floss es auch nicht, sondern es spritzte in meterhohen Fontänen. Das soll als kleiner Exkurs schon genügen. Nur noch so viel: Nicht selten waren diese Blut- und Gewaltorgien satirische Überhöhungen des eigenen Genres. Selbstironie, wenn man so will.
In Palmers Roman Schraubstock *dagegen, seinem vierten Buch nach* Wetzstein, Pressluft *und* Scherkamm, *ist alles ernst gemeint, ein äußerst blutiger Ernst: Folter, Verstümmelung, Schächtung, Amputationen von so gut wie allen Gliedmaßen. Hirntod, möchte man ausrufen! Und das wirklich Schlimme ist, nur unter den diversen Qualen, die ihnen Jens-Uwe Palmer angedeihen lässt, gewinnen einige seiner Pappkameraden so etwas wie Tiefe, so etwas wie – man wagt es ja kaum zu äußern – Leben.*
Was uns das über den Autor sagt? Ich will gar nicht versuchen, es auszusprechen. Und über das Publikum, das diesen Schund millionenfach kauft? Auch hier schweigen wir lieber.
Mein Fazit jedenfalls lautet: Jens-Uwe Palmer ist ein Autor, der mit der deutschen Sprache nicht weniger zu kämpfen hat als die Opfer seiner blutrünstigen Fantasie mit den mannigfaltigen Schmerzen, die er ihnen zufügt.
Also aufgepasst und: Hände weg!
(Sie wissen schon.)
Ihr Kai van Harm

Jens-Uwe Palmer: Schraubstock
Buttermann-Verlag, Berlin 2009
480 Seiten, € 19,95

Schlechtes Gewissen

Das Mantra »Wetzstein, Axtbeil, Scherkamm« hatte Kai van Harm dann doch ziemlich schnell auf die Sprünge geholfen. Noch ehe das Notebook vollständig hochgefahren war, erinnerte er sich, dass er dereinst eine Rezension zu einem jener Bücher von Jens-Uwe Palmer geschrieben hatte, die Peggy nicht leiden konnte. Dank der Suchfunktion seines Computerbetriebssystems fand er die Rezension auch ohne Probleme in seinem prall gefüllten Archivordner. Er hatte sie Ende Juni 2009 geschrieben, also musste sie ungefähr im Sommer desselben Jahres erschienen sein, mehr als ein halbes Jahr, bevor Kai auf so niederträchtige Weise seinen Redakteursposten verloren hatte.

Eigentlich wäre er nie auf die Idee gekommen, ein derartiges Buch zu lesen. Jemanden wie Palmer ließ jemand wie Kai van Harm in der Regel links liegen. So etwas wurde ignoriert, da gab es einen gewissen Ehrenkodex unter den rezensierenden Bildungsbürgern.

Daran, dass er ausnahmsweise mit den Gepflogenheiten gebrochen hatte, war im Grunde Constanze schuld gewesen. (Bei diesem Gedanken musste er jetzt allerdings doch grinsen, denn obwohl sie schon länger als ein Jahr nicht mehr zusammenlebten, benutzte er immer noch die gleiche Universalausrede für alles, was schieflief oder schiefgelaufen war in den letzten Jahren: Constanze.) Denn auf Constanzes Nachttisch hatte eines Abends dieser Palmer-Schmöker gelegen, und als Kai sie gefragt hatte, warum sie so einen Schrott lese, hatte Constanze arglos geantwortet: »Ach, ich finde das Buch gar nicht mal so schlecht. Klar, es ist keine große Literatur, aber dafür ist es unglaublich spannend. So was braucht man manchmal eben auch.«

Nein, hatte Kai gedacht, so etwas braucht kein vernünftiger Mensch und zwar niemals, und er hatte sich das Buch gleich am nächsten Tag in die Redaktion bestellt und anschließend den Verriss geschrieben. Im Grunde, weil er eifersüchtig gewesen war auf diesen Jens-Uwe Palmer. Weil der Constanze augenscheinlich etwas bot, womit Kai bei ihr schon lange nicht mehr aufwarten konnte: mit Spannung.

Jetzt dagegen schämte sich Kai van Harm. Nicht sehr stark, aber ein klein wenig schon. Jetzt, wo er doch selber Autor war, wo er die Seiten gewechselt hatte. Er überlegte, wie er sich fühlen würde, wenn jemand über sein Buch eine derartige Rezension verfassen würde. Antwort: nicht besonders gut.

Und natürlich ahnte er auch, dass Jens-Uwe Palmers Verlag, der nunmehr zu seinem eigenen geworden war, von dieser Rezension wusste. Denn es war eher die Ausnahme als die Regel, dass Buttermann-Bücher in der sogenannten seriösen Presse besprochen wurden, zu der Kai van Harms Blatt damals, vor den Strukturanpassungsmaßnahmen, noch gehört hatte. Und so registrierten die Presseabteilungen der Schund…, das heißt natürlich – korrigierte sich van Harm schnell selbst – der erfolgreichen Mainstream-Verlage, solche seltenen Rezensionen mit hundertprozentiger Sicherheit.

Allerdings hatte Kais abfällige Besprechung dem Autor Jens-Uwe Palmer keineswegs geschadet. Ganz im Gegenteil, mittlerweile las Palmer in ausverkauften Veranstaltungshallen, in denen sonst Bands auftraten, die Fury in the Slaughterhouse hießen, wie Kai auf Palmers Wikipedia-Seite erfuhr. Für den Herbst hatte er eine Lesetournee geplant, die fast vierzig Termine umfasste. Vierzig! Und erst seine Auflagen! Ungeheuerlich! Übersetzungen in fünfzehn Sprachen! Und das nur unter seinem Namen Jens-Uwe Palmer. Tatsächlich befand sich in dem Wikipedia-Eintrag eine Liste mit sage und schreibe zwölf Pseudonymen, einem ganzen Dutzend, die von A wie »Altmaier, Jérôme« bis Z wie »Zorc, William T.« reichte. Dabei war Palmer Jahrgang '59, das heißt er war erst zweiundfünfzig Jahre alt, sieben Jahre älter als van Harm, der 1966 das Licht der Welt erblickt hatte.

Außerdem sah Palmer auch noch gut aus. Das Fan-Foto aus dem vergangenen Jahr, das seinen Eintrag illustrierte, zeigte ihn während einer Autogrammstunde. Er lächelte sanft in die Kamera, er sah verschmitzt aus und jugendlich, trotz der Lachfältchen um die Augen. Höchstens wie Ende dreißig. So wie Kai von Leuten, die ihm wohlgesinnt war, sehr selten mal geschätzt wurde. Dabei war er sieben Jahre jünger! In Zahlen: 7!

Ob Palmer noch über volles Haar verfügte, ließ sich aber nicht erkennen, denn er trug eine dieser modischen Strickmützen, die eigentlich für die Jugend reserviert waren, und die stets ein bisschen aussahen als kämen sie aus Schlumpfhausen. Aber wer so rundum perfekt war wie Jens-Uwe Palmer, der verfügte vermutlich auch noch über volles Deckhaar unter seiner Strickmütze. Sein einziger Makel bestand ganz offensichtlich darin, dass er so gut wie keinen geraden Satz formulieren konnte. Aber das schien außer Kai niemanden zu stören.

Während Kai van Harm merkte, wie eine ungeheure Eifersucht in ihm aufstieg, klickte er auf den Eintrag von William T. Zorc. Immerhin war dessen Werkliste relativ kurz, bestand nur aus drei Titeln, die zusammen die Trilogie *Das Erbe der Metronauten* ausmachten. Jeder Band allerdings hatte wiederum mindestens sechshundert Seiten. Wahrscheinlich irgendein Science-Fiction-Quatsch, denn man konnte kaum davon ausgehen, dass es sich dabei um die Familiengeschichte einer Dynastie von U-Bahn-Fahrern der BVG handelte.

Nein, es war keine Eifersucht, die in Kai aufgestiegen war, es war etwas anderes: Neid. Und dieser Neid tat sich mit der Eifersucht zusammen, die ohnehin in ihm rumorte, doch bevor der Neid noch größer werden konnte, klappte Kai van Harm abrupt den Notebook-Deckel zu.

Er ging in die Küche und mischte sich einen Gin Tonic. Das mit der Arbeit am Exposé konnte er heute sowieso vergessen. Also blieb er in der Küche sitzen, hörte Radio, aß hin und wieder einen Happen aus der Bäckertüte, schenkte sich ab und zu einen neuen Drink ein (aber nie mehr als zwei Fingerbreit auf einmal) und kam sich dabei so ausreichend beschäftigt vor, dass er gar nicht merkte, was er in Wirklichkeit hier machte. Nämlich auf Brunos Rückkehr vom Einkaufen zu warten. Denn was immer man von Bruno halten mochte, eines konnte man ihm auf alle Fälle nicht vorwerfen: dass er ein schlechter Trinkkumpan war. Und einen solchen konnte Kai jetzt sehr gut gebrauchen.

Das letzte Hemd hat Pfeilschlitztaschen

Eigentlich sah das Hemd ganz normal aus. Es war nicht sonderlich gut verarbeitet, nicht besonders modisch geschnitten, aber es war für eine Weile mit Sicherheit alltagstauglich. Auch die Farbe, die man früher eierschalenfarben genannt hätte, als braune Eier noch selten in den Eierpappen gewesen waren, wäre durchaus noch in Ordnung gegangen, gut kombinierbar auch zu Brunos neuer Bio-Hose, wenn … ja, wenn …

Mein Gott, dachte Kai van Harm, was war da eigentlich passiert mit diesem Hemd, das Bruno ihm am frühen Abend mit stolzgeschwellter Brust in der Küche präsentierte? Und jetzt hatte er ihn auch noch nach seiner Meinung gefragt. Und harrte, ein schäumendes Bier in der Faust, hoffnungsfroh auf eine Antwort.

»Ehrlich Bruno, da war diese … wie soll ich sagen«, sagte Kai van Harm, »na ja, diese seltsam gefärbte Schliere am Kragen deines alten Hemdes weniger, wie soll ich sagen … die war weniger …«

»Scheiße«, versuchte Bruno auszuhelfen und grinste.

»Das wäre jetzt nicht meine erste Wortwahl, aber – ja!«

»Is dit dein Ernst?«, Brunos Grinsen erstarb.

»Natürlich.«

»Aber …« Bruno war kurz sprachlos. »Aber Robert

und die andern meinten, dit sei der letzte Schrei. Frech und sportlich. Und dit sind drei junge Männer, mit Familie und Pipapo. Die wern ja wohl Ahnung ham.«

»Wo sind die drei eigentlich abgeblieben?«, fragte Kai. Er wollte jetzt nicht unbedingt das Thema Hemd vertiefen.

»Wat essen. Und danach ein kleinen Spaziergang machen. Kieken, ob die Technik funktioniert. Du weeßt schon.«

»Ja.«

Für eine Minute war Ruhe, und sie tranken ihre Getränke. Bruno mit unübersehbarem Durst, Kai, um Bruno Gesellschaft zu leisten, sozusagen.

Leider quengelte Bruno nach Ablauf der Schweigeminute abermals los: »Aba wat stümmt denn jetze nich mit meim Hemd.«

»Na, sieh dich doch mal im Spiegel an«, sagte Kai, und während Bruno mit langem Hals versuchte, an sich herunterzuschielen, fing Kai an, die Hässlichkeit des Hemdes, die ihm ja direkt vor Augen stand, extra noch einmal für seinen Freund in Worte zu fassen.

Ihn störte zum Beispiel, dass die Manschetten und der Kragen in einem grellen Orange abgesetzt waren, das so gar nicht mit der restlichen Eierschalenfarbe harmonierte.

Dass es zwei Brusttaschen gab, die nicht etwa diskret gehalten waren, sondern in Pfeilschlitzform daherkamen, so wie die Hemden von Countrysängern.

»Na, na, na, na«, drohte Bruno an dieser Stelle mit dem Zeigefinger, »olle Peter Tschernig sein einet Hemd hatte och so ’ne Taschen.«

Aber Kai, der noch aus dem letzten Jahr wusste, dass Peter Tschernig nicht nur der Johnny Cash des Ostens genannt wurde, sondern vor allem Brunos Lieblingssänger war, ging gar nicht auf diesen Einwurf ein, sondern fuhr einfach fort aufzuzählen, was ihn außerdem noch so störte. Zum weiteren Beispiel, dass die Pfeilschlitze der Hemdbrusttaschen aus orangefarbenem Kunstleder waren und, als wäre das nicht grausam genug, der Farbton des Kunstleders leider nicht der gleiche war wie jener von Kragen und Manschetten. Dass sich über der linken Brust bis hin zum linken Schulterblatt ein aufgedrucktes, verkleckertes Ornament in dunklem Blau zog, halb Fischgräte, halb Lorbeerkranz.

»Aber am allerschlimmsten …«

»Ja?« Bruno ließ davon ab, die Stellen an seinem Körper beziehungsweise an seinem Hemd zu fixieren, die ihm gerade beschrieben worden waren, und sah Kai nun erwartungsvoll an.

»Am allerschlimmsten ist der Aufdruck, der sich von der rechten Brust bis hinter auf das rechte Schulterblatt zieht.«

»Der rote?«

»Ich würde sagen, der hellviolette.«

»Wat is denn mit dem?«

»Hast du den mal gelesen?«

»Ick kann doch kein Englisch.«

»Das ist auch kein Englisch.«

»Na, wat steht denn da nu?«

»Soll ich es mal buchstabieren?«

»Wenn's nich anders jeht.«

»Kah, Eh, Emm«, begann Kai extra langsam für

Bruno zu buchstabieren. »Peh. Neues Wort: Deh, Eh, Emm, nein Halt, das letzte Emm zurück«, korrigierte sich Kai.

»Mann, Mann, Mann«, sagte Bruno, und an seinen weich werdenden Gesichtszügen konnte man erkennen, dass er aufgehört hatte, sich zu konzentrieren.

»Also statt des letzten Emms ein Vau, dann noch ein Ih, nochmal ein Eh und zum Schluss ein Deh.«

»Und nu?«

»Sag du mir's!«

»Ick hab kein' blassen«, sagte Bruno.

»KEMP DEVIED.« Kai sprach die Worte betont unamerikanisch aus.

»Ja, na und?« Bruno verstand nicht, wo das Problem lag.

»Was soll denn das sein?«

»Wat weeß denn icke? Irgendwat in Amerika.«

»Ich nehme an, du meinst Camp David. Eine Art Feriendomizil der US-Präsidenten. Aber das wird mit Ceh geschrieben und mit Ah. Dein Camp David hier ist vollkommen falsch geschrieben.«

»Ick weiß«, sagte Bruno zu Kais Überraschung, »dit hat Robert ooch jesagt. Aber Ronny hat jesagt, wennit falsch jeschrieben is, kostets nur ein Drittel von dem, wat it kostet, wennit richtich jeschreiben is. Wat soll ick denn achtzig Euro bloß für die Rechtschreibung ausjeben! Bin ick Krösus? Hemd is schließlich Hemd.« Damit schien für ihn das Thema erledigt zu sein.

Wieder schwiegen sie eine Minute, Bruno um seinen mächtigen Durst zu löschen, Kai, weil ihn Brunos Ignoranz kränkte.

»Und, wat hast du so jemacht den ganzen Tag«, nahm Bruno schließlich das Gespräch wieder auf.

Kai überlegt kurz, Bruno von Jens-Uwe Palmer zu erzählen und von der Rezension, die er vor drei Jahren zu dessen Kriminalroman *Schraubstock* geschrieben hatte. Und dass es komisch war, nun auf derselben Seite wie der vormals in Grund und Boden Verrissene zu stehen, im selben Stall quasi, dem Buttermann-Verlag. Aber da er langsam müde wurde vom Gin Tonic und ahnte, dass es unendliche Mühe kosten könnte, dem auch schon leicht angeschickerten Bruno klarzumachen, worum es ihm dabei ging – die Ambivalenz –, falls er ihm denn überhaupt irgendetwas klarmachen konnte, sagte er der Einfachheit halber nur: »Ich habe gelesen.«

»Igitt«, sagte Bruno und fischte mit langen Fingern *Wetzstein* vom Küchentisch, wo es noch von heute Mittag neben *Abgestochen* gelegen hatte. Er betrachtete mit gerümpfter Nase das Coverbild: »Dit is doch nicht etwa ein menschlicher …?«

»Doch, genau das ist es.«

»Apropos Krimi«, sagte Bruno und wedelte mit *Wetzstein* in der Luft, »jibs wat Neuet in unsam Fall?«

»Bei mir nicht«, sagte Kai.

»Bei mir ooch nich«, sagte Bruno. »Denn würde ick vorschlagen, wir legen uns aufs Ohr. Morgen wird ein harter Tach.«

»Wieso«, fragte Kai, »hast du was vor?«

»Nöh, dit hab ick im Urin.«

Das musste als Gute-Nacht-Gruß für diesen Abend reichen.

Noch ein Tag

Mittwoch, dachte Kai van Harm sogleich nach dem Aufwachen um kurz nach neun. Heute war Mittwoch. Noch ein Tag, dann war der Spuk vorbei. Kai blinzelte zuversichtlich in die Morgensonne, die ihn seit nunmehr fünf Tagen auf seiner improvisierten Schlafstatt begrüßte. Ein Tag noch, dann fuhr Bruno endlich zurück nach Altwassmuth, überlegte Kai weiter. Dann verschwanden Addi, Puh und Naik wieder aus seinem Leben und nahmen ihren Technikfirlefanz mit. Dann konnte er den ganzen Schlamassel endlich der Polizei übergeben. (Die wahrscheinlich nicht schlecht staunen würde, über das, was Kai van Harm ihr zu erzählen hätte.)

Dann könnte er endlich auch einen Maler beauftragen, der die »Don't You Step On My Blue Suede Shoes!«-Schmiererei über dem Sofa beseitigte, die angeblich von einem Handwerker im schwarzen Overall stammte, den Bruno mittlerweile nur noch den »Kautschuk-Elvis« nannte. Und der ihm angeblich ein Messer in den Oberschenkel gerammt hatte. Und obwohl Kai das Blut aus Brunos Hose hatte tropfen sehen, kam ihm die Geschichte umso unwahrscheinlicher vor, je weiter sie zurücklag. Vielleicht hatte sich Bruno im Alkoholdusel einfach nur in einen Nagel gesetzt. Wer konnte das schon wissen?

Egal. Wenn Bruno wieder in Altwassmuth war, dann würde Kai endlich sein neues Buch zu schreiben beginnen, und dabei würde er sich erstens ganz auf die Kraft der eigenen Fantasie verlassen und sich zweitens eng an den Vorbildern orientieren, die ihm Frau Dr. Gruber vorgestern in den Jute-Beutel gepackt hatte. (Jens-Uwe Palmer natürlich ausgenommen, den konnte keiner einholen. Der war schon bei den Metronauten und darüber hinaus.)

Und außerdem und nicht zuletzt könnte Kai das Verhältnis zu Constanze verbessern. Sie hatte ja selbst gesagt, dass sie ihm um ein Haar eine zweite Chance gegeben hätte. Und wer hatte es mal wieder versemmelt? Klar: Bruno! Wenn sich das Verhältnis zu Constanze verbesserte, dann verbesserte sich auch automatisch das zu den Kindern, zu Janne und Erik, die gerade in einer schwierigen Phase waren, von wegen Pubertät und weiß der Geier, was da noch alles im Argen lag. Kinder eben, die keine richtigen Kinder mehr waren.

Gleich morgen, wenn er Bruno zum Bahnhof gebracht hätte, würde Kai zum Friseur gehen und sich den albernen Jungsscheitel stutzen lassen. Er würde in Zukunft auch wieder mehr essen, um ein bisschen zuzulegen, um die Hüften, aber vor allem im Gesicht. Er wollte wieder aussehen wie früher. Als Gedächtnisstütze für Constanze, sozusagen. Damit Constanze sich erinnerte, wie gut es mit ihnen beiden in jenen Zeiten gelaufen war, als Kai etwas übergewichtig gewesen war, dafür aber einen kürzeren Scheitel getragen hatte.

Kai setzte sich auf. Die Sonne strahlte ins Zimmer,

und Kai van Harm strahlte zurück: Nur noch ein Tag, dann würde für ihn ein neuer Lebensabschnitt beginnen.

Der Teufel aber saß wie so oft im Detail. In diesem Fall war es ein Denkfehler. Vielleicht war Kai van Harm noch zu verschlafen gewesen, um die Voraussetzungen für seine Hoffnungsorgie ordentlich zu prüfen. Denn natürlich war das Zimmer für Bruno Zabel im Hotel Sterelle zwar nur bis morgen gebucht, aber das bedeutete noch lange nicht, dass Bruno daraus auch die Konsequenz zog, spätestens morgen aus Berlin zu verschwinden. Sich nach Altwassmuth zu trollen. Dorthin, wo sich die Störche gegenseitig gute Nacht sagten. Denn wohnte Bruno überhaupt noch im Hotel? Maß er dem Hotelzimmer irgendeinen Wert bei? Dem Komfort, den Wellness-Angeboten, dem Kulturprogramm? Nein, nein und nochmals nein!

Kai ließ sich erschöpft ins Kissen zurückfallen. Ihm schwand aller Mut. Im selben Moment klopfte es aufgeregt an der Tür, und Brunos dröhnendes Flüstern hallte Kai in den Ohren: »Komm schnell, meine Männer ham da wat entdeckt. Da wirste Augen machen. Hörst du mich? Bist du schon wach? Kai, so antworte doch!«

Herzlichen Glückwunsch, dachte Kai van Harm, das wirkliche Leben war wieder zurück.

Niedergeschlagen wankte van Harm wenig später über die Diele. Bruno hatte ihn in die Küche bestellt, wo sich alle um die fauchende Kaffeemaschine versammelt hatten, die drei R's, Addi, Puh und Naik, einschließlich Peggy, die unisono »Guten Morgen« riefen, nachdem

Kai mit bleischwerem Arm die Küchentürklinke hinuntergedrückt hatte.

Wenigstens roch es nach frischen Backwaren.

»Wie geht es Ihnen heute, Peggy?«, fragte Kai aus purer Höflichkeit, während er sich von Puh widerstandslos einen dampfenden Kaffeebecher reichen ließ.

»Mensch Herr van Harm, dit is ja völlig irre.« Peggy hatte ganz rote Wangen, ob vor Aufregung oder wegen ihrer Erkältung, das ließ sich nicht genau sagen. Allerdings war sie heute geschminkt, akkurat frisiert und angezogen, und Kai registrierte den einen oder anderen Blick, den einer der drei R's immer wieder mal auf sie warf.

»So«, sagte Bruno, nachdem Kai am Küchentisch Platz genommen hatte, »ick habe unsere Freundin Peggy rüberjebeten, weil se ja doch irgendwie dazujehört. Damit hätte sich der innere Kreis uff sechs Personen erweitert, und dabei soll's jetzt aber ooch bleiben.«

Kai nahm sich ein Croissant und biss hinein. Er fühlte sich unwohl in seinem Morgenmantel zwischen all den angezogenen, frisch aussehenden Mitverschwörern, oder was hatte Bruno gerade mit dem »inneren Kreis« gemeint? Kai starrte auf Brunos Pfeilschlitztaschen, während dieser fortfuhr.

»Nach einem ruhigen Tag jestern kommt heute also schon der erste Knaller. Dit heißt natürlich, der Knaller is ooch schon von jestern, aber … Ach, wat quatsch ick hier, kommt einfach mal mit rüber in unsern Jefechtsstand, du, Kai, und Sie natürlich ooch, Peggy. Darf ick bitten? Die andern kennen dit ja schon, weshalb die sich am besten auf den Weg machen, wie besprochen.«

»Wird erledigt, Chef«, sagte Robert.

»Irre wa, Herr van Harm?« Peggy rieb sich im Aufstehen die Hände.

»Müssen Sie nicht zur Arbeit, Peggy?«

»Ick bin doch krank jeschrieben, noch bis Montag. Super, oder? Dabei jeht's mir schon wieder jut. Also fast«, sagte Peggy und hustete pflichtgemäß. Es klang auch nicht besonders überzeugend.

»Glückwunsch!«

»Na du hast aber 'ne Laune, ey!«, sagte Peggy und schlängelte sich an Bruno, der ihr die Tür aufhielt, vorbei in Kais ehemaliges Schlafzimmer, wo es nach Aftershave und trockenem Staub roch. Wo die Ventilatoren ihre zarten Lieder sangen.

Bruno setzte sich vor einen der Monitore, auf dem sich der bedenkliche emblematische Bildschirmschoner drehte. Kai und die hibbelige Peggy stellten sich dahinter auf. Bevor er zur Maus griff, drehte sich Bruno um: »Bereit?«

»Jetzt mach schon Bruno, ich muss mal austreten!«

»Bereit«, sagte Peggy.

Bruno bewegte die Maus, der Bildschirmschoner verschwand und gab den Blick auf den Bürgersteig vor dem Haus frei.

»Cool«, sagte Peggy, »das is vor unserm Haus, wa?«

»Man kann es förmlich riechen«, sagte Kai und musste an den scheißenden Köter denken, den dasselbe Programm vorgestern übertragen hatte.

Ein paar Passanten liefen unter der Kamera durch. In der unteren rechten Ecke standen Datum und Zeit: Die Aufnahmen waren gestern kurz vor neun entstanden.

Zu einer Zeit, als Kai noch seinen Rausch ausgeschlafen und Bruno mit seinen Armee-Kumpels beim Frühstück in der Küche gesessen hatte.

»Achtung: Jetzt wird's spannend«, sagte Bruno, klickte einmal mit der Maus, und die Aufnahme lief in Zeitlupe ab, in der halben Geschwindigkeit. Kai merkte, dass Peggy sich an seinem Arm festhielt. Er selbst versuchte tief und gleichzeitig möglichst geräuschlos zu atmen. Die allgemeine Nervosität hatte auch ihn angesteckt. Doch er wollte nicht, dass Peggy davon etwas mitbekam.

»Jetzt!«, schrie Bruno.

Die Uhr zeigte 8:59:58 an. Eine schemenhafte Gestalt schob sich von rechts ins Bild. Der Schatten eines Menschen, dachte Kai für einen Moment, der Schatten eines sehr großen Menschen. Doch im nächsten Moment erkannte er, dass es sich um keinen Schatten handelt, sondern um einen komplett schwarz gekleideten Mann. Andere Passanten, kleiner und bunter, überholten ihn. Die Schritte des schwarzen Mannes dagegen waren gleichzeitig größer, aber auch viel langsamer als die der anderen Fußgänger. Als sei er bereits an sein Ziel gekommen, als würde er gleich stoppen.

Peggys Fingernägel krallten sich wie eine Zange in Kais Arm.

Auch der Gesichtsausschnitt des Mannes, den der Kamerawinkel erkennen ließ, war dunkel, was an einer großen Sonnenbrille lag, die sowohl Augen als auch das Jochbein verdeckte. Umso greller erschienen im Kontrast zu all dem Schwarz die zwei hellen Flecken an seiner Gestalt. Zum einen eine Art Hefter (oder Umschlag), den er unter den rechten Arm geklemmt trug, während seine Hand in der Tasche seines Arbeitsoveralls steckte. Zum anderen das in der Morgensonne leuchtende Haar. Haar wie gleißendes Gold, militärisch kurz geschnitten, akkurat gekämmt. Eine Frisur, die in Kai komische Assoziationen hervorrief.

Die dunkle Gestalt mit dem leuchtenden Haar tat noch zwei dieser langsamen, ausholenden Schritte, dann scherte sie nach links aus und war aus dem Bild verschwunden. Die Kamera-Uhr zeigte 9:00:01.

Jetzt atmete Kai doch heftiger, als ihm lieb war. Das beklemmende Gefühl in der Brust drückte auf einmal bis in den Magen. Er fürchtete, dass es jeden Moment an der Tür klingelte. Oder dass jemand draußen im Treppenflur sich mit einem Lockpicking-Tool an seinem Türschloss zu schaffen machte.

Doch dann fiel ihm wieder ein, dass die Aufnahme, die er hier sah, von gestern stammte, und trotzdem war Kai plötzlich voller Angst. Jetzt, wo er gesehen hatte, dass der schwarze Mann in seinen Hauseingang abgebogen war. Jetzt, da er wusste, dass das Phantom existierte, von dem Bruno immer nur geraunt hatte. Ein Geraune, das Kai trotz der unbestreitbaren Merkwürdigkeiten, die sich in den letzten Tagen ereignet hatten, nie so ganz ernst genommen hatte.

Ganz ohne Zweifel handelte es sich bei dem platinblonden Mann im schwarzen Overall um jenen »Kautschuk-Elvis« ohne Maske, der Bruno am Oberschenkel verletzt hatte und den die Rezeptionistin des Sterelle am selben Tag im Foyer beobachtet haben wollte.

Bruno hielt die Aufnahme an. »Habt ihr ihn gesehen?«

»Ja.« Kais Stimme klang matt.

»Wer war das?«, fragte Peggy.

»Der sogenannte Kautschuk-Elvis«, sagte Bruno.

»Der aus dem Hotel?« Bruno musste Peggy inzwischen eingeweiht zu haben.

»Genau jener, welcher«, sagte Bruno. »Aber Achtung: Es geht noch weiter.« Er ließ die Aufnahme weiterlaufen. Zunächst passierte nichts. Lediglich ein paar Passanten hasteten in der typischen Berliner Alltagsgeschwindigkeit durchs Bild. Dann, die Uhr zeigte 9:04:02, trat der Kautschuk-Elvis aus dem linken Rand wieder ins Bild, verharrte einen Augenblick vor dem Hauseingang, sah sich kurz nach links und rechts um, als wollte er die Straße überqueren, ging dann aber mit zügigen Schritten in die Richtung davon, aus der er zuvor gekommen war.

Bruno hielt die Aufnahme erneut an und schaltete dann eine der Schreibtischlampen ein: »Wat sagta nun?« Triumph lag in seinem Blick, der vor allem an Kai gerichtet zu sein schien: Siehste, war doch nicht alles umsonst, die ganze Technik, die personelle Verstärkung.

»Abgefahren«, sagte Peggy.

»Er war ganze vier Minuten im Haus«, sagte Kai. Noch immer schlug sein Herz in einer Frequenz, die auf Dauer nicht gesund sein konnte.

»Und habt ihr sonst noch wat bemerkt?«, fragte Bruno.

»Äh, er ist in dieselbe Richtung zurückgegangen, aus der er kam«, sagte Kai.

»In der übrigens ooch dit Hotel liegt«, ergänzte Bruno. Er hatte sich mit seinem Bürostuhl zu Peggy und Kai gedreht. Seine Arme hatte er selbstsicher vor der Brust verschränkt.

»Was hatta in den vier Minuten bloß jemacht?«, überlegte Peggy laut. »Vielleicht hatta nur in den Hof gepinkelt. Machen viele. Die Haustüre is ja immer uff. Und dementsprechend riecht's denn auch bei den Mülltonnen.«

»Quatsch, Peggy«, sagte Kai barsch.

»Na, denn sag du doch wat Bessret, Herr van Harm«, pampte Peggy zurück.

»Is euch nüscht weiter aufgefallen?« Bruno genoss ganz offensichtlich einen Wissensvorsprung.

»Okay, Bruno. Du hast gewonnen«, sagte Kai. »Du hast was gesehen, was uns nicht aufgefallen ist. Zufrieden? Jetzt kläre uns bitte auf, was wir übersehen haben.«

»Dieset helle Ding!«, rief Peggy dazwischen. »Er ist ohne diesen weißen Umschlag wieder rausgekommen!«

»Bingo«, sagte Bruno.

»Stimmt«, sagte Kai, »jetzt, wo Sie es sagen, Peggy.«

»Vier Minuten also«, spielte Peggy weiter Sherlock Holmes, »mit Umschlag rein, ohne wieder raus. Das heißt ...«

»Dassa mit großer Wahrscheinlichkeit wat in einen der Briefkästen jesteckt haben wird. Und dreimal dürfter raten, in welchen?«

»In deinen, Herr van Harm?«

»In meinen?«

»Ja, in deinen, mein Freund. Und wie ick dich kenne, haste gestern mal wieder vergessen, den Briefkasten zu leeren. Stümmt's?« Bruno strahlte bis über die Ohren.

»Wie kommst du denn darauf, Bruno?«, sagte Kai. »Ich leere jeden Tag meinen Briefkasten.«

»Dit kann ick bestätigen«, sagte Peggy.

»Würklich?« Bruno klang leicht enttäuscht.

»Ja.«

»Und da war nüscht Außerjewöhnlichet drin jewesen gestern?«

»Nein«, sagte Kai, »nichts Besonderes. Nur ein Brief vom Verlag.«

»Nichts anderes?«

»Nein.«

»Gar nichts?«

»Nein, verdammt!«

»Ach so«, sagte Bruno, und alles Triumphale war aus seiner Stimme verschwunden. Er sackte auf dem Bürostuhl sichtbar in sich zusammen.

»Allerdings …«, hob Kai behutsam und leicht schuldbewusst an, was Bruno mit einem hoffnungsvollen »Ja?« quittierte.

»Dieser Brief …«

»Ja, wat denn?«

»Na, dieser Brief vom Verlag …«

»Jetzt raus mit der Sprache!«

»Mensch, Herr van Harm!«

»Also, den habe ich noch gar nicht aufgemacht.«

»Grundgütiger!«

Brief des Bösen

Bruno war extra aufgestanden und hatte Kai seinen Platz angeboten, nachdem Kai den Brief aus dem Wohnzimmer geholt hatte. Während van Harm umständlich den Klebefalz des Umschlags aufpulte, stand er hinter dem Bürostuhl, direkt neben der zappelig gewordenen Peggy, und konnte seine Aufregung mindestens ebenso wenig verbergen wie sie.

»Habt ihr die Marke gesehen?«, hauchte Bruno fast stimmlos, und Kai drehte pflichtschuldig den Umschlag um.

»Sieht doch janz normal aus«, flüsterte Peggy zurück.

»Nich abjestempelt«, hauchte Bruno.

»Ick kriege manchmal ooch Briefe, da sind die Marken nich abjestempelt«, flüsterte Peggy. »Dann nehm ick immer 'ne Tasse mit lauwarmem Fitwasser und weich se wieder ab. Dann lass ick se trocknen und dann …«

»Ja, ja«, unterbrach sie Bruno, »ick weiß selba wie dit jeht. Ick hab früher als Steppke auch mal Briefmarken jesammelt.« Und unvermittelt an van Harm gewandt: »Mensch, mir schlafen gleich die Füße ein bei deim Tempo.«

»Der Umschlag kommt mir sehr leicht vor«, sagte Kai van Harm, um die Ungeduld von Peggy und Bruno ein wenig zu besänftigen. Denn Kai versuchte tatsächlich, den Klebefalz aufzubekommen, ohne dass er einriss. Er hatte die vage Idee, dass dies der Polizei eventuell von Nutzen sein könnte, wenn er ihr den Fall (alias den Schlamassel) übergab. Spätestens, wenn Bruno abgereist war. Also morgen. Oder übermorgen. Vielleicht aber auch erst überübermorgen. Dass er es tun würde, stand allerdings für ihn schon so gut wie fest. Das Video hatte ihm einen ordentlichen Schreck eingejagt, und wenn jetzt, wie Bruno mutmaßte, auch noch der Umschlag etwas enthielt, das nicht ganz koscher war, dann …

»Na endlich«, stieß Bruno gepresst hervor, als Kai den Klebefalz schließlich gelöst hatte und von oben vorsichtig in den nunmehr offenen Umschlag spähte.

»Und?«, hauchte Bruno auf ein Neues und versuchte über Kais Schulter hinweg einen Blick ins Umschlaginnere zu erhaschen.

»Ein Foto, würde ich sagen«, sagte Kai.

»Jetzt hol es schon raus, Herr van Harm«, flüsterte Peggy gereizt, weswegen Kai darauf verzichtete, nach Handschuhen zu fragen wegen möglicher Fingerabdrücke, die der Spurensicherung morgen oder übermorgen oder auch überübermorgen nützlich sein könnten. Mit langen Fingern und es nur ganz behutsam am Rand berührend, zog er das Foto heraus. Es war ein glänzender Abzug im A4-Format. Mehr enthielt der Umschlag nicht, womit auch ziemlich klar war, dass der Brief tatsächlich nicht vom Verlag stammte. So ganz ohne Anschreiben, ohne Anrede, ohne Gruß. So ganz ohne jedes Wort.

»Und? Wat issit?« Bruno ruckelte an der Bürostuhllehne vor lauter Aufregung.

Kai van Harm benötigte vielleicht drei Sekunden, um zu erfassen, auf was er da starrte. Und dann übermannte ihn ein heftiges Déjà-vu-Gefühl. Und das war in diesem Fall alles andere als ein schönes Wiedererleben. Ihm wurde flau im Magen. Schweiß trat ihm auf die Stirn. Noch während ihm sein Körper diverse Warnsignale sandte, reichte er das Foto nach hinten weiter.

Für einen Moment war es still. Nur die Maschinen summten und der Luftzug des Standventilators pfiff fast ebenso leise.

»Wat soll denn ditte sein?«, polterte Bruno als nächstes los. Er sprach jetzt, nachdem es kein Geheimnis mehr gab, wieder in seiner normalen, dröhnenden Alltagsstimme. Peggy dagegen sagte nur: »Oh, oh«, so als ahnte sie, was sie da vor sich hatte, was das Foto darstellte.

»Du hast mein Buch nicht gelesen, oder Bruno?« Kais Stimme klang belegt, als wäre ihm jemand zwei-, dreimal mit der Muskatreibe über die Stimmbänder gefahren.

»Nee. Noch nich«, sagte Bruno. »Lesen tu ick immer nur im Herbst oder im Winter. Wenn's draußen schneit oder stürmt, und wenn's drinne jemütlich is.«

»Dann is dit also wirklich das, was ich glaube.« Auch Peggy klang jetzt ganz bedrückt.

»Fast, würde ich sagen, Peggy, nur fast.«

Kai stand auf und ging aus dem Raum; als er kurz darauf wiederkam, hatte er sein Buch dabei. Er blätterte kurz hinein und hatte schnell die Stelle gefunden, die er gesucht hatte. Sie befand sich ziemlich am Anfang des Textes.

»Wat wird denn dit jetze?« Bruno sah fragend Peggy an, die aber nur unwirsch den Kopf schüttelte.

Stattdessen antwortete Kai: »Ich werde dir jetzt eine Stelle aus meinem Buch vorlesen, Bruno. Und die wird dir vielleicht erklären, was du da eben auf dem Foto gesehen hast. Es hat sich genauso, wie es dort steht, abgespielt damals. Es war im Januar 2010, und es war an jenem frühen Morgen, als der Anschlag auf unsere Redaktion verübt worden war.

Ich habe nichts erfunden und nichts weggelassen. Alles ist genau so passiert. Ich schwöre es. Das Einzige, was ich abgeändert habe, ist mein Name. Ich tauche in meinem eigenen Roman natürlich nicht als Kai van Harm auf, sondern als … aber das weißt du ja, Bruno.«

Dann räusperte sich Kai van Harm noch einmal kurz und begann mit Grabesstimme aus seinem Erstlingsroman vorzulesen:

»Jetzt spürte Maximilian Duncker auch die Glassplitter unter seinen Füßen.

Von einem der entglasten Wagen am Straßenrand wedelte er ein paar Scherben von der Motorhaube. Dann legte er seine Aktentasche dort ab und zog aus der Innentasche des Mantels sein Handy. Er musste mit jemandem reden, mit seinem Chef, nein, besser noch mit Cornelia, seiner Frau.

Er hatte ihre Nummer gewählt und lauschte dem Rufton, als ihn ein markdurchdringendes ›Hey, Sie da!‹ zusammenfahren ließ.

Er merkte, dass er das Handy losließ, statt nur den Arm herunterzunehmen. Sah es fallen und zwischen Scherben und Dreck auf dem Asphalt aufschlagen, wo es in drei Teile zersprang, die unter dem Auto verschwanden. Dann hörte er eine Rückkopplung und gleich darauf forderte dieselbe Megafonstimme: ›Kommen Sie weg da, Mann! Sie zerstören wichtige Spuren!‹

Duncker drehte sich um und sah keine zehn Meter hinter sich den Polizeibeamten, der seine Zeitung ein reaktionäres Käseblatt genannt hatte. Das Megafon hielt er immer noch vor den Mund. Der Typ grinste: dummdreist, unverschämt. Er schien abzuwarten, was Duncker als Nächstes tun würde.

Maximilian Duncker ging in die Hocke, versuchte die Stelle zu finden, wo das Handy aufgeschlagen war. Er konnte nichts entdecken, beschloss, Splitter und Trümmer zu ignorieren, ließ sich auf die Knie fallen und spähte unter den Wagen. Er konnte das Handy nicht aufgeben. Es war neben dem Notebook und seinem vergesslich werdenden Hirn der dritte Teil seines Gedächtnisses, mehr sogar: ein ganzes Drittel seiner Persönlichkeit. Er tastete, legte sich ohne Rücksicht auf seine Kleidung bäuchlings neben den Wagen. Direkt hinter dem linken Vorderrad des entglasten PKWs fand er den Akku und die Akkuabdeckung.

Duncker stand auf, ging einmal um den Wagen herum. Jetzt stand er auf dem Bürgersteig, direkt unter seinem ehemaligen Bürofenster. Der Geruch von verschmortem Plastik war hier noch intensiver, der Gehweg übersät mit formlosem Schutt. Die Straßenlaterne hatte es zerrissen. Duncker ging abermals in die Hocke. Tastete um das rechte Hinterrad des Wagens, stand wieder auf und wandte sich ohne viel Hoffnung dem rechten Vorderrad zu. Noch bevor er in der Hocke angelangt war, sah er etwas Metallisches blitzen. Ein glänzender Stachel, der aus dem staubigen Geröll ragte, das die Detonation unter den Wagen gefegt hatte. Es war nicht sein Handy, das erkannte er sofort. Es war schlicht unmöglich, dass es nach dem Fall auf der anderen Wagenseite hier zu liegen gekommen sein konnte.

Das glänzende Ding gehörte ihm dennoch: Es stammte von seinem Schreibtisch. Eine Antiquität vom Flohmarkt, ohne Nutzen heutzutage, da die Post nur noch elektronisch abgewickelt wurde: Es war ein orientalischer Brieföffner aus geschliffenem Stahl, der die Form eines Krummsäbels und einen Griff aus bemalter Keramik hatte.

Wenig später meldete Maximilian Duncker dem Einsatzleiter seinen Fund: eine beringte, schmale, von Staub überzogene Hand, die mit roher, unpräziser Kraft vom Unterarm abgetrennt worden war. Eine verlorene Frauenhand, die nichts Gutes über den Zustand des Körpers ahnen ließ, zu dem sie einmal gehört hatte, und die so unlösbar den Porzellanknauf des Brieföffners umklammert hielt, dass Duncker, als er sein Flohmarktsouvenir bergen wollte, sie unweigerlich mit aus dem Schutt gezogen hatte.«

Die letzten Worte hatte Kai van Harm auf die gleiche Art vorgelesen, wie sich Kinder spätabends auf Klassenfahrten oder im Ferienlager Gruselgeschichten erzählten, während sie sich dabei mit der Taschenlampe von unten ins Gesicht leuchteten.

»Gänsehaut«, flüsterte Peggy folgerichtig, und man konnte sehen, dass sie tatsächlich fröstelte, während sie das Wort aussprach.

Rosa Fliesen

»Aber dit hier is doch nich echt.« Mit diesem profanen Einwurf versaute Bruno die schöne Gruselstimmung, die sich gerade im Raum breitmachen wollte.

Leider hatte er damit sogar recht. Oder vielleicht besser gesagt: zum Glück! Klingen tat Bruno allerdings ziemlich enttäuscht.

»Dit is doch jestellt. Kiek do' ma hin«, insistierte er und reichte Peggy das Foto hinüber, das er während Kai van Harms kleiner Lesung in seinen großen Händen gehalten und immer wieder gewendet hatte, ohne den Blick davon lassen zu können. »Dit sieht doch 'n Blinder mit Krückstock, sogar wenn's so finsta is wie hier drinne bei uns.«

»Das bestreitet doch niemand«, sagte Kai van Harm mit matter Stimme. Ihm war immer noch übel, ein schwer bestimmbares Gefühl des Unwohlseins, das Bruno *blümerant* genannt hätte, wenn er darum gewusst hätte. Aber Kai versuchte, sich nichts anmerken zu lassen: »Du musst jedoch zugeben, Bruno, dass das Arrangement auf dem Foto so ziemlich mit meiner Beschreibung im Buch übereinstimmt. Und schon allein die Tatsache, dass mir *dieses* Foto mit *diesem* Arrangement in einem Umschlag des Buttermann-Verlages von einer schwarzgekleideten Person in den Briefkasten gesteckt wurde, sollte uns zu denken geben. Ich weiß zwar nicht genau, *was* es uns zu denken geben sollte, aber dass es uns zumindest *beunruhigen* sollte, weiß ich auf jeden Fall«, sagte Kai und fügte an: »Gestelltes Foto hin oder her.«

»Dit lässt sich nich leugnen«, knurrte Bruno seine prinzipielle Zustimmung zum eben Gesagten.

»Und es wäre mir tatsächlich lieb«, fuhr Kai fort, »wenn du deine drei Freunde, so schnell es geht, rufen könntest, um ihnen die neue Lage zu erläutern. Mir scheint, dass wir langsam wirklich Verstärkung bräuchten. Und wenn deine Freunde uns nicht helfen können, dann müssen wir eben doch die Polizei kontaktieren. Da beißt die Maus keinen Faden ab.«

Bruno entgegnete nichts, sondern guckte nur ganz betreten aus dem orangenen Kragen seines nagelneuen KEMP-DEVIED-Hemdes.

»Unheimlich«, flüsterte Peggy. »Können wir mal bitte ins Helle rübergehen?« Wieder wurde sie von einem Frösteln geschüttelt. Oder wirkte es nur so im Flackern des Monitorlichts?

Erst als sie wenig später in der Küche saßen, Kuchen zur Nervenstärkung aßen und Filterkaffee tranken, wurden sie alle ein wenig ruhiger. Bruno informierte per Telefon die drei R's über den neuen Sachverhalt. Sie sollten sofort ihre Spaziergänge abbrechen, die sie am Paul-Lincke-Ufer, im Karree um Kai van Harms Wohnung beziehungsweise in der Gegend des Sterelle unternahmen. Gleichzeitig rief er eine höhere Stufe der Gefechtsbereitschaft aus, aber da Kai seinen Militärjargon sowieso nicht ernst nahm, fragte er gar nicht erst nach, was diese höhere Stufe der Gefechtsbereitschaft in der Praxis bedeutete.

Dann nahmen sie sich noch einmal das Foto vor, das nun in der sonnendurchfluteten Küche noch einige Details preisgab, die ihnen gerade eben im abgedunkelten Schlafzimmer verborgen geblieben waren. Vorne und sehr scharf ins Bild gesetzt, lag auf einem grob gezimmerten, schon leicht verwitterten Holztisch tatsächlich eine abgetrennte Hand, in dessen verkrallten Fingern sich ein Brieföffner befand. So wie Kai es in seinem Buch beschrieben hatte. Allerdings handelte es sich ganz eindeutig um die Hand einer Schaufensterpuppe, die am Gelenk abmontiert worden war. Offenbar um dennoch den Eindruck einer Gewalteinwirkung zu suggerieren, hatte jemand diese Hand so heftig bearbeitet, dass der Kunststoff, aus dem sie mutmaßlich bestand, ziemlich deformiert wirkte: gesplittert, gestaucht, dann wieder eingerissen oder geplatzt. Es sah aus, als habe sie jemand mit einem schweren Hammer malträtiert. Jemand, der über einen großen Zorn verfügte. Über diese ramponierte Hand wiederum war großzügig eine rote Flüssigkeit gespritzt worden, die aussah wie Blut. Viel Blut, das es so an jenem Wintermorgen in Wirklichkeit nicht gegeben hatte. Etwas weniger ramponiert waren lediglich die feingliedrigen Finger der Puppenhand, in die ein Brieföffner hineingelegt worden war, der jenem von Kai beschriebenen nur sehr entfernt glich. Dieser hier besaß einen türkisfarbenen Griff und eine leicht geschwungene Klinge, die den Blitz des Fotoapparates reflektiert hatte.

Kniff man die Augen etwas zusammen, zumal wenn

die Umgebung etwas schummriger war, wie vorhin, ergab das Arrangement ein durchaus furchteinflößendes Bild.

Doch den Hintergrund erkannte man erst jetzt, in der hellen Küche. Er war rosa, ein flockiges Rosa.

Sie hatten das Foto in die Mitte des Tisches gelegt und einige Zeit wortlos darauf gestarrt.

Bruno ergriff als Erster das Wort: »Ost-Kacheln«, sagte er, »Original-DDR.«

»Bäh«, sagte Kai, »das sieht ja aus wie ... wie ...«

»War 'ne janz heiße Ware damals«, sagte Bruno

»Wann damals?«, fragte Kai.

»So Ende der Siebziger«, sagte Bruno.

»Wie 'ne geplatzte Fleischwurst sieht das aus«, sagte Peggy. »Also ick meine nich die Hand, sondern dit Muster da. Uff den Kacheln.«

»Hab ick selba noch an die Wände jeklatscht die Dinger, kistenweise. Gab's ooch in Hellblau und Grün. Kistenweise, ihr gloobt's nich.«

»Ich dachte, du warst Hubschrauberpilot?«, sagte Kai.

»Dit mit den Fliesen war doch viel später jewesen, im Dorf. Da war ick schon uff Stütze. Schwarz vastehste? Anfang vonne Neunziger, da wollten doch alle die Westfliesen. Schöne Muster, haltbare Glasur. Wat weeß icke. *Die* Dinger da ham se dir do' plötzlich hinterherjeworfen. Hat man sich ja jewundert, wo die plötzlich alle noch herkamen. Bei der Knappheit all die Jahre vorher. Wollte do keener mehr haben, dit olle Ost-Jelumpe. Deswejen war et uff einmal so billig, da ham sich die Leute den Schweinestall mit tapezieren lassen.

Konnteste dann jut mit dem Wasserschlauch abspritzen, den Stall. War leichter zu reinigen und allet.«

»Ach komm, Bruno«, sagte Kai.

»Ick schwöre«, sagte Bruno und hob die Schwurfinger in die Luft. »Da kannste meinetwegen ooch Ronny fragen oder Robert.«

»Oder vielleicht das Internet?«, warf Peggy ein, und es dauerte wirklich keine Minute, bis ihnen die Google-Bildersuche auf Kais Notebook die entsprechenden Kacheln präsentierte. Alles, was Bruno erzählt hatte, war wahr. Es hatte die Kacheln auch in Grün gegeben, in Hellblau und darüber hinaus auch in Beige.

Und das Schlimmste war: Jetzt gab es sie wieder. Auf Ebay. Und in teuer, denn jetzt waren sie – Nostalgie. Trotz des Flockigen im Muster, das Peggy nicht zu Unrecht an eine geplatzte Wurst erinnert hatte. Das heißt, an ein Rudel geplatzter Würste.

»Woah«, stöhnte Bruno, als er die aufgerufenen Preise sah, »wenn ick dit damals jewusst hätte, dann …«

Kaum zehn Minuten später kam zur Abwechslung mal eine gute Nachricht herein, obwohl Kai doch mit einem sehr bangen Gefühl zum Handy griff, nachdem es geläutet hatte. Auf dem Display sah er, dass es Frau Dr. Gruber war, die nach ihm verlangte. Was im Moment immerhin besser war als ein anonymer Anruf des Kautschuk-Elvis etwa, weswegen er das Gespräch denn auch annahm.

»Ja?«

»Lieber Herr van Harm …«

»Am Apparat«, sagte Kai.

»... das ist jetzt sehr kurzfristig«, sagte Frau Dr. Gruber, »und eigentlich gar nicht mein Metier. Denn eigentlich ist für solche Sachen Frau Stadler zuständig ...«

»...«

»Sind Sie noch dran?«

»Ja«, sagte Kai, »*Frau Stadler zuständig*, sagten Sie gerade, Frau Dr. Gruber.«

»Ja, genau, Frau Stadler, aber weil es so kurzfristig ist und ich doch einen so guten Draht zu Ihnen hätte, bat mich Frau Stadler gerade eben, die Sache in ihrem, also in Frau Stadlers Namen, mit Ihnen, Herr van Harm, zu regeln. Auf dem kleinen Dienstweg, sozusagen. Unbürokratisch.«

»Ja, meinetwegen«, sagte Kai und nickte Peggy zu, die ihn neugierig und mit leicht geöffneten Lippen betrachtete. So als habe sie noch immer eine verstopfte Nase. Bruno dagegen stierte weiter auf das Foto, aber er betrachtete es nicht, er sah quasi hindurch.

»Dann sind Sie also einverstanden?«

»Ja«, sagte Kai, »aber wer ist denn nun eigentlich Frau Stadler?«

»Leiterin Veranstaltungen«, sagte Frau Dr. Gruber. »Habe ich das nicht erwähnt? Und damit verantwortlich für die Lesungen unserer Autoren.«

»Oh«, sagte Kai.

»Genau«, sagte Frau Dr. Gruber. »Aber da die Zeit drängt, wie gesagt und so weiter ... Um es kurz zu machen: Ich bräuchte Ihre Zusage sofort, am besten noch gestern, wenn Sie verstehen. Es geht um Folgendes: Lesung aus Ihrem Roman. Ort: Kulturscheune Wiepershof. Das ist südlich von Berlin, idyllisch gelegen, Landkreis Teltow-Fläming. Ein guter Ort für unsere Autoren. Die treten dort sehr gern auf. Zeit: 20 Uhr. Honorar: 500 Euro plus Übernachtungsmöglichkeit in der Kulturscheune. Aber eigentlich kommen Sie am späten Abend noch bequem nach Berlin zurück. Der Veranstalter würde Sie zum Bahnhof bringen. Der Regionalexpress geht regelmäßig ab Jüterbog. Ich habe mir sagen lassen, dass Sie kein Auto haben.«

»Das stimmt. Und zwar weil ...«

»Ja, ja, wie gesagt, aber jetzt kommt der Haken ...«

»Ein Haken?«

»Das Ganze findet schon übermorgen statt, also am Freitag. Fragen Sie nicht, warum. Ich denke mal, dass irgendwer ausgefallen ist. Was Sie aber nicht weiter stören sollte, ganz im Gegenteil: Nutzen Sie die Chance, die sich Ihnen bietet. Den Vertrag würden Sie direkt beim Veranstalter unterschreiben, das Honorar gibt's von der Kulturscheune in bar. Und? Was sagen Sie?«

»Tja.«

»Tja?«

»Tja.«

»Wie schon erwähnt«, sagt Frau Dr. Gruber, »ich bräuchte die Zusage am besten schon gestern. Wenn Sie nicht wollen, dann sagen Sie's. Dann wird Frau Stadler versuchen, einen anderen unserer Autoren zu vermitteln.«

»Wen denn? Etwa Tanja Hufschmied? Oder Jens-Uwe Palmer?«

Frau Dr. Gruber lachte spitz auf: »Sie haben vielleicht Vorstellungen: Jens-Uwe Palmer liest schon lange nicht mehr für 500 Euro in einer ausgebauten Scheune. Nein, irgendein anderes junges Talent, wie zum Beispiel …«

»Eine Sekunde noch, ja?«

»Die sei Ihnen gewährt«, sagte Frau Dr. Gruber.

Kai ließ das Handy sinken, hielt die Sprechöffnung zu und berichtete dann Peggy und Bruno in Stichworten von Frau Dr. Grubers eiligem Angebot.

»Wir kommen natürlich mit«, sagte Peggy, ohne zu zögern, dann sah sie Bruno an, und Bruno nickte.

»Frau Dr. Gruber?«

»Ja?«

»Ich nehme das Angebot an«, sagte Kai, »unter der Bedingung, dass zwei meiner Freunde, die mich begleiten werden, ebenfalls eine Übernachtungsmöglichkeit erhalten.«

»Das sollte sich einrichten lassen«, sagte Frau Dr. Gruber. »Ich leite Ihre Zusage sogleich an Frau Stadler weiter. Frau Stadler wird sich auch um die Übernachtungen kümmern und sich noch einmal per E-Mail bei Ihnen melden, wenn alles in trockenen Tüchern ist.«

»Gut«, sagte Kai.

»Sie werden es nicht bereuen, Herr van Harm, glauben Sie mir. Unsere Autoren *lieben* die Kulturscheune.«

Nichts weiter

Am Donnerstag passierte nichts. Oder anders gesagt: Es passierte nichts, das in einem Zusammenhang mit dem sogenannten Kautschuk-Elvis und seinen Taten stand. Und falls doch, dann hatten es weder Kai van Harm noch seine Nachbarin Peggy noch Bruno Zabel, Oderbruchbewohner auf Berlin-Besuch, und auch nicht Bruno Zabels drei Freunde aus der Sicherheitsbranche, Ronny, Robert und Ricco, pardon: Rocco, mitbekommen.

Wobei es sich bei den Taten des sogenannten Kautschuk-Elvis auch eher um *sogenannte* Taten handelt. Denn – mal ehrlich – was war denn schon passiert bisher? Es gab zwei beschmierte Wände, dazu Brunos verunreinigte, zu einem Turm aufgestapelte Klamotten. Weiterhin gab es einen Steinwurf mit Glasbruch und ein gestelltes Foto, das jemand Schwarzgekleidetes persönlich und unter Angabe eines falschen Absenders in Kai van Harms Briefkasten gesteckt hatte. Schließlich, als Höhepunkt, war da noch das Attentat auf Brunos Oberschenkel im Gedränge des Sterelle-Eingangs, an das Kai nach der Sache mit dem Foto nun immerhin glaubte.

Das alles konnte man Vandalismus nennen, Ein- und Hausfriedensbruch, penetrantes Stalking und leichte

Körperverletzung. Das alles war zwar schon mal etwas, und es war um einiges mehr als nichts, aber es ging doch über ein verschärftes Rowdytum im Grunde nicht hinaus. Und es war geradezu lächerlich wenig im Vergleich zu den brutalstmöglichen Kopfgeburten einer Kriminalschriftstellerin à la Tanja Hufschmied, um von Jens-Uwe Palmer, dem Grandseigneur des literarisch verbrämten Metzelns, nicht zu reden. Mit deren Fantasien verglichen waren diese sogenannten Taten banal und eigentlich nicht der Rede wert. Und aus diesen mageren Ingredienzien nun sollte Kai, wenn es nach Bruno ging, sein zweites Buch zusammenklöppeln? Sehr fragwürdig das Ganze. Sehr fragwürdig.

Immerhin: Da am Donnerstag nichts von Belang geschah, gab es ausreichend Zeit, sich für den kurzfristig anberaumten Ausflug vorzubereiten. Kai war wild entschlossen, erstens: sich für die anderthalb Tage im Brandenburgischen so gut es eben ging zu erholen. Und zweitens: in der Kulturscheune so viel wie möglich für sein Buch herauszuholen. Er wollte antreten, um das Publikum zu begeistern. Er wollte Zuhörer gewinnen, die sein Buch per Mundpropaganda weiterempfahlen, denn irgendwie hatte er das dringende Bedürfnis, Frau Dr. Gruber zu beweisen, dass, was den drohenden Misserfolg seines Debütromans anging, noch nicht das letzte Wort gesprochen war. Und genau deswegen bereitete er sich, anders als zur Buchpremiere im Hotel Sterelle, geradezu akribisch auf seine Lesung vor. Suchte Passagen heraus, von denen er dachte, sie könnten dem Publikum gefallen, und las diese dann so lange sich selbst und laut zur Probe vor, bis er sie fast auswendig beherrschte.

Im Laufe des Nachmittags trudelte auch die E-Mail von Frau Stadler ein, Leiterin der Veranstaltungsorganisation im Buttermann-Verlag, die Kai van Harm bestätigte, dass er und seine Begleitung in der Gästewohnung der Kulturscheune übernachten konnten.

Damit war also alles geklärt: Der Freitag, das wusste Kai mit einem Mal, würde *sein* Tag werden.

Über diesen und ähnlichen harmlosen Tätigkeiten verplätscherte fast der gesamte Donnerstag. Kein einziges Mal ging Kai nach draußen auf die Straße oder rief er jemanden an oder wurde er von jemandem angerufen. Und auch Bruno und seine drei Freunde rührten sich nicht, hatten weder gute Nachrichten zu verkünden noch schlechte. Ein ganz normaler Tag eben, vernachlässigte man kurz mal den Grund, warum sie hier alle in Kai van Harms Wohnung so eng aufeinander hockten.

Erst am Abend fanden sich dann alle in der Küche ein, angelockt vom Essensduft, der sich ab fünf in der Wohnung auszubreiten begann. Und der sogar bis in den Treppenflur zog, wo ihn Peggy erschnupperte, um kurz darauf unter dem Vorwand, sich eine Kleinigkeit für das Abendbrot auszuborgen, zu klingeln. Bruno, der ihr öffnete, lud sie natürlich sofort zur Gulaschsuppe ein, die sein Kompagnon Robert aus Rindfleisch, Zwiebeln, Paprikaschoten, Kartoffeln und Knoblauch angesetzt und mit Tomatenmark, Majoran, Kümmel, mit rosenscharfem und edelsüßem Paprikapulver sowie einem Schuss Balsamico-Essig und einer Prise braunem Zucker gewürzt hatte. Schon die Aufzählung der Zutaten ließ Peggy das Wasser im Mund zusammenlaufen.

Weil sie aber annahm, Bruno würde es gefallen, wenn sie sich ein bisschen zierte, zierte sie sich eben noch ein bisschen, was dann Bruno auch tatsächlich gefiel. Denn auf diese Weise konnte er mal wieder in die Vaterrolle schlüpfen, nach der seine eigene Tochter Nadine leider nur noch selten verlangte. Und in dieser Rolle hielt er Peggy einen kurzen, unsinnigen Vortrag über die Bedeutsamkeit einer täglichen, warmen Mahlzeit für die Gesundheit. Und Peggy, wie eine einsichtige Tochter, nickte zu all dem ernährungsphysiologischen Unfug, den Bruno mit sonorer Stimme von sich gab, und als Bruno nach fünf Minuten seine Ausführungen beendet hatte, versprach sie ihm mit gesenktem Blick, wenigstens einen ganz kleinen Teller von der Suppe zu probieren. Auf dies Art waren sie beide zufrieden, und auch Kai war froh, als Bruno um halb sieben an die Wohnzimmertür klopfte und fragte, ob er sich zu den anderen in die Küche gesellen und einen Happen essen wolle.

In der Mitte des Küchentisches stand an diesem Abend statt des halbautomatischen Brühautomaten ein großer dampfender Suppentopf, in dem eine Kelle steckte. Bruno schenkte Rotwein aus und schnitt Weißbrot auf, während Addi die heiße Suppe in Teller und Schüsseln schöpfte. Dann aßen sie alle mit großem Appetit und wenig Worten. Niemand verweigerte einen Nachschlag, und alle nahmen auch ein drittes und viertes Glas Rotwein. Durch das offene Küchenfenster drangen die Geräusche der Neuköllner Nacht herein, das Dröhnen der aufgemotzten Autos, das Lallen der Besoffenen, die Balzgesänge der pubertierenden Jungs-Cliquen, die durch die Straßen zogen.

Obwohl es eng war zu sechst am Küchentisch, war es gemütlich, und schnell kam ein Gefühl der Zusammengehörigkeit auf.

Als abgedeckt war und Bruno neben die Weingläser Wassergläser für den Verdauungsschnaps stellte, erzählte Kai dann endlich auch, dass es geklappt habe mit der Übernachtungsmöglichkeit in der Kunstscheune.

»Wat soll ick denn bloß anziehn zu deiner Lesung, Herr van Harm«, sagte Peggy. Sie hatte gerötete Wangen. Ob von der Suppe oder dem Wein oder wegen des Reisefiebers ließ sich nicht sagen.

»Machen Sie sich bloß keine Umstände, Peggy«, sagte Kai, »das Ganze findet in einer Scheune statt. Meinetwegen können Sie auch in Gummistiefeln kommen.«

»Keine schlechte Idee«, sagte Addi.

»Wie jetze?«, fragte Bruno.

»Hast du dir mal den Wetterbericht angesehen?«

»Nö?«

»Regen, Windböen, Wärmegewitter«, sagte Addi.

»Sie scherzen«, sagte Kai.

»Keineswegs«, sagte Addi.

»Und wenn schon«, sagte Peggy, »es gibt kein schlechtet Wetter, sondan …«

»… nur schlechte Kleidung«, fiel Bruno ihr hilfsbereit ins Wort.

»Und schlechte Kleidung mit schlechter Orthographie«, sagte Kai und zeigte auf Brunos Hemd mit den Pfeilschlitztaschen.

Addi musste lachen.

»Dit war jemein«, sagte Bruno.

»Stimmt«, sagte Peggy, »dit Hemd is ansonsten ziemlich schick.«

»Tut mir leid«, sagte Kai.

»Schwamm drüber«, sagte Bruno und schenkte polnischen Wodka aus. Sie tranken einen auf den Koch, einen auf die merkwürdigen Pfade des Schicksals, das sie hier zusammengeführt hatte, und einen letzten auf die Fahrt ins Brandenburgische sowie einen allerletzten auf den Erfolg von Kais Lesung.

Noch vor Mitternacht waren sie groggy und verabschiedeten sich voneinander, denn Kai, Bruno und Peggy wollten früh am Morgen los, um sich vor der abendlichen Lesung in der Wiepershofer Kulturscheune noch ein wenig in der ländlichen Gegend umzuschauen.

Addi alias Robert sollte während ihrer Abwesenheit die Stellung in Kai van Harms Wohnung halten und gegebenenfalls Bericht erstatten. Puh und Naik dagegen würden sich bis Sonnabend in Puhs Haus einquartieren, das – welch willkommener Zufall – keine zwanzig Kilometer östlich von Wiepershof in einem Flecken namens Neindorf stand, kurz vor den Toren der märkischen Kleinstadt Dahme. Als unsichtbarer Begleitschutz sollten sie dort in Bereitschaft warten, als Beschützer auf Abruf, sozusagen.

So hatte es Bruno verkündet, und so hatte es also zu geschehen.

Teltow-Fläming-Blues

Finstere Alleen Brandenburgs

Es war schon beinahe zwölf Uhr mittags, als Peggys roter Opel Corsa am Freitag die südwestliche Stadtgrenze Berlins überquerte und kurze Zeit später bei Großbeeren auf die Bundesstraße Nr. 101 einschwenkte. Die Route war einfach und klar: Sie mussten fünfzig Kilometer stur auf der B 101 Richtung Süden fahren, mussten den sogenannten Berliner Speckgürtel passieren, wo sich junge Familien in nagelneuen Reihenhaussiedlungen die Träume vom Eigenheim und dem Leben im Grünen verwirklichten, an Ludwigsfelde vorbei, der alten Automobilstadt, durch Trebbin hindurch und durch die Kreisstadt Luckenwalde. Hinter Jüterbog mussten sie auf die Bundesstraße 102 wechseln, auf dieser zehn Kilometer östlich Richtung Dahme fahren, anschließend noch zirka fünf Kilometer südlich auf einer Landstraße zurücklegen, und schon würden sie vor ihrem Ziel stehen, vor der Kulturscheune von Wiepershof.

Und weil die Route so einfach war, dass man sie auswendig beherrschen konnte, hatte Bruno es Peggy strikt untersagt, sich von einer Freundin ein Navigationsgerät auszuborgen. Ein Gerät, wie sie es im letzten Jahr benutzt hatte, als sie Kai van Harm in sein Bauernhaus nach Altwassmuth chauffiert hatte. (Wo dann in der

Folge all die seltsamen Dinge passiert waren, die Kai in seinem ersten Buch verbraten hatte.) Ein wenig bedauerte Kai van Harm, dass sie ohne dieses Gerät unterwegs waren, denn die synthetische, weibliche Stimme, die monoton den Weg vorgab, war ihm seinerzeit im Zusammenspiel mit einem großen Glas Schnaps vor Fahrtantritt eine ganz fabelhafte Einschlafhilfe gewesen.

Neben Peggy hatte auf dem Beifahrersitz Bruno Platz genommen, einen altmodischen Straßenatlas von Neunzehnhundertnochwas auf den Knien, den er im Kofferraum des Corsa gefunden hatte, als er die Vollständigkeit des Erste-Hilfe-Kastens kontrolliert hatte. Nur für den Fall der Fälle, wie er behauptete, weil man ja nie wissen könne.

»Von wegen Sturm und Jewitter«, stieß Bruno jetzt höhnisch aus, als sie das hübsch herausgeputzte Großbeeren verließen und sich die 101 gleich darauf in eine jener brandenburgischen Alleen verwandelte, die in der gesamten Republik berühmt waren. Der Fahrbahnbelag war dank des Aufbauplans Ost perfekt in Schuss, das Sonnenlicht fiel durch das Dach der Baumkronen und hinterließ filigrane Schattenspiele auf dem Straßenasphalt. In regelmäßigen Abständen standen kleine Holzkreuze am Straßenrand, dekoriert mit Blumen und Plüschtieren und selbstgemalten Bildern oder handgeschriebenen Briefen in Klarsichtfolien. »Da kann man mal sehn«, setzte Bruno seinen angerissenen Gedankengang fort, »heutzutage lügt sojar schon der Wetterbericht!«

»Ick hab aber auch gehört, dass es Regen gibt und

Jewitter«, sagte Peggy, ohne den Blick von der Straße zu nehmen.

»Wie ick eben schon festjestellt hatte, verehrte Peggy: Die lügen mit Absicht.«

»Mensch, Bruno«, sagte Kai, »die Wettervorhersage lag noch nie zu hundert Prozent richtig. Es heißt ja auch *Vorhersage* und nicht *Ankündigung* oder …«

»Ja, ja«, unterbrach ihn Bruno, »glaub, watte glauben willst. Ick jedenfalls lass mir nüscht mehr erzählen von die da oben. Wennde weißt, wat ick meine. Nüscht über Politik und nüscht übert Wetta. Man sieht ja, wohin dit allet führt.«

Peggy grinste still vor sich hin, doch noch bevor Kai van Harm nachfragen konnte, wer *die da oben* wären, der heilige Petrus womöglich, oder *wo* genau hin dies alles führte, klingelte Brunos Handy.

»Ja?«, sagte Bruno und kurz darauf, nur wenige Sekunden später: »Ach du Scheiße!« Dann lauschte er eine ganze Weile den Ausführungen des Anrufers. Er stierte dabei unverwandt vor sich hin, und er lauschte so ausdauernd und so konzentriert, dass Kai auf der Rückbank neugierig zu werden begann. Nach fünf Minuten beendete Bruno das Telefonat mit den Worten »Halt mich auf dem Laufenden, verstanden?« Dann steckte er das Handy zurück in die linke Pfeilschlitztasche seines KEMP-DEVIED-Hemdes.

Brunos letzte Worte hatten so schlecht gelaunt geklungen, dass Kais Neugier noch größer wurde. Andererseits aber wagte er genau deswegen nicht, den Freund anzusprechen und möglichst beiläufig zu fragen, wer am Apparat gewesen sei. Aber für eine spontane beiläufige Frage war es jetzt sowieso schon zu spät, so was funktionierte nicht mehr nach vielleicht zehn Minuten drückenden Schweigens, so wie es im Corsa geherrscht hatte gleich nach Brunos harschem *Verstanden?*. Ein hartnäckiges Schweigen, ein verbissenes.

Auch Peggy hätte nur zu gern erfahren, wer der Anrufer gewesen war. Kai konnte beobachten, wie sie eine ganze Weile versuchte, Bruno fragende Seitenblicke zuzuwerfen, bis dieser schließlich genervt den Kopf um zirka siebzig bis achtzig Grad wegdrehte, um schweigend aus dem rechten Seitenfenster zu starren. So lange jedenfalls, bis ihm wenig später der Nacken zu schmerzen begann, woraufhin er den Kopf wieder in die Ausgangsposition zurückdrehte und sich fortan schlafend stellte.

Ungefähr zu diesem Zeitpunkt begann das Wetter umzuschlagen. Zunächst verschwand nur die Sonne hinter mächtigen Wolkenhaufen, und mit ihr verschwanden die Schattenspiele auf dem Asphalt. Es wurde merklich dunkler im Wagen, und es wurde kühler. Minuten später peitschten die ersten Böen über die Alleebäume. Die Wolken färbten sich dunkelgrau, und das Licht draußen wurde schwefelgelb. Peggy kurbelte das Seitenfenster hoch. Bruno tat noch immer, als ob er schlief. Durch die Ritzen und Fugen des Corsa pfiff der Wind. Sie fuhren direkt in das Unwetter hinein. Aus der Ferne konnte man bereits das Grollen des Gewitters hören, hin und wieder zuckte ein Blitz am Horizont auf. Ganz leicht begann es zu regnen. Peggy schaltete die Scheibenwischer an. Doch schnell wurde der Regen stärker, der schwarze Himmel hinter den Feldern jenseits der Allee leuchtete flackernd im kalten Licht der gezackten Blitze. Peggy drosselte die Geschwindigkeit, denn die Scheibenwischer schafften es nicht mehr, die Sicht freizuschlagen.

Als der erste Hagelbrocken auf die Motorhaube aufprallte, fuhr Bruno aus seinem gespielten Schlaf hoch.

Draußen herrschte der Ausnahmezustand. Kai van Harm nutzte die Gelegenheit: »Jetzt raus mit der Sprache: Worum ging es in dem Anruf?«

Bruno wandte sich nach hinten um. Er wusste sofort, was Kai meinte: »Ick will keine schlafenden Hunde wecken.«

»Bruno!«

Ein gleißendes Licht, und zeitgleich ein höllischer Knall: Keine hundert Meter entfernt, im schmutzig gelben Rapsfeld rechts der Straße, entlud sich ein Blitz. Peggy zuckte zusammen, der Wagen machte einen Schlenker auf der nassen Straße. Für einen Moment dachte Kai, sie würden an einem dieser unseligen Alleebäume enden. Und er sah noch nicht mal sein ganzes bisheriges Leben im Zeitraffer an sich vorbeiziehen. Doch schon im nächsten Augenblick hatte Peggy den Corsa wieder unter Kontrolle. Sie wirkte nicht einmal angespannt oder wenigstens erschrocken, so als hätte es den kleinen Aussetzer in der Schrecksekunde gar nicht gegeben.

»Es ging um deine Frau«, sagte Bruno.

Die Leiterin

Frau Schmidt-Balldruscheidt schloss die große Glastür auf, die zur Kulturscheune führte. Bevor sie eintrat, klappte sie den Regenschirm ein und warf einen sorgenvollen Blick zurück in den triefenden, grauen Wolkenhimmel. Leider schien es nun tatsächlich so, als würde es sich einregnen.

Folgendermaßen sah Frau Schmidt-Balldruscheidt aus: Sie hatte orange-rote Haare, die ihr in einem früher einmal modischen Kurzhaarschnitt – samt Fransen und Strähnchen – vom Kopf leuchteten. Sie trug gern ausladende Ohrgehänge – ein Arrangement aus Basteldraht, Perlen und Vogelfedern, das sie an einem der viel zu vielen kalten und öden Wintertage hier auf dem Lande selbst hergestellt hatte. Bekleidet war sie mit einem fersenlangen, taillenlosen, lehmfarbenen Leinenkleid, das, anders als sein wuchtiges, kaum filigranes Erscheinungsbild es vermuten ließ, angenehm leicht und luftig zu tragen war. Gerade in einem warmen Frühjahr wie diesem, das heute allerdings mit einem Unwetter aufwartete, das sich gewaschen hatte. Ein drittes markantes Merkmal, neben Frisur und Kleidung, war die große Lesebrille mit türkisfarbenem Acrylrahmen, die sie an einem Seidenband um den Hals trug und sich bei Bedarf auf die stets ein wenig gerümpfte Nase setzte.

Frau Schmidt-Balldruscheidt war die ehrenamtliche Leiterin der Kulturscheune zu Wiepershof, ein Amt, in das sie der Vorstand des Wiepershofer Kulturscheune e. V. gewählt hatte, dem auch ihr Mann, Herr Schmidt-Balldruscheidt, angehörte. Zu Herrn Schmidt-Balldruscheidt sei nur so viel angemerkt, dass er erstens eine Art Handelsvertreter für hochpreisige Industriemaschinen war, woraus zweitens folgte, dass er sich häufiger auf Geschäftsreisen befand als zu Hause, was allerdings drittens dafür sorgte, dass er ordentlich Geld verdiente. Genug in jedem Fall, um beispielsweise einen Hof im brandenburgischen Wiepershof zu erwerben, wo es sich um einiges besser lebte als in der hannoverischen Vorstadt, aus der sie vor einigen Jahren gekommen waren. Die Gegend um Wiepershof war noch nicht zersiedelt, und wollte man zum Einkaufen oder der Kultur wegen in eine Stadt, war man recht schnell in Berlin, entweder mit dem Auto oder mit dem Regionalexpress, der von Jüterbog ging. Aber das Beste war: Wollte man mal in eine Stadt, musste man nicht mit einem Ersatz wie Hannover vorliebnehmen.

Das Einzige, was Frau Schmidt-Balldruscheidt ein bisschen störte, waren die Einheimischen, die Ur-Wiepershofer. Sie kamen ihr wortkarg vor, misstrauisch und störrisch, um gar nicht erst mit Begriffen wie »Kultur«, »Zivilisation« oder »Empfindsamkeit« zu hantieren. Den alten Herrn Krüger aus dem Dorf verdächtigte Frau Schmidt-Balldruscheidt sogar des Analphabetentums, aber beweisen konnte sie es natürlich nicht, weil er sich weigerte, in ihrem Beisein ein paar Sätze aufzuschreiben oder auch nur eine einzige Seite vorzulesen, wenn Frau Schmidt-Balldruscheidt ihn auf der Straße traf und ganz zufällig ein Buch dabeihatte.

Im Übrigen war der alte Herr Krüger früher von Beruf Schmied gewesen, was sich, schon lange bevor er in Rente gegangen war, nicht mehr gelohnt hatte. Höchstens ein paar Pferde hatte er hin und wieder noch beschlagen oder Gartenzäune für reiche Exzentriker angefertigt wie zum Beispiel für Herrn Schmidt-Balldruscheidt und seine papageienhafte Gattin. Kein Wunder also, dass er froh gewesen war, als ebenjener Herr Schmidt-Balldruscheidt auf ihn zugekommen war und gefragt hatte, ob er seine Schmiede nicht verkaufen wolle. Und zwar an einen Kulturverein, der sich in Gründung befinde. Man wolle Kultur und Diskussionen, Gesprächskreise und Dichterlesungen und Ausstellungen mit Niveau, eben den ganzen Firlefanz, mit dem die Zugezogenen immer ankamen. Egal, ob auf den Dörfern oder in Jüterbog oder in Dahme.

Natürlich hatte Herr Krüger gewollt, denn seine Rente, das war abzusehen, würde mehr als bescheiden ausfallen. Also war die Schmiede in den Besitz des Kulturscheune e. V. übergegangen, der in der Zwischenzeit gegründet worden war. Eigentlich hätte er ja Kultur*schmiede* e. V. heißen sollen, doch das klang dann, vor allem für einige weibliche Vereinsmitglieder, etwas zu martialisch. Es klang nach Schweiß und Muskeln, nach nackten, muskulösen Männeroberkörpern, die im Feuerschein … Egal.

Außer den Zugezogenen wurden auch Teile des städtischen Bürgertums aus Dahme und Jüterbog und selbst aus Luckenwalde Vereinsmitglieder: Buchhändler,

Optiker, Apotheker, Ärzte sowie ein Dutzend Gymnasiallehrer, Pensionäre und ambitionierte Hausfrauen. Gewissermaßen war die Kulturscheune in eine Marktlücke gestoßen. In den wenigen Jahren ihres Bestehens war sie zu einer Institution geworden, deren guter Ruf weit über die Grenzen des Landkreises Teltow-Fläming gedrungen war. Und ja: Frau Schmidt-Balldruscheidt war stolz darauf, die Leiterin einer solchen Institution zu sein.

Sie warf einen erneuten Blick auf den Himmel und ermahnte sich zu Optimismus. Es bestand kein Grund zur Sorge. Die Freitagveranstaltung der Kulturscheune war stets gut gefüllt. Am Freitag war das Publikum immer bester Dinge, denn das Wochenende stand bevor. Man bekam einen Happen Kultur und einen guten Schluck Rotwein. Oder zwei.

Überhaupt: Das Schlimmste war ja schon abgewendet worden. Der eigentlich für heute gebuchte Gitarrenvirtuose hatte nämlich so kurzfristig abgesagt, dass es fast unmöglich schien, einen Ersatz zu finden. Ein Vereinsmitglied aber hatte den Kontakt zum Buttermann-Verlag hergestellt, und der Buttermann-Verlag hatte eines seiner neuen Talente überreden können, kurzfristig einzuspringen. Einen Roman-Debütanten namens ... an dieser Stelle musste Frau Schmidt-Balldruscheidt in die lehmfarbene, aufgenähte große Seitentasche ihres Leinenkaftans greifen, wo eine zusammengerollte Vertragskopie steckte ... namens Kai van Harm. Für den Autor und dessen Anhang wollte sie jetzt gleich die Gästewohnung lüften, die sich im Anbau der Schmiede befand. Die Betten mussten noch bezogen werden, und ein frischer Blumenstrauß und ein Betthupferl als Willkommensgruß waren auch nie verkehrt.

Ja, dachte Frau Schmidt-Balldruscheidt und stieß einen kleinen Seufzer tiefster Zufriedenheit aus, auf die Vereinsmitglieder war Verlass. Dann zog sie die Glastür hinter sich zu.

Würzfleisch

»Um *Constanze?*«, rief Kai. Der nächste Blitz krachte rechts vom Corsa in die Landschaft. Diesmal ließ Peggy sich aber von ihrem Kurs nicht ablenken. Kein Zucken, kein Schlenker, nichts.

»Ick fürchte ja, mein Freund«, schrie Bruno gegen das Tosen des Unwetters an.

Kai van Harm sah durch den Wasserfilm der Frontscheibe ein gelbes Ortseingangschild im Licht der Scheinwerfer aufleuchten. Er kam nicht mehr dazu, Bruno zu antworten, denn mit einem Ruck riss Peggy das Lenkrad nach rechts und trat dann sogleich fest auf die Bremse. So heftig, dass Kai hinten auf der Rückbank umfiel, und auch Bruno schlug mit seinem Quadratschädel gegen Peggys Schulter. Er stieß einen leisen Fluch aus.

»Mein Gott, Peggy, was *machen* Sie denn da?«, entfuhr es Kai van Harm.

»Ick kann nich mehr«, sagte Peggy. Nein, sie sagte es nicht, sie schluchzte es, und man konnte hören, dass ihr die Tränen ziemlich locker in den Augenwinkeln saßen.

»Watten, watten, watten?«, sagte Bruno ganz vorsichtig und mit der tiefsten Stimme, die ihm zur Verfügung stand. Eine Trösterstimme.

»Ick seh do' überhaupt nüscht mehr. Und dann dieser verdammte Krach ...« Jetzt rollten die ersten Tränen aus ihrem Reservoir ins Freie.

»Kindchen«, sagte Bruno mit derselben Stimme wie eben. Ganz sicher weckte Peggy abermals seine brachliegenden Vaterinstinkte. Und als hätte es Kai geahnt, ließ sich seine sonst so coole Nachbarin an Brunos breite Brust sinken, was ihr trotz des Gurtes ziemlich gut gelang. Und während sie Brunos neues Hemd mit ihren Tränen – quasi – taufte, jammerte sie: »Und gegen einen Baum wärn wa auch beinah jeknallt, und ihr beide habt es noch nich ma' jemerkt.«

Also doch, dachte Kai van Harm, aber er wollte jetzt nicht vor Peggy behaupten, dass er es durchaus bemerkt hatte. Das hätte wohl irgendwie kleinkariert gewirkt. In diesem Moment jedenfalls – aber das stellte er erst wenig später fest, als sie im Trockenen saßen, mit einem festen Dach über dem Kopf – hatte er Constanze vergessen. Denn all sein Mitgefühl saugte die arme Peggy auf.

Kai hätte gerne die Autotür einen Spaltbreit geöffnet, weil er dringend frische Luft brauchte, doch leider verfügte Peggys billiges Corsa-Modell hinten nicht über Türen.

»Und wat is nu, Kindchen?«, fragte Bruno.

Peggy machte sich von seiner Brust los. Die Tröster-stimme zeigte ganz offensichtlich Wirkung, denn Peggy versuchte, trotz des Tränenschleiers vor ihren Augen, schon wieder zu lächeln. »Jetzt bestelln wir uns erst mal wat Schönet zu essen. Und icke nehm noch 'ne große, kalte Cola dazu. Nervennahrung, wa?«

»So jefällste mir schon besser, Mädchen«, sagte Bruno, »aber woher nehmen, wenn nich stehlen?«

»Na kiek doch mal genauer hin«, sagte Peggy und zeigte durch die Frontscheibe nach draußen. Doch noch immer schafften es die Scheibenwischer nicht, die Wassermassen zu bändigen. Kai konnte nichts weiter erkennen als Schlieren.

»Ick seh nüscht«, sagte Bruno und schnallte sich ab. Er öffnete die Beifahrertür und steckte seinen Kopf nach draußen, und – zack! – schlug schon der nächste Blitz ganz in der Nähe ein. Doch Bruno schrie nur: »Halleluja«, wuchtete sich aus dem Sitz und war auch schon im Regen verschwunden.

Peggy klappte den Beifahrersitz nach vorn, und als dann endlich auch Kai ausgestiegen war, fiel ihm als Erstes ein angestrahltes Schild auf, das über der Eingangstür eines Wintergartens angebracht war, in dem ein warmes Licht leuchte. Eine Oase der Behaglichkiet inmitten des von der Sintflut heimgesuchten südlichen Brandenburg:

LANDGASTHAUS FRITZ PETEREIT

Peggy hatte tatsächlich die Geistesgegenwart besessen, die Notbremsung auf dem Parkplatz einer Gaststätte hinzulegen.

Gutes Mädchen, dachte Kai und sah, dass sich Bruno schon im Inneren der Glasveranda befand, von wo er ihnen mit einer Speisekarte zuwinkte.

Die wenigen Meter vom Corsa bis zum Eingang des Landgasthauses genügten, dass sie bis auf die Haut nass wurden. Trotzdem saßen sie wenig später alle drei mit lächelnden Gesichtern um die Kerze herum, die die Kellnerin auf ihrem Tisch angezündet hatte, und lasen in den ledergebundenen Speisekarten. Die Stimmung war fast ein bisschen weihnachtlich. Auf der Karte standen sogar Gänsekeule und Entenbraten mit Rotkraut und Thüringer Klößen.

»Aber eines musst auch du heute zugeben, Bruno«, sagte Kai, während seine Augen die Karte nach etwas Leichtem absuchten, nach etwas, das ihn nicht unmittelbar nach dem Essen in einen tonnenschweren Mittagsschlaf stürzen würde, »der Wetterbericht hat uns ausnahmsweise mal nicht belogen, oder?«

»Da irrste dich aber jewaltig, mein Freund«, sagte Bruno, »die ham heute nur aus Versehen mal die Wahrheit jesagt, wennde verstehst, wat ick meine. Die sind nämlich selbst zum ordentlichen Lügen zu blöd.«

Bruno bestellte eine halbe Ente mit Rotkohl und ein Bier, Peggy eine Soljanka und eine Cola, und für Kai, der sich nicht entscheiden konnte, wählten sie gemeinsam ein Würzfleisch aus und eine Weißweinschorle. Dann gingen sie, einer nach dem anderen, auf die Gasthaus-Toilette, um sich mit dicken Packen Papierhandtüchern sowie dem elektrischen Handfön, so gut es ging, abzutrocknen.

»Constanze.« Es war Peggy, die den verlorenen Faden von vorhin wieder aufnahm, nachdem sie schließlich wieder am Tisch saßen. »Wat ist denn nun mit Herr van Harm seine Frau?«

»Ja, was ist mit Constanze?« Kai merkte, wie sein

Herz schneller zu schlagen begann. Er ermahnte sich zwar innerlich zur Ruhe, aber es sollte nicht helfen.

»Oh, verdammt«, sagte Bruno und pfriemelte sein Handy aus der Pfeilschlitztasche. Es war feucht geworden vom kalten Regen. Aus seiner Hosentasche förderte er einen abgekauten Bleistift hervor und legte ihn neben seine Papierserviette.

»Mensch, Bruno, geht's Constanze gut? Ist ihr was passiert? Was ist mit den Kindern?«

»Herr Zabel!«, insistierte Peggy.

Aber Bruno antwortete nicht, sondern navigierte stattdessen durch sein Steinzeit-Handymenü. Immer wenn er sich vertippte, kam ein leiser Fluch über seine Lippen. Und er vertippte sich oft.

»Bruno, jetzt antworte mir, verdammt noch mal!«

»Ein Bier, eine Cola und eine Weißweinschorle, herb«, sagte die Kellnerin und stellte die Getränke auf den Tisch. Bruno ließ kurz von seinem Handy ab, trank mit einem gewaltigen Schluck sein halbes Bier aus, dann tippte er weiter und vergaß auch nicht zu fluchen.

Nach fünf Minuten hatte er es endlich: Er drückte die grüne Taste mit dem Hörersymbol und hielt sich das Handy ans Ohr. Kai hörte, wie sich eine männliche Stimme am anderen Ende meldete.

»Wat Neuet?«, sagte Bruno, ohne sich mit einer Einleitung aufzuhalten.

Auf der anderen Seite wurde Brunos Frage offenbar beantwortet. Ruhig und getragen kam Kai die Stimme vor, die die Situation zu erklären schien. Und auch Bruno wirkte ruhig, verzog keine Miene und gab auch keine Antwort. Lediglich ein paar unleserliche Wörter schrieb er auf die Papierserviette. Irgendwann sagte er: »Bleib am Ball«, und legte auf.

»Wer war das?« Kai van Harm war jetzt so nervös, dass er zum Weinglas greifen und einen Schluck trinken musste. Seine rechte Hand zitterte dabei, und er sah, dass auch Peggy dies nicht entgangen war.

»Das war Robert«, sagte Bruno, »der ja, wie ihr wisst, die Stellung hält in unsrer kleinen Schaltzentrale.«

»Und?«

»Ick will dir keine Hoffnungen machen, Kai, und ick hätte das Ganze auch lieber bis nach dem Essen verschoben, musst du wissen. Denn es kann sein, dass dem einen oder anderen auf den Appetit schlagen könnte, wat ick euch jetzt mitzuteilen habe«, sagte Bruno. Es war ganz klar, dass er sich bemühte, Hochdeutsch zu reden, was nichts anderes bedeutet, dass ihm die Sache sehr ernst war.

»Bitte nicht«, stöhnte Kai.

»Tut mir leid, mein Freund«, sagte Bruno und legte zum Trost kurz seine große Pranke auf Kais Schulter. »Das kann ich dir jetzt nich ersparen.« Er trank die andere Hälfte des Bieres in einem zweiten großen Zug leer. »Leider hat unser Freund Robert bei der Auswertung unserer GPS-Daten heute um die Mittagszeit einige ungewöhnliche Aktivitäten festjestellt. Wir können leider nicht ausschließen, dass diese Aktivitäten im Zusammenhang mit dem Verdächtigen stehen, den wir unter dem Namen *der Kautschuk-Elvis* kennen und über dessen Taten ick euch nichts weiter erzählen muss.«

»Ick versteh nur Bahnhof«, sagte Peggy.

»Wir haben Constanzes Volvo mit einem Sender markiert«, sagte Kai, unwirsch wegen der Unterbrechung, und forderte Bruno mit einem Kopfnicken auf, fortzufahren.

»So ist es«, sagte Bruno, »und ebendieser Volvo hat sich seit heute Morgen in einem sonderbaren Zick-Zack-Kurs durch Berlin bewegt. Das erste Mal übrigens, dass sich der Wagen überhaupt bewegt hat, seit wir ihn markiert haben.« Bruno machte eine Pause und wandte sich zum Tresen, um der Bedienung sein leeres Bierglas zu zeigen.

»Bruno, jetzt komm endlich aus dem Tee.« Kai platzte fast der Kragen. »Constanze fährt Rad oder sie benutzt die öffentlichen Verkehrsmittel. Die ist nicht nur von ungefähr in der Partei, in der sie nun mal ist.«

»Was dann unseren Verdacht leider nur noch bestärkt, dass etwas nicht stimmt mit dem Wagen, der sich uff einmal so hektisch durch die Stadt bewegt. Fast wie bei einer Flucht, hat Robert gesagt. Als wollte der Volvo einen Verfolger abschütteln, der hinter ihm her ist.«

»Du meinst, sie wurde entführt, und die Entführer werden ihrerseits gejagt?«

»Das ist *auch* eine Möglichkeit«, sagte Bruno, »oder aber, und das ist Roberts und meine Arbeitshypothese, Constanze sitzt voller Panik im Volvo und versucht einen Verfolger abzuschütteln. Ick brauche nicht auszuführen, wen ick da im Verdacht habe.«

»Jetzt reicht's mir aber.« Fast hätte Kai mit der Faust auf den Tisch gehauen. »Ich informiere jetzt sofort die Polizei. Das ist kein Spiel mehr, was hier läuft. Das ist doch längst schon blutiger Ernst.«

»Ick kann's dir nicht verdenken«, sagte Bruno und nahm der Kellnerin das frische Bier ab, das sie an den Tisch gebracht hatte.

Kai zog sein Handy aus der Hosentasche. Keine überhörten Anrufe, keine SMS. »Wo ist denn der Volvo jetzt?«

»Vielleicht is der Volvo ja auch nur jeklaut worden. Dit is doch so ein ollet, eckiget Modell aus den Achtzigern. Da stehn doch die Leute drauf. Is doch ein Kult-Auto, oder?«, warf Peggy ein, und Kai war ihr jetzt fast dankbar für diese harmlose Interpretation der Lage.

»Letzter Stand der Dinge is übrigens folgender«, sagte Bruno. »Nachdem der Volvo bis zirka halb zwölf scheinbar ziellos in der Gegend herumgekurvt ist, durch …«, er nahm die Serviette zur Hand, um abzulesen, »… Kreuzberg, Neukölln, Schöneberg und Berlin-Mitte, hat er anschließend mehr als eine Stunde an einem Fleck gestanden. Übrigens gar nicht weit weg von seiner Ausgangsposition, das heißt, von eurer Wohnung am Paul-Lincke-Ufer, Kai.«

»Ach, wirklich?«

»Doch um kurz vor eins hat er sich dann wieder in Bewegung gesetzt. Scheinbar sehr zielstrebig diesmal. Ist im Friedrichshain auf die …«, Bruno unterbrach kurz und hielt die Serviette mit den Notizen dicht vor seine Augen, »tut mir leid, ick kann's nicht mehr lesen. Auf irgendeine Allee. Jedenfalls ist der Wagen im Friedrichshain abgebogen.«

»Auf die *Frankfurter* Allee, vielleicht?«, versuchte Peggy zu helfen.

»Bravo, Mädchen«, sagte Bruno, »auf die Frankfurter Allee also ist der Wagen einjebogen und hat dann kurze Zeit später bei Mahlsdorf die östliche Stadtgrenze hinter sich jelassen, auf der Bundesstraße Nummero eins. Auf der er sich, so wie Robert jesagt hat, zurzeit noch immer in Richtung Osten bewegt.« Bruno trank einen Schluck, dann sagte er zu Kai: »Jetzt biste aufm neusten Stand, jetzt kannste meinetwegen die Polizei anrufen«, sagte Bruno und griff schon wieder nach seinem Bierglas.

»Frankfurter Allee ...«, flüsterte Peggy, »Mahlsdorf ...«

»Sie haben ganz recht, Peggy«, sagte Kai van Harm, »denn wo führt die Frankfurter Allee hin?«

»Keene Ahnung«, sagte Bruno.

»Nach Mahlsdorf?«, riet Peggy.

»Wenn man sie verlängern würde, immer weiter nach Osten.«

»Sorry, ick steh grad aufm Schlauch«, sagte Peggy.

»Das steckt doch schon im Namen drin«, beharrte Kai, »*Frankfurter* Allee! Die führt nicht nach Leipzig und nicht nach Dresden, sondern nach ...?«

»Frankfurt?«, versuchte es Peggy.

»Aber das würde ja möglicherweise bedeuten, dass ...«, begann Bruno, bei dem endlich der Groschen gefallen zu sein schien.

»Ganz genau, Bruno, ganz genau«, rief Kai van Harm, ohne ihn aussprechen zu lassen, »genau *das* könnte es möglicherweise bedeuten.«

Dann tippte er, weil das schneller ging, als sie aus dem internen Telefonbuch zu holen, eine Nummer in sein Handy und lauschte erwartungsvoll in den Äther.

Backen und Putzen

Helles Holz und blanke, rostrote Ziegelwände, große Fenster, die auf den Dorfplatz zeigten, und ein italienischer Terrakottaboden: Jedes Mal, wenn Frau Schmidt-Balldruscheidt die Kulturscheune betrat, kam in ihr von Neuem ein Gefühl von Wärme und Geborgenheit auf, das sie sonst eher selten in Wiepershof fand, schon gar nicht unter den Eingeborenen. Obwohl der Umbau schon eine ganze Weile zurücklag, roch es noch immer nach den frischen Materialien, nach Kiefernholz und Kalkfarbe und Mörtel. Da zahlte sich mal wieder aus, dass der Verein auf Qualität beziehungsweise natürliche Herstellungsverfahren der Materialien gesetzt hatte.

Draußen lag jetzt geduckt und grau wie ein nasser Hund das ausgestorbene Dorf, über den noch immer der Regenhimmel hinwegzog. Insbesondere an Tagen wie diesen, wenn niemand auf der Straße war und dennoch die meisten Fenster an der Dorfstraße dunkel blieben, fragte sich Frau Schmidt-Balldruscheidt, wo die Menschen alle hin waren. Was ihre Nachbarn so taten, hinter den Mauern ihrer Häuser? Ob sie einfach im Bett geblieben waren? Oder räumten sie ihre Scheunen und Speicher auf? Oder waren sie womöglich mit dem Morgenbus nach Jüterbog gefahren, um Besorgungen zu machen und Ämtergänge zu erledigen. Besonders an Regentagen wie diesem, kam es ihr vor, als stellten sich die Leute tot.

Frau Schmidt-Balldruscheidt drückte einen Schalter neben der gläsernen Eingangstür, und mit einem Schlag sprangen Dutzende Halogenstrahler an, die in die lasierte Holzdecke eingelassen waren, und tauchten den Raum in ein helles Licht, das von der Einrichtung warm reflektiert wurde. Sofort musste Frau Schmidt-Balldruscheidt denken, dass sie, wie sie so allein in dem hellen Raum stand, ein sehr gutes Ziel abgab. Für einen Scharfschützen etwa, der in einem der dunklen Häuser hockte und sie durch das Zielfernrohr beobachtete, während er noch auf den perfekten Moment wartete, um den Abzug zu betätigen. Seit Frau Schmidt-Balldruscheidt Kriminalromane las, verlor sie sich häufiger in Tagträumereien dieser Art. Doch immer nur für wenige Sekunden, weshalb sie jetzt zweimal kurz, aber heftig den Kopf schüttelte, wie um die Vision zu verscheuchen, und dann ohne Umschweife all jene Dinge zu erledigen begann, die vor der abendlichen Lesung noch erledigt werden mussten: Sie bestückte die kleine Kasse mit Wechselgeld, sie wischte die Glastische feucht ab, auf denen später das Büfett aufgebaut werden sollte, sie stellte Teller, Besteck, Servietten und Weingläser bereit, sie schaltete den Kühlschrank an, damit er beginnen konnte, den Weißwein zu kühlen, sie richtete die Publikumssitzreihen penibel aus und stellte nicht zuletzt ein Mikrofon auf den hübsch verzierten Bistrotisch, an dem ihr heutiger Gast sitzen und aus seinem Buch vorlesen würde.

Als sie damit fertig war, begab sie sich in die Gästewohnung, bezog das Doppelbett im Schlafzimmer und die Ausziehcouch in der Stube. Dann öffnete sie alle Fenster und ließ kühle frische Landluft herein. Auf ihren Notizzettel im Kopf notierte sie: Blumen besorgen. Überraschungseier besorgen (3) für Betthupferl. Sie wusste, dass sich niemand dem Charme von Überraschungseiern entziehen konnte, egal wie alt jemand war.

Anschließend ging sie wieder zurück in die Kulturscheune, begutachtete zufrieden ihr Werk, und weil noch etwas Zeit war, bevor sie zu Hause die Quiche Lorraine zubereiten würde – ihr Beitrag zum gemeinsamen Büfett der Vereinsmitglieder –, nahm sie einen federweichen Staubwedel, der perfekt mit ihren Ohrgehängen harmonierte, und begann eine recht beachtliche Sammlung von signierten, gerahmten Schwarz-Weiß-Porträtfotografien abzustauben, die neben dem Edelstahlkühlschrank hing, obwohl dies eigentlich gar nicht nötig war. Darunter würde wie an jedem Veranstaltungsabend die kleine Getränkebar aufgebaut werden. In der Ahnengalerie, wie Frau Schmidt-Balldruscheidt diese Fotosammlung bei sich nannte, waren fast alle Künstler vertreten, die jemals in der Kulturscheune aufgetreten waren. Selbst Berühmtheiten wie Samuel Jortzing mit seinen tausendfach verkauften Serienkillerromanen waren in der Kulturscheune gewesen ebenso wie die von ihren Leserinnen heiß geliebte Frauke Gohrmann, die am laufenden Band heitere Romane über das Liebesleben von Karrierefrauen in ihren Vierzigern verfasste. Auch Tanja Hufschmied und Kim Daudelius hatten in Wiepershof gelesen, Autorinnen, über die man wirklich keine großen Worte mehr verlieren musste. Diese Ahnengalerie war im Prinzip wie ein Who-is-Who der deutschen Unterhaltungsliteratur mit Anspruch, fand Frau Schmidt-Balldruscheidt, weswegen es auch nichts schaden konnte, sie vom imaginären Staub zu befreien. Das Beste allerdings war, dass all diese Berühmtheiten für einen Appel und ein Ei hier gelesen hatten, obwohl sie andernorts ganze Hallen füllten, was wiederum ein Verdienst des Vereins war, der über beste Kontakte in die Verlagsbranche verfügte.

Ja, die Kulturscheune war allgemein anerkannt und beliebt, und der Bitte des Vereins an die Künstler, das Thema Honorare mit Diskretion zu behandeln, waren bislang alle ohne Weiteres nachgekommen. Jemand wie Frauke Gohrmann hatte es ja auch gar nicht nötig, über Honorare zu jammern, denn dazu verkaufte sie viel zu viele Bücher. Das war eben das Prinzip der Mischkalkulation, wie Frau Schmidt-Balldruscheidt hin und wieder im Kreis ihrer Freundinnen zu bemerken pflegte.

Eben noch in schöne Gedanken versunken, zuckte Frau Schmidt-Balldruscheidt plötzlich zusammen. Nicht viel hätte gefehlt und sie hätte mit dem Staubwedel das Porträt von Marc O. Hertzberg von der Wand gerissen, dem Meister rabenschwarzer Erotikthriller.

Aber es war nur eine Weinflasche, die auf dem Katzenkopfpflaster vor der Kulturscheune zerschellt war. Und zwischen den Scherben stand ein Mann, einen Weinkarton in der Hand, auf dem drei weitere Flaschen lagen und nur darauf warteten herunterzufallen und knallend zu zerspringen.

Als er den erschrockenen Blick von Frau Schmidt-Balldruscheidt auffing, setzte er ein hinreißendes Lächeln auf – von einem Ohr zum andern. So wie es kleine ertappte Jungen manchmal taten. Dabei war er aus dem Jungenalter längst heraus, auch aus dem Alter für große Jungen. Und dennoch, fand Frau Schmidt-Balldruscheidt, hatte er noch immer etwas Jungenhaftes. Mit seiner sportlichen Kleidung, mit seinen ewig zersausten Haaren, die er meist allerdings unter modischen Baseballkappen verbarg, unter Strickmützen im Winter und Strohhüten an heißen Sommertagen. Als sei er aus einem der Romane von Frauke Gohrmann gestiegen.

»Ich bringe den Wein für heute Abend, Frau Schmidt-Balldruscheidt.« Auch heute trug er eine helle Mütze, die er bis über die Ohren gezogen hatte.

»Ich komme«, rief Frau Schmidt-Balldruscheidt.

Und als ob das nicht reichte, hatte er auch noch Grübchen.

Ja, der Sascha, das war schon ein Bild von einem Mann, dem konnte keine je böse sein, dachte Frau Schmidt-Balldruscheidt, legte den Staubwedel weg und eilte zur Tür: »Warten Sie, ich helfe Ihnen.« Sie nahm die drei losen Weinflaschen vorsichtig vom Karton.

»Ich habe leider schlechte Nachrichten, liebe Frau Schmidt-Balldruscheidt. Ich kann heute Abend nicht kommen.«

»Ach, das ist aber schade, wo doch ausgerechnet Sie …«

»Ich weiß, ich weiß, aber die Arbeit. Sie wissen ja, wie das manchmal ist. Man schiebt alles hinaus bis zur letzten Minute und kommt erst dann in Fahrt, wenn die Termine so richtig drücken.«

»Ja, das kenne ich«, sagte Frau Schmidt-Balldruscheidt, obwohl sie das keineswegs kannte. Denn das Prinzip des Aufschiebens vertrug sich so gar nicht mit den unerbittlichen Aufgabenzetteln, die sie in ihrem Kopf stapelte.

»Aber den versprochenen Wein wollte ich trotzdem noch vorbeibringen.«

»Das ist sehr aufmerksam von Ihnen, Sascha. Würden Sie den Wein bitte dorthin stellen?«

Sascha stellte die Kiste neben dem Kühlschrank ab. Er richtete sich auf. »Dann alles Gute für heute Abend, und auf bald einmal.«

»Hoffentlich, Sascha, hoffentlich. Man sieht Sie ja kaum noch.«

»Ich weiß, ich weiß«, er tat so, als sei er zutiefst betrübt. Nein, man konnte ihm einfach nicht böse sein, nicht einmal im Spaß.

»Na, dann wünsche ich Ihnen frohes Schaffen«, sagte Frau Schmidt-Balldruscheidt und drückte zum Abschied die große, warme, trockene Hand, die Sascha ihr entgegengestreckt hatte. Und sie spürte, dass sie leicht rot wurde.

Frau und Mann (2)

»Constanze?«

»Ja?«

»Bist du das, Constanze?«

»Schrei nicht so! Ich bin nicht taub.«

»Aber was willst du denn in Altwassmuth, Constanze?«

»…«

»Constanze?«

»…«

»*Constanze?* Constanze, bist du noch dran? Geht's dir gut? Mein Gott!«

»…«

»So sag doch was! Ich flehe dich an!«

»Spionierst du mir etwa nach, Kai? Und bitte: Schrei nicht so. Und sei nicht so pathetisch, das ist ja lächerlich!«

»Ach, Gott sei Dank!«

»Spionierst du mir nach, Kai?«

»Äh, nein, natürlich nicht.«

»…«

»…«

»Ich höre …«

»Wie ich schon sagte: Ich spioniere dir nicht nach, liebe Constanze. Ich habe mir nur Sorgen gemacht.«

»Da kann ich mir natürlich was drauf einbilden.«

»Wirklich, Constanze. Als ich gehört habe, dass heute Morgen plötzlich unser Volvo im Zick-Zack-Kurs durch Berlin gefahren ist, da hab ich schon gedacht, dass ... Na ja, da habe ich mir überlegt, dass ihn vielleicht jemand gestohlen hat, also unseren Volvo. Das ist doch so ein Kult-Modell, hab ich mir sagen lassen. Sehr begehrt, trotz seines Alters.«

»Also spionierst du mir doch nach.«

»Nein, das heißt: ja. Aber nicht wirklich, nicht spionieren. Mehr eine Art Überwachung, zu deinem Schutz.«

»Dann *überwachst* du mich also?«

»*Ich* doch nicht.«

»Dann dein lieber Herr Zabel mal wieder?«

»Nein, der auch nicht.«

»Sondern?«

»Na, Addi, Puh und Naik, aber das spielt doch keine Rolle.«

»Wie bitte?«

»Das sind nur die Spitznamen, die ich ihnen gegeben habe, um sie unterscheiden zu können. Die sind von ihren T-Shirts abgleitet. Aber egal. Eigentlich heißen sie Robert, Rocky und Rick. Oder Rocco, nein, warte mal: Ricci, glaube ich. Was aber auch nur wiederum Decknamen sind. Die drei wohnen nämlich zurzeit bei mir, musst du wissen. Oder besser gesagt, die bedienen den Gefechtsstand.«

»Was redest du denn da, Kai? Was denn für T-Shirts? Was denn für ein Gefechtsstand?«

»In meinem Schlafzimmer, mit Doppelstockbetten

und mit Überwachungssystemen. Vier Stück. Wir haben Kameras, die sind schwenkbar. Und zoomen kann man damit auch. Nur zur Sicherheit. Wegen diesem Kautschuk-Elvis. Aber das würde jetzt zu weit führen.«

»Ich muss jetzt Schluss machen.«

»Aber Constanze, was war denn das da mit dem Volvo heute Morgen? Dieses Hin und Her? Stop and go, stop and go?«

»Ich habe die Kinder zur Schule gebracht. Und später wieder abgeholt, damit wir hier rechtzeitig loskommen. Ich war in der Reinigung. Ich war auf der Post. Ich war auf der Sparkasse. Ich war im Bio-Markt und habe den Kofferraum mit Proviant für das Wochenende vollgeladen. Ich war in zwei Baumärkten und habe Zierstauden und Obstgehölze gekauft, um endlich mal den Garten zu bepflanzen, was du trotz großer Ankündigungen in fünf Jahren nicht geschafft hast.«

»Und … und was machst du *jetzt*?«

»Das weißt du doch schon. Wir sind auf dem Weg nach Altwassmuth. Mir fällt zu Hause die Decke auf den Kopf.«

»Sitzt du gerade am Steuer?«

»Ja.«

»Kannst du mal in den Rückspiegel gucken, ob dir einer folgt?«

»Es fährt gerade eine ganze Reihe von Autos hinter mir, weil vor uns ein Traktor kriecht.«

»Und sieht vielleicht einer von den Fahrern hinter dir aus wie ein nachgemachter Elvis Presley. Mit so einer Art Gummigesicht?«

»Wie gesagt, ich muss jetzt Schluss machen.«

»Constanze!«

»Ich leg jetzt auf.«

»Kannst du wenigstens die Kinder von mir grüßen?«

»Die haben Kopfhörer auf den Ohren und schlafen. Mach's gut, Kai«, sagte Constanze und legte auf.

Ein herzliches Willkommen

Wie er es vorausgesehen hatte, schlief Kai nach dem Mittagessen, kaum dass sie wieder im Corsa saßen, zügig ein. Was nicht an der kleinen, aber durchaus fettigen Portion Würzfleisch lag, die er zu sich genommen hatte, sondern hauptsächlich an zwei weiteren Gläsern Wein, die er sich nach der ersten Schorle gegönnt hatte. Nicht einfach so, sondern zur Beruhigung. Einmal mehr hatte ihn ein Telefonat mit Constanze so aufgewühlt, dass er Alkohol brauchte, um wieder auf den Boden zu kommen. Natürlich war er froh gewesen, dass es Constanze und den Kindern gut ging, dass es keine Entführung gab, nicht mal einen Autodiebstahl. Andererseits hatte er nach diesem zweiten irgendwie aus dem Ruder gelaufenen Telefongespräch innerhalb einer Woche noch weniger Hoffnungen, dass sich ihre Beziehung reparieren lassen würde. Zu langer Scheitel hin, zu langer Scheitel her: Der Graben zwischen ihnen wuchs, das war kein Riss mehr, wie noch vor einem Jahr, den man einfach kitten konnte.

Kai schlief also den nervösen Schlaf eines Erschöpften. Noch schneller weggetreten aber war Bruno, der schon zu schnarchen anfing, kaum dass Peggy den Wagen zurückgesetzt hatte. Der Verdauungsschnaps, den er am Ende der Mahlzeit auf den Entenbraten in seinen Magen gekippt hatte, war nur das i-Tüpfelchen auf einer ganzen Reihe von Bieren gewesen. Kai und Peggy hatten jedenfalls gestaunt, wie viel er am frühen Nachmittag schon wegstecken konnte.

Es regnete zwar immer noch, aber der Himmel war nicht mehr schwarz, sondern von einem hellen Grau, das Licht war nicht mehr gelb und die Gewitterfront Richtung Berlin weitergezogen, während sie im Landgasthaus das späte Mittagessen zu sich genommen hatten. Die Scheibenwischer verrichteten jetzt wieder ordnungsgemäß ihre Arbeit, und um sich ein bisschen abzulenken, von den schmatzenden und knarrenden Schlafgeräuschen ihrer beiden Reisebegleiter, schaltete Peggy das Autoradio ein. Sie suchte einen Sender, in dem ein Hörspiel lief, und fuhr, wie es Bruno bestimmt hatte, stur die Bundesstraße 101 gen Süden, kam durch Luckenwalde und Jüterbog und fand sogar, ohne dass sie Bruno wecken und um einen Blick in den Atlas bitten musste, problemlos die Abzweigung zur Bundesstraße 102 Richtung Dahme.

Um kurz vor sechs passierte der Corsa das Ortseingangschild von Wiepershof und stand fünf Minuten später vor der Kulturscheune, aus deren übergroßen Fenstern ein einladendes warmes Licht in das dunkle Flämingdorf leuchtete, das platt zu beiden Seiten der Katzenkopfstraße lag.

Peggy drückte zweimal die Hupe. Bruno wurde sofort wach, löste den Gurt und riss die Tür auf. Er nahm drei, vier große Züge von der kühlen Landluft, schüttelte und reckte sich und rief dann Peggy zu, die ebenfalls ausgestiegen war und nun ebenfalls Dehnübungen machte: »Ick bin wieder da.«

»Dit freut mich, Bruno.«

Schließlich schälte sich auch Kai van Harm ächzend aus dem Kleinwagen, stemmte die Hände in die Hüften und bog das Kreuz durch, während er einen ersten Blick auf diesen seltsamen Ort warf, an dem er heute auftreten sollte. In diesem Moment ging die Tür der Kulturscheune auf, und Frau Schmidt-Balldruscheidt kam ihnen mit zum Willkommen ausgebreiteten Armen entgegen. Obwohl es noch immer nieselte, hatte sie weder einen Regenschirm dabei, noch trug sie eine Jacke über dem knöchellangen Leinenkleid, dessen Lehmton sich irgendwie nicht mit der Farbe ihrer Haare vertrug, wie Kai fand. Es war ganz offensichtlich: Die Kulturscheune war ein Fremdkörper in Wiepershof, und Frau Schmidt-Balldruscheidt in ihrer Achtziger-Jahre-Schrillheit war es nicht weniger, genauso wie Kai van Harm selbst in seinem hellgrauen Sommeranzug, dem rosafarbenen Hemd, den eleganten Budapestern an den Füßen und seinem überlangen Scheitel. Der Einzige, der hier irgendwie herpasste, war Bruno, sogar sein gefälschtes Lifestyle-Hemd passte wie die Faust aufs Auge, dachte Kai, denn Wiepershof war im Grunde nicht anders als Altwassmuth, es war ein langweiliges brandenburgisches Dorf. Und so wie sich Altwassmuth mit seiner jährlichen Storcheninvasion interessant zu machen versuchte, so versuchte es Wiepershof anscheinend mit seiner Kulturscheune.

»Lieber Herr van Harm«, sagte Frau Schmidt-Balldruscheidt mit unnatürlich aufgekratzter Stimme, »seien Sie und Ihre Begleiter recht herzlich begrüßt im Namen des Kulturscheune e. V., als deren Leiterin ich mich Ihnen vorstellen darf…« Und Kai überlegte, während er die feuchte Hand der Leiterin schüttelte, die einen Sinn für komplizierte Syntax zu haben schien, warum Leute wie sie nicht einfach in Städten wie Berlin blieben, wo sie nicht weiter störten. Nein, stattdessen zogen sie raus ins Grüne und konnten die Füße nicht stillhalten und fingen irgendwann an, die Landbevölkerung mit ihrer Kultiviertheit und ihrem Sinn für Kunst und Literatur, für gehobenes Essen und für neuen deutschen Winzerwein zu belästigen.

»Elisabeth Schmidt-Balldruscheidt.« Und mit ihren dämlichen Doppelnamen, ergänzte Kai seinen letzten Gedankengang. »Ganz herzlichen Dank für die Einladung«, sagte er, und dann stellte er seine Begleiter vor. Man konnte ganz genau sehen, dass Frau Schmidt-Balldruscheidt sich bemühte, keine scheelen Blicke auf Brunos Deppen-Hemd zu werfen oder auf den lächerlichen Corsa, in dem sie gekommen waren, oder auf Peggys Haarschopf, der so etwas wie der proletarische Bastard ihrer eigenen Frisur war. Aber man konnte genauso gut erkennen, dass ihr dies nicht gelang. Und wie die Falten der Distinguiertheit um ihre Nase herum in eine langsame Bewegung gerieten. Lediglich Kai van Harms Erscheinung und Auftreten schien ihren Maßstäben von Stil zu genügen, weshalb Frau Schmidt-Balldruscheidt auch nur an ihn das Wort richtete.

»Kommen Sie«, sagte die Kulturscheunenleiterin zu Kai van Harm, »ich zeige Ihnen unsere Gästewohnung. Haben Sie denn gar kein Gepäck dabei?«

»Ist alles hier drin«, sagte Kai, und klopfte auf die Notebooktasche, die ihm am Lederriemen über der Schulter hing. Neben dem Notebook und seinem Taschenbuch, aus dem er vorlesen würde, hatte er nur sein Waschzeug, ein frisches Hemd und eine Garnitur Wechselwäsche dabei.

»Hier gibt es ein WLAN«, sagte Frau Schmidt-Balldruscheidt, aber es ließ sich heraushören, dass sie ein gewisses Misstrauen dagegen hatte. »Das Passwort finden Sie in der Gästewohnung, falls Sie denn wirklich vorhaben, das Internet einzuschalten.«

»Sie kennen sich aus, wa?«, sagte Bruno gut gelaunt. Aber Frau Schmidt-Balldruscheidt, statt auf sein Kompliment zu antworten, warf ihm nur einen kalten Blick zu. Es war ganz klar: Sie hatte nicht vor, sich mit anderen Klassen oder Schichten zu verbrüdern.

»Und, Peggy, wo ist Ihr Gepäck?«, fragte Kai und merkte, wie die Leiterin schon wieder kaum merklich zusammenzuckte. Peggys Name, ausgesprochen, schien ihr Qualen zu verursachen.

»Is noch im Wagen. Ick brauch jetz nur, wat in meiner Handtasche is«, sagte Peggy, »den Rest hol ick nachher. Ick brauch vor allem erst mal 'ne Mütze Schlaf.«

»Ihr Bekannter dagegen scheint ja alles dabei zu haben«, sagte Frau Schmidt-Balldruscheidt süffisant.

Bruno sagte: »Stümmt. Schlüpper zum Wechseln und 'ne Zahnbürste, mehr brooch ick nich«, und er hob seinen rechten Arm hoch, an dessen Gelenk eine zerknautschte Lidl-Einkaufstüte hing.

Da seid ihr ja endlich …

… meine Schäfchen.

Der Herr Schriftsteller, höchstpersönlich, sein Hofnarr natürlich, im entsprechenden Kostüm, und die Frau Nachbarin mit der aparten Frisur.

Ganz herzlich willkommen!

Ihr seht müde aus, obwohl der Abend noch so jung ist. Obwohl er noch nicht einmal richtig angefangen hat. Es ist ja noch überhaupt nichts passiert.

Wenn ihr wüsstet …

Aber eins nach dem anderen.

Ihr seid sicherlich durstig, vielleicht hilft euch ja ein Schlückchen vom guten badischen Winzerwein.

Fruchtiges Bouquet

»Ein Glas Weißwein?«

Kai van Harm fuhr zusammen. So sehr hatte er sich abermals in eine der Textstellen versenkt, die er gleich zum Besten geben wollte, dass er seine Umwelt komplett ausgeblendet hatte. Er sah auf die Uhr: In zwölf Minuten, um Punkt acht Uhr, sollte die Lesung beginnen.

»Ja, sehr gern«, sagte Kai und nahm eines der beschlagenen, appetitlich funkelnden Gläser, die ihm ein freundlich lächelnder Mann auf einem silbernen Tablett entgegenhielt.

»Ein Riesling vom Kaiserstuhl«, sagte der Mann.

»Schönes Bouquet«, sagte Kai van Harm, nachdem er den hellgoldenen Wein ein wenig gegen das Licht geschwenkt und danach das Glas an die Nase geführt hatte.

»Viel Erfolg«, sagte der Mann und deutete nickend auf das Buch, das Kai in der linken Hand hielt, und wandte sich Bruno zu, der ebenfalls in der ersten Stuhlreihe saß und schlechte Laune schob, weil es kein Bier in der Kulturscheune gab.

»Deswegen heißt es ja *Kultur*scheune«, hatte Kai ihn zu trösten versucht. »*Täte* es Bier geben, um es mal in deiner Sprache zu sagen, Bruno, dann hieße der Laden hier nämlich nur Scheune.«

Aber Bruno war untröstlich. »Verkackeiern kann ick mir alleene«, hatte er entgegnet und war in ein beleidigtes Schmollen verfallen. Aber mittlerweile schien er sich an den Gedanken gewöhnt zu haben, dass er kein Bier bekommen würde an diesem Abend, denn er riss dem freundlichen Mann gleich zwei Gläser des Kaiserstuhl-Rieslings vom Tablett. Eines deponierte er unter seinem Stuhl, das andere leerte er mit einem einzigen Zug bis zur Hälfte. Wobei er den Wein erst in den Mund nahm, ihn dort zwei, drei Sekunden verweilen ließ, was man an seinen dicken Backen erkennen konnte, bevor er schließlich die Augen zusammenkniff und ihn mit einem Ruck herunterschluckte wie einen besonders widerlichen Hustensaft. Danach schüttelte er sich vor Ekel

»Mensch Bruno, die Leute gucken schon«, flüsterte Kai.

»Sollnse doch kieken«, sagte Bruno so laut, dass es auch die in Grüppchen herumstehenden Gäste hören konnten, und alle die geguckt hatten, wendeten sich gleichzeitig ab. Wie an Strippen gezogen. Nur Frau Schmidt-Balldruscheidt, die am Büfett stand und die Häppchen und Schnittchen in ordentliche Reihen brachte, schickte weiterhin Blicke wie aus geschliffenem Stahl in Brunos Richtung.

»Ick find den Wein jut«, sagte Peggy, »schön fruchtich und schön kalt. Passt jut zum Sommer.«

»Aber passt nich unbedingt jut zu deine Anziehsachen«, sagte Bruno. Und Kai fand, dass Bruno damit ausnahmsweise mal richtig lag. »Die sehn eher nach Kleiner Feigling aus. Meine Meinung.«

»Ausjerechnt du musst dich melden, mit deinem Hemd«, sagte Peggy und sah Bruno giftig an.

Denn nur weil sie zu faul gewesen war, noch einmal zum Corsa zu gehen und ihren kleinen Koffer in die Gästewohnung zu holen, in dem sich eine neutrale Jeans und eine halbwegs seriöse Bluse befanden, saß sie jetzt in einem zweiteiligen, pinkfarbenen, eng anliegenden und deswegen sehr körperbetonenden Frotteeanzug in der ersten Reihe der Kulturscheune. Die drei goldenen Streifen an den Ärmeln und den Hosenbeinen zeigten sehr deutlich, dass sie den ultramodischen Strampler aus dem Adidas-Flagship-Store in Berlin-Mitte hatte. Von wo im Übrigen auch ihre goldfarbenen Turnschuhe mit den türkisfarbenen Streifen stammten.

»Eins kann ick dir sagen, Bruno, wat ick heut anhab, hat bestimmt mehr jekostet wie alle deine Klamotten zusammen.«

»Du weißt nich, wat meine Hose jekostet hat, Mädchen.«

»Und mit Sicherheit ooch mehr als der Jutesack von der ollen Schmidt-Baldrian«, ließ sich Peggy nicht beirren, »und ma ehrlich, dein Hemd, Bruno, passt ooch nich unbedingt zu diesem Wein, mit seiner exquisiten, fruchtigen Blume.«

»Ick wollte ja auch Bier«, maulte Bruno.

Weil mittlerweile sämtliche Blicke in der gut gefüllten Kulturscheune auf Bruno und Peggy ruhten, steckte Kai van Harm seine Nase tief in sein Buch, ohne sich jedoch auf den Text konzentrieren zu können, und er hob erst wieder den Blick, als sich Frau Schmidt-Balldruscheidt ins Mikrofon räusperte, um die Gäste zu begrüßen und den offiziellen Beginn der abendlichen Lesung anzukündigen. Sofort brach das allgemeine Gemurmel ab, und das Publikum ließ sich auf seinen Plätzen nieder. Kai erhob sich und ging nach vorn zum Bistrotisch, auf dem ein Glas Wasser stand. Während Frau Schmidt-Balldruscheidt den Klappentext seines Buches nacherzählte, seinen Geburtsort und das Geburtsjahr nannte, musste sich Kai mit einem festgefrorenen Lächeln im Gesicht vom versammelten Bürgertum aus Jüterbog und Dahme und sogar aus Luckenwalde begutachten lassen. Ab und zu deutete er eine Verbeugung an, doch das war letztendlich sinnlos, denn kaum eine der Zuhörerinnen und Zuhörer hatte diese Art von unverbindlichem Lächeln im Gesicht, mit dem man als höflicher Mensch einem Unbekannten entgegentrat. Einige wenige blickten zwar erwartungsvoll in die Runde, so wie der freundliche Herr, der den Riesling verteilt hatte, aber die meisten guckten zutiefst misstrauisch aus ihrer so gepflegten wie exquisiten Wäsche. Sie schienen zu befürchten, dass Kai van Harm sich als ein Scharlatan erweisen könnte, der sie um die 10 Euro Eintritt betrügen wollte, die Frau Schmidt-Balldruscheidt vorhin von ihnen kassiert hatte. Immerhin war er nur der Ersatz.

Als die Leiterin der Kulturscheune schließlich behauptete, Kai van Harm sei ein junges Talent im fortgeschrittenen Alter, prusteten Bruno und Peggy wie auf Kommando los. Wenigstens die beiden hatten ihren Spaß, dachte Kai. Dann sagte Frau Schmidt-Balldruscheidt noch, dass sein, Kais, Buch auf einer wahren Begebenheit basiere, die im letzten Jahr bis weit über die Landesgrenzen für Schlagzeilen gesorgt habe, und außerdem noch, dass es nach fünfundvierzig Minuten Lesung eine zehnminütige Pause geben werde, in der das Publikum sich frische Getränke besorgen könne. Danach werde der Gast, Kai van Harm, noch einmal für zirka eine halbe Stunde vortragen, und gegen halb zehn schließlich werde man das Büfett eröffnen, womit der gemütliche Teil des Abends begänne.

Es gab einen kleinen Applaus, ohne dass sich die Mienen der Klatschenden aufhellten, dann holten alle ihre Handys hervor, um sie auszustellen. Hier und da räusperte man sich vorsorglich oder schniefte noch einmal geräuschvoll ins Taschentuch, und kurz darauf ging das große Deckenlicht aus, und Kai, in einem Solo-Lichtkegel am Bistrotisch sitzend, begann mit getragener Stimme aus seinem Roman vorzulesen.

Okay …

… sie machen eine Pause da drinnen.

Nichts überstürzen jetzt, die Gelegenheit wird sich von selbst ergeben.

Ruhig Blut bewahren.

Gleichmäßiger Puls.

Bloß nichts übers Knie brechen.

Atmen!

Atmen, Herrgott!

Pausenclown

»Ick muss mal an die frische Luft«, sagte Peggy, »und bei der Gelegenheit hol ick gleich mal meinen Koffer aus dem Wagen und bring ihn hinter aufs Zimmer.«

Es war kurz vor neun, und Kai van Harm hatte gerade seine erste Leseschicht beendet.

»Ja, tun Sie das, Peggy«, sagte Kai und hielt Ausschau nach einem Glas Riesling, denn sein Mund war vom Vorlesen ganz ausgetrocknet.

»Und, soll ick mich noch umziehn?« Peggy grinste.

»Jetzt sein Sie nicht albern«, sagte Kai und fischte sich ein Glas Wein vom Tablett des netten Herrn, der wieder seine Runde drehte, und dann gleich noch eines, so wie er es von Bruno gelernt hatte. Überhaupt schien das Publikum jetzt ein wenig freundlicher zu sein, was wahrscheinlich Kais gut einstudiertem Vortrag zu verdanken war und den komischen Passagen, die er dabei zum Besten gegeben hatte. Ein paarmal jedenfalls war schallend laut gelacht worden.

»Also bis gleich, Herr van Harm, wa?«

»Bis gleich«, sagte Kai und trank das erste halbe Glas in einem Zug. Auf Brunos Gesichtsverrenkungen verzichtete er allerdings dabei.

Die Pause gestaltete sich unerwartet angenehm. Der Apotheker aus Jüterbog samt Gattin gesellte sich zu

Kai, und die Buchhändlerin kam noch hinzu und ein Lehrerpaar, und Kai erzählte, dass er eigentlich Journalist sei im Feuilleton einer bedeutenden deutschen Tageszeitung aus Berlin, sich für sein Buchprojekt allerdings eine Auszeit genommen habe, was theoretisch die Wahrheit hätte sein können, es in Wirklichkeit aber nicht war. Doch was sollte es? Was kümmert den Provinz-Apotheker schon Kai van Harms wirkliche Wahrheit?

Und er erzählte weiterhin von Peggy und von Bruno und dass die beiden in seinem Buch vorkämen, allerdings unter anderen Namen. Das umstehende Kleinstadtbürgertum sagte augenzwinkernd »Aha« und »Deshalb also«, und Kai van Harm schämte sich ein bisschen, weil er die beiden dem zwar relativ diskreten, aber dennoch lustvollen Spott der Mitglieder und Freunde des Kulturscheune e. V. preisgab. Aber das Eis war gebrochen, und einige der Veranstaltungsgäste scharrten sich kurz darauf auch um Bruno, der sofort begann, Anekdoten aus Altwassmuth zu erzählen, und wie das alles so gewesen war, im letzten Jahr, und auch die biologisch einwandfreie Herkunft seiner Hose vergaß er nicht zu erwähnen.

Um halb zehn saß Kai van Harm wieder an seinem Bistrotisch und bemühte sich, den zweiten Teil der Lesung einzuleiten. Schon bei den ersten Worten merkte er, dass ihm die Silben im Mund verrutschten. Der Riesling, den er in der Pause wie Wasser weggeschlürft hatte, tat jetzt seine Wirkung. Es war eine Frage von nur zehn, zwanzig Minuten, bis er anfangen würde beim Lesen ernsthaft zu lallen.

Draußen pladderte der Regen jetzt wieder stärker, fiel mit hohlem Geräusch auf die Dachziegel der Kulturscheune, was die Behaglichkeit im Inneren noch erhöhte. Die Gesichter der Zuhörer wirkten jetzt fröhlich, viele waren leicht gerötet vom guten Wein.

Kai beschloss, noch zwei kurze Kapitel vorzutragen. Für mehr reichte höchstwahrscheinlich auch die Konzentration seiner Zuhörer nicht, die jetzt im Grunde nur noch eines wollten: dass das Büfett endlich eröffnet würde.

Nach fünfzehn Minuten war Kai van Harm fertig. Alles war gut gegangen, lediglich ein paar Endungen hatte seine alkoholschwere Zunge vergeigt, und hin und wieder war ihm eine Konsonantenhäufung missglückt. Kai bedankte sich, stand auf und ließ dann das Publikum so lange applaudieren, bis ihm abermals das Serviertablett mit den gefüllten Gläsern gereicht wurde. Nicht zuzugreifen wäre unhöflich gewesen. Seine Arbeit für heute war nun ohnehin erledigt.

Eines jedoch war Kai van Harm, während er las, aufgefallen: Ganz vorn, auf jenem Stuhl, wo im ersten Teil der Lesung ein müdes Menschenkind im rosa Adidas-Strampler gesessen hatte, standen im zweiten Teil lediglich zwei leere Weingläser, die beide von Bruno stammten, der selbst auf dem Nachbarstuhl lümmelte.

Aber es wird schon nichts passiert sein, hatte sich Kai selbst beruhigt. Peggy wird ihr Gepäck in die Gästewohnung gebracht haben und dort irgendwie eingeschlafen sein. Sie hatte sehr müde ausgesehen, als sie an die frische Luft gegangen war. Und auf jeden Fall würde Kai, wenn er hier fertig war, in der Wohnung nachschauen, wie es Peggy ging. Ein Vorsatz allerdings, den Kai längst wieder vergessen hatte, als die Lesung dann tatsächlich vorüber war.

Verhängnisvolle Leidenschaft

Vielleicht half ja ein bisschen Sauerstoff. Peggy war hundemüde, entweder die Fahrt steckte ihr noch in den Knochen oder diese saublöde Erkältung kam zurück, die sie sich neulich im Baum eingefangen hatte. Immer dieser Bruno mit seinen dusseligen Einfällen!

Sie atmete die frische, kühle Luft tief ein, und sie drehte ihr Gesicht himmelwärts in den Regen. Dann versuchte sie, ihren Wagen zu finden.

Aber dort, wo vorhin nur ihr Corsa gestanden hatte, war jetzt die ganze Dorfstraße zugeparkt. Es dauerte einige Minuten, bis sie ihn endlich entdeckt hatte. Doch statt zügig ihr Gepäck aus dem Kofferraum zu holen und in die Gästewohnung zu bringen, hatte sie plötzlich eine andere Idee. Sie war sowieso nicht besonders scharf darauf, noch den zweiten Teil der Lesung zu hören. Schon beim ersten hatte sie kaum die Augen offen halten können. Außerdem kannte sie das Buch schon, und sie fand es im Übrigen auch nicht besonders spannend. Sie wollte jetzt einfach noch ein bisschen hier draußen bleiben und die Ruhe genießen. Die Landluft.

Peggy öffnete die Fahrertür und griff in die Seitentasche. Dort hatte sie für ganz besondere Situationen etwas deponiert, von dem nicht mal ihre Mutter wusste, dass sie es ab und zu benutzte. Oder sollte sie sagen:

brauchte. Es war ein Feuerzeug. Und es war eine angebrochene Schachtel Zigaretten, aber die gute Sorte aus dem Bioladen. Die ohne künstliche Zusatzstoffe und Aromen. Die, die nicht süchtig machten. Sie nahm die Zigaretten, ging um den Corsa herum, öffnete die Heckklappe und setzte sich auf die Ladefläche. Dann zog sie eine Zigarette aus der Schachtel und ließ das Feuerzeug aufleuchten.

Schon nach dem ersten tiefen Zug befiel sie ein leichtes Schwindelgefühl. Es war angenehm, und es verstärkte die Wirkung des Alkohols. Sie musste unbedingt etwas essen, nachher, wenn das Büfett eröffnet wurde, dachte Peggy. Das Letzte, was sie zu sich genommen hatte, war die Soljanka im Landgasthaus gewesen. Das lag jetzt schon wie lange zurück? Sie überlegte, war dann aber zu erschöpft, um es auszurechnen.

Sie genoss lieber die Zigarette. Das Geräusch des Regens. Die leisen Stimmen aus der Kulturscheune, das Lachen und Gläserklirren. Die Einsamkeit nach all dem Trubel.

»Haben Sie Feuer?« Eine freundliche Stimme, aber eine Stimme, die aus dem Nichts gekommen war. Aus dem Dunkel der Dorfstraße von Wiepershof.

»Ja«, sagte Peggy und griff nach dem Feuerzeug, das auf der Ladefläche lag.

Schlacht am großen Büfett

»Und hiermit, liebe Freundinnen und Freunde unseres Kulturscheune e. V., eröffne ich das Büfett«, rief Frau Schmidt-Balldruscheidt der hungrigen Gästeschar entgegen. Da war es zehn vor zehn.

»Ah« und »Oh« kam es aus den Reihen der Literaturfreunde zurück. Hätte nur noch gefehlt, dass Frau Schmidt-Balldruscheidt feierlich ein rotes Band mit einer goldenen Schere durchtrennt hätte, dachte Kai van Harm und nahm sich einen Teller, um ihn mit einigen der selbstgebastelten Speisen zu füllen: Nudelsalat, Reissalat, Kartoffelsalat. Mozzarella mit Tomate und ohne Basilikum sowie ein leicht angesengtes Stück Quiche. Aber diese Kochunfälle waren ihm jetzt egal, denn er war noch euphorisch wegen des alles in allem doch recht gut gelungenen Auftritts, und außerdem war er von einer gewissen Gleichgültigkeit erfüllt, die hauptsächlich auf das Konto des Gratis-Rieslings ging.

»Keene Würstchen und keene Buletten, wat soll denn dit für ein Büfett sein«, maulte dagegen Bruno herum. Dennoch stopfte er die Kohlenhydratsalate schnell und gekonnt in sich rein. Er nahm keine Gabel dazu, wie Kai und auch einige andere der Gäste staunend feststellten, sondern einen Löffel, der eigentlich zur Aufnahme einer kalten Gemüsesuppe vorgesehen war.

Es war schon zwanzig Minuten nach zehn, als Bruno Zabel, satt und angetrunken, fragte: »Wo is denn eigentlich die Kleene hin?«

In diesem Moment fiel Kai wieder der Vorsatz ein, nach Peggy zu sehen, wenn er mit der Lesung fertig war. Und das war er jetzt schon mindestens seit einer halben Stunde.

»Die wird auf dem Zimmer eingeschlafen sein«, bemühte er noch einmal die gleiche Beschwichtigungsformel, diesmal für Bruno.

»Aber die muss doch wat essen«, sagte Bruno, »so dürre wie die is.«

»Ich geh gleich mal rüber, um sie zu holen«, sagte Kai.

»Soll ick mitkommen?«

»Wozu denn?«

Draußen hatte es aufgehört zu regnen, dafür blies jetzt ein kräftiger Wind durch die Nacht. Kai ging einmal um die Kulturscheune herum, auf deren Rückseite sich der seperate Eingang zur Gästewohnung befand. Die Fenster waren dunkel, was bedeuten konnte, dass er recht hatte mit seiner Annahme, Peggy würde schlafen.

Dass er damit falschlag, merkte Kai sofort, nachdem er das Licht angeschaltet hatte. Alles sah noch so aus, wie sie es vorhin verlassen hatten. Brunos Discountertüte lag quer über dem Doppelbett, auf dem Nachttisch stand Kais Notebooktasche. Die Ausziehcouch in der

Stube, auf der Peggy übernachten sollte, war leer, die Decke glattgezogen.

Des Weiteren musste Kai feststellen, dass auch Peggys kleiner Koffer, den sie aus dem Wagen hatte holen wollen, sich nicht in der Wohnung befand.

Er suchte fast zehn Minuten danach, obwohl er schon nach wenigen Augenblicken wusste, dass es sinnlos war. Aber er suchte einfach weiter, weil er sich nicht eingestehen wollte, dass seiner Nachbarin etwas passiert sein konnte.

Er suchte dieselben Stellen mehrmals ab. In seinem Inneren begann eine gewisse Verzweiflung zu wachsen.

Er hörte erst auf zu suchen, als ihm der Gedanke in den Kopf schoss, dass sie vielleicht mit dem Corsa weggefahren war. Vielleicht zurück nach Berlin? Vielleicht hatte sie ja einen Anruf von ihrer Familie bekommen? Vielleicht war ja ihrer Mutter etwas zugestoßen oder ihrer Schwester? Kai wollte es nicht hoffen, aber solche Dinge kamen ja vor. Ein Unfall zum Beispiel. Musste ja nichts Schlimmes sein. Ein verstauchter Knöchel genügte ja manchmal schon, um auf die Hilfe anderer angewiesen zu sein.

Und dass dieser Anruf nun ausgerechnet gekommen war, als Peggy draußen war … So etwas gab es. Das war Zufall, manche nannten es auch Schicksal. Vielleicht hatte Peggy ihre E-Mails abgerufen und dort einen Hilferuf vorgefunden. Mit ihrem modernen Telefon kein Problem.

Kai van Harm löschte das Licht in der Gästewohnung und schloss dann die Tür hinter sich ab. Der kühle Nachtwind trocknete ein wenig den Angstschweiß, der sich auf seiner Stirn gebildet hatte. Auch das Hemd klebte ihm am Rücken und an der Brust. Solche Zufälle kamen ständig vor, dachte er noch einmal, diese außergewöhnlichen Verknüpfungen von Unwahrscheinlichkeiten.

Dunkel

Das Erste, was Peggy spürte, als sie wieder zu sich kam, war ein enormer Druck auf den Augen. Und sie erinnerte sich: Genau das war auch das Letzte gewesen, was sie vor ihrer Ohnmacht gefühlt hatte.

Sie hatte das Feuerzeug in die Dunkelheit gereicht, aus der sich langsam ein schwarzer Schemen geschält hatte und größer geworden war. Peggy hatte eine Hand erkannt, die in einem dicken schwarzen Fingerhandschuh aus einem stumpf glänzenden synthetischen Material steckte. Sie hatte der Handschuhhand das Feuerzeug reichen wollen, aber die Hand war über das Feuerzeug hinweggegangen, war näher gekommen, auf ihre Augen zu. Sie hatte instinktiv den Kopf weggedreht, aber da war es bereits zu spät gewesen: Die Handschuhfinger fassten direkt in ihr Gesicht und drückten ihr die Augen zu. So stark war der Druck gewesen, dass sie gefürchtet hatte, die Hand würde ihr die Augäpfel in den Schädel pressen. Weshalb sie versucht hatte, möglichst wenig Widerstand zu leisten. Den Kopf in die Richtung zu drehen, den der harte Griff der Hand vorgab. Doch noch bevor sie hatte aufstehen können, war Peggy ohnmächtig geworden.

Durch den dünnen Frotteestoff ihrer Hose spürte sie nun den kalten, glatten Fußboden. Es roch komisch:

abgestanden irgendwie, modrig, nach Keller. Wie in einem alten, aufgegebenen Schwimmbad.

Peggy konnte Wassertropfen hören, die in regelmäßigen Abständen zu Boden fielen. Und sie hörte den Wind pfeifen, draußen, wo immer das war.

Für Sekunden konzentrierte sie sich jetzt auf ihren Körper, um nach einem Schmerz zu suchen, nach irgendeinem Anzeichen einer Verletzung. Aber sie konnte nichts entdecken, lediglich die Augen taten ihr weh.

Erst als sie versuchte, das Tuch zu entfernen, oder was immer das war, das noch immer auf ihre Augen drückte und sie blind machte, merkte sie, dass ihre Hände gefesselt waren. Hinter ihrem Rücken. Mit Handschellen. An einem Rohr vermutlich, denn als sie an den Fesseln rüttelte, gab es ein lautes metallisches Geräusch, das im Raum hallte.

Peggy erschrak. Sie versuchte, sich nicht zu bewegen. Sie hielt die Luft an und lauschte. Sie merkte, wie ihre Handgelenke unter dem Druck der Handschellen pochten.

Wenig später hörte sie, wie sich Schritte näherten.

Auch die Schritte hallten, und sie mischten sich mit den fallenden Tropfen zu einem Rhythmus der Angst.

Vermisst

»Peggy ist weg!« Der Schweiß lief Kai van Harm aus allen Poren, als er zurück in der Kulturscheune war, wo die Freunde der Literatur noch immer sich selbst und den Beginn des Wochenendes feierten.

»Was?« Bruno hatte offenbar nicht zugehört. Er stand gedankenversunken vor der improvisierten Bar, ein Glas Wein in der Hand, und starrte auf eine kleine Galerie mit Autorenfotos, die an der Wand hing. Die gerahmten Fotos waren in nostalgischem Schwarzweiß, sie waren signiert und hatten, wie Kai fand, etwas schwer Prätentiöses: Schriftsteller beim Posen.

»Peggy ist weg! Und ihr Wagen ist auch nicht mehr da«, rief Kai, so laut, dass sich einige der Gäste erstaunt nach ihm umdrehten.

»Haste sie angerufen?« Bruno war sofort von null auf hundertachtzig.

»Ja, aber ihr Telefon ist ausgeschaltet.«

»Los«, sagte Bruno und stürmte nach draußen. Kai folgte ihm. Komischerweise hatte Bruno noch immer das Weinglas in der Hand. Immerhin trank er nicht daraus, während sie zum Eingang der Gästewohnung liefen, wo Bruno sich ohne Umstände auf seine Lidl-Tüte stürzte, um darin nach seinem Handy zu fischen. Als er es gefunden hatte, nahm er erst das Weinglas, das er vorher auf dem Nachttisch abgestellt hatte, und trank einen Schluck, bevor er sich durch das Menü des Telefons hangelte. Viel schneller als heute Mittag gelang es ihm, die richtige Nummer zu finden und zu wählen. Bruno lauschte eine Weile, dann schrie er in sein Handy: »Mensch Robert, wo bist du denn? Die Kleene is weg. Benötigen dringend Ortung des Wagens. Ruf sofort zurück, wenn du das hörst. Hast du verstanden? Over and out!«

»Und jetzt?«

»Wir schicken ihm noch ’ne E-Mail hinterher«, sagte Bruno, »vielleicht hat er ja Kopfhörer auf und sitzt damit vor den Monitoren. Los schmeiß mal deinen Computer an.«

Kai fuhr sein Notebook hoch, sie trugen das Passwort für das WLAN ein (»Kulturscheune«), und Bruno setzte anschließend eine E-Mail an Robert alias Addi ab, deren Text ungefähr seiner Mailbox-Nachricht entsprach.

Dann hielten sie für ein paar Augenblicke inne.

»Und was jetzt?«, fragte Kai. Er war froh, dass Bruno und seine Privatarmee die Zügel übernahmen.

»Jetzt heißt es abwarten«, sagte Bruno und trank den Rest des Weins.

Tropfen

Dann hörten die Schritte auf zu hallen, denn der Mann stand direkt vor ihr. Peggy konnte ein Aftershave riechen, Zigarettenrauch und Schweiß. Sie versuchte, sich nicht zu bewegen, versuchte so zu tun, als sei sie noch immer ohne Bewusstsein. Aber dafür musste sie atmen, statt vor lauter Angst die Luft anzuhalten. Sie musste regelmäßig atmen, ohne nachzudenken. Vielleicht konnte sie ihre Atemfrequenz an den Rhythmus der fallenden Tropfen anpassen.

Ihr Nacken begann jetzt zu schmerzen, vor lauter Anstrengung, sich nicht zu bewegen. Sie merkte, wie die Halsmuskeln zu zittern begannen, wie ihr Kinn anfing zu beben, das sie auf die Brust gesenkt hatte.

Nein, es ging nicht mehr, das hielt sie keine Sekunde länger aus. Alles war zum Explodieren gespannt. Das Blut rauschte mit rasender Geschwindigkeit durch ihren Körper. Es schien ihr, als käme das Herz kaum nach mit dem Pumpen, und sie verfluchte den Moment, in dem sie aus der Ohnmacht aufgewacht war.

Dann hörte sie Stoff rascheln, und sie wusste, ihr Entführer war in die Hocke gegangen. Der Geruch von Aftershave, Zigaretten und Schweiß wurde intensiver.

Peggy konnte jetzt lauten Atem hören. Es war nicht ihr eigener.

Warten

»Ich liebe ja diese sehr intimen Künstlerporträts, Herr Zabel«, sagte Frau Schmidt-Balldruscheidt, die nach ihrem dritten, vierten Riesling glatt ihren Standesdünkel vergessen hatte.

Weil Bruno noch eine Kleinigkeit essen wollte, waren sie aus der Gästewohnung zurück in die Kulturscheune gewechselt. Allerdings griff Bruno dann vor allem auf flüssige Nahrung zurück. Seine Kondition war meisterlich. Kai hatte das Notebook und Bruno sein Handy mitgenommen, für den Fall, dass sich Robert aus dem Berliner Gefechtsstand meldete.

Es war kurz nach halb zwölf, und Kai merkte, wie ihm die Kräfte zu schwinden begannen. Bruno dagegen, bis auf den roten, ungesund glühenden Kopf, der aus dem KEMP-DEVIED-Hemd ragte, wirkte noch recht fit.

»Und Sie?«, hakte Frau Schmidt-Balldruscheidt nach, weil Bruno nicht im Geringsten auf ihre Ansprache einging. Wie schon vorhin starrte er auf die Fotos. Abwesend fast.

»Ich möchte ja nicht kritisieren«, sprang Kai an seiner Stelle ein, obwohl er sich für jegliche Konversation viel zu müde fühlte, »aber finden Sie nicht, Frau Schmidt-Balldruscheidt, dass die Pose des denkenden

Schriftstellers etwas überstrapaziert ist. Immer diese Hände an der Stirn oder am Kinn.«

»Die Künstler stellen uns grundsätzlich ein Porträt ihrer Wahl zur Verfügung. Wir bitten nur darum, dass es nach Möglichkeit schwarz-weiß ist. Ich kann doch auch nichts dafür, wenn sie mir Fotos mit Posen schicken, die Sie, lieber Herr van Harm, nicht leiden können«, sagte die Kulturscheunenleiterin in pikiertem Tonfall und fügte an: »Sie sind übrigens der Einzige, der sich bis jetzt darüber beschwert hat.«

»Tut mir leid«, sagte Kai, »ich wollte Ihnen nicht zu nahetreten. Aber schauen Sie mal, dann auch noch überall diese Bücherwände im Hintergrund oder diese Grünpflanzen. Oder diese idyllischen Gartenansichten. Oder hier: dieser Schreibtisch mit einer Blumenvase darauf und einer Schale Äpfel neben dem Bleistift und dem Radiergummi. Ich bitte Sie, bei wem liegen denn Äpfel auf dem Schreibtisch? Wer schreibt denn heutzutage mit Bleistift und korrigiert mit einem Radiergummi. Da wird einem ja schlecht,« vermochte Kai seinen Unmut nicht mehr zu zügeln.

»Ick stelle mir grad vor, wie das da in Rosa aussehen würde«, sagte Bruno und zeigte auf eines der Fotos. Frau Schmidt-Balldruscheidt aber hatte während Kais letzten Worten die Arme vor der Brust verschränkt und sah nun gekränkt in die entgegengesetzte Richtung.

Kai wollte schon eine Entschuldigung erfinden, doch da klingelte glücklicherweise Brunos Handy.

»Am Apparat«, sagte Bruno. Er hörte eine Weile zu, was der Teilnehmer am anderen Ende zu sagen hatte, und beendete nach nicht mal einer Minute das Gespräch mit einem knappen: »Bleib auf dem Posten!«

»Was Wichtiges?« Frau Schmidt-Balldruscheidt war durch Brunos ernste Miene neugierig geworden.

»Nur einen Moment, liebe Frau Schmidt- äh …«

»Balldruscheidt«, ergänzte die Angesprochene.

»Genau«, sagte Bruno, »ick muss nur eine Sache mit Herrn van Harm klären und bin dann gleich wieder bei Ihnen. Ick hab nämlich noch ein paar Fragen zu Ihre wunderschöne Fotosammlung.«

»Meine *Ahnengalerie*, wie ich sie gern nenne«, sagte die Leiterin der Kulturscheune und schien fürs Erste wieder besänftigt.

»Wir *haben* Peggys Wagen«, sagte Bruno zu Kai, nachdem sie sich in eine ruhige Ecke zurückgezogen hatten. »Mach mal den Rechner an, du hast 'ne E-Mail.«

Kai tat wie ihm geheißen und fand in seinem Postfach tatsächlich eine Mail vor, die von einer der anonymen Einweg-E-Mail-Adressen gekommen war, die man sich im Internet besorgen konnte, wenn man sich unerkannt irgendwo registrieren wollte. Oder jemanden belästigen. Die Mail enthielt nichts weiter als einen Link. Als Kai ihn anklickte, öffnete sich Google-Earth und zeigte erst die Weltkugel und zoomte sich dann an Europa und anschließend an Deutschland heran. Kai erkannte Berlin, das im Norden zurückblieb. Jüterbog tauchte auf und Wiepershof, und dann blieb das Bild plötzlich stehen. In seiner Mitte befand sich ein gelbes Fadenkreuz. Unter dem Kreuz sah man jetzt einen Feldweg, gleich daneben einige graue Gebäude, vielleicht eine kleine Fabrik oder eine Stallanlage.

»Bingo«, sagte Bruno, während Kai mit dem Pfadwerkzeug die Entfernung maß. Peggys Corsa befand sich keine sieben Kilometer entfernt von der Kulturscheune auf einem Feldweg. Die nächstgelegene Siedlung hieß Deinsdorf und begann knapp fünfhundert Meter weiter.

Kai van Harm wurde mit einem Mal so übel, dass er schon den sauren Mageninhalt im Hals hochsteigen spürte. Denn seine Hoffnung, Peggy könne auf dem Weg zu ihrer Familie sein, hatte sich mit der E-Mail zerschlagen.

»Jetzt is Tempo gefragt«, sagte Bruno und hatte schon wieder sein Mobiltelefon in der Hand. »Ick sag Rocco und Ronny Bescheid, dass die uns abholen kommen. Zwanzig Kilometer in der Nacht uff freier Straße dürfte nich so lange dauern.«

»Und die Polizei?«

»Die Dorfbullen? Vergiss es. Entweder es ist sowieso schon zu spät, oder wir kriegens auch alleine hin. Oder, Variante drei: Es is überhaupt nüscht passiert.«

Kai musste schlucken.

»Jetz kiek nich so, mein Freund. Ach ja, bevor es los geht, hab ick noch ein Wörtchen mit Frau Schmidt-Baldrian zu reden. Und dann muss ick noch mal uffs Klo.«

Wach

Als Peggy den Atem des Mannes an ihrem Hals spürte, hielt sie abermals die Luft an. Es ging nicht anders.

Sie merkte, dass er seine Hand auf ihren Scheitel legte. Dann wanderten seine Finger zu ihrem linken Ohr. Er spielte mit ihrem Ohrläppchen, dann waren seine Finger an ihrer Schläfe und umkreisten sie. Fast zärtlich. Hörten gar nicht wieder auf zu kreisen. Keine Handschuhe diesmal, sondern warme, weiche Finger. Und ein äußerst sanfter Druck.

Peggy hob den Kopf. Er wusste sowieso längst, dass sie die Schlafende nur gespielt hatte, die Bewusstlose.

Und dann riss diese liebkosende Hand an Peggys Kopf, mit Wucht, mit unmenschlicher Gewalt. Jemand zieht mir die Haut vom Gesicht, dachte Peggy, die Brauen und die Wimpern und die Augen, alles gleich nicht mehr da. Das blanke Fleisch, die leeren Höhlen. Dieses scharfe Geräusch, dieses Geräusch, als würde etwas reißen.

Nein, das konnte doch alles nicht wahr sein, das träumte sie doch nur. Aufwachen, du musst jetzt verdammt noch mal aufwachen, dachte Peggy, sonst passiert wirklich noch was, und sie schlug die Augen auf.

Sie konnte sehen, und zwar: einen hellen, gekachelten Fußboden. Sie nahm einen schwarzen Umriss wahr, der sich gerade aus der Hocke erhob. Alles war verschwommen, zerfloss ins Undeutliche, denn noch immer lag da dieser Druck auf ihren Augen. Aber sie erkannte schon das Helle einer Hand. Und zwischen den Fingern der Hand das Stück Stoff, das sie blind gemacht hatte, das ihr die Augen in die Höhlen gedrückt hatte. Nein, das war kein Stoff, das war nichts Weiches. Eher ein Stück Klebeband, ein starkes Gaffer-Tape: deshalb der Schmerz, deshalb das Geräusch des Reißens.

Sie hatte keineswegs geträumt. Oder doch? Sie sah an der schwarzen Gestalt empor, bis hoch ins Gesicht: Vor ihr stand der Teufel und grinste.

Ein neues Leben

»Rocco und Ronny kommen sofort rüber«, sagte Bruno zu Kai, nachdem er mit seinen beiden Kumpanen telefoniert hatte, die sich kurz vor Dahme, im zwanzig Kilometer entfernten Neindorf, in Alarmbereitschaft befanden. »Und sie bringen den Notfallkoffer mit. Sicher is sicher.«

»Den was?«

»Ach vergisset.« Bruno ging eilig zur Bar zurück, wo Frau Schmidt-Balldruscheidt auf ihn gewartet hatte.

»Sie interessieren sich also für meine Ahnengalerie, lieber Herr Zabel?«

»Erst mal noch ein Schlückchen für den Durst«, sagte Bruno und goss sich großzügig ein. »Aber um Ihre Frage zu beantworten, ja, gnädige Dame. Ick interessiere mich.«

»Tja, nun«, sagte Frau Schmidt-Balldruscheidt, »dann fragen Sie!«

»Wie ick vorhin schon sagte, ick würde ja zu gerne wissen, wie das da aussehen würde, wenn es rosa wär.« Bruno stieß mit seinem großen Zeigefinger auf eines der Porträtfotos.

»Ein schönes Foto, oder? Und, Herr van Harm …«, die Leiterin der Kulturscheune zupfte an Kais Hemdärmel, »das Foto widerlegt übrigens auch Ihre These, dass alle unsere Künstler sich in nachdenklichen Posen fotografieren lassen.«

»Aber die meisten schon«, beharrte Kai.

»Oder vor Bücherregalen und Obstschalen.«

»Das ist in diesem Fall wohl war«, gestand Kai ihr zu.

»Ein janz adretter Mann, wa?«, sagte Bruno.

»Sie müssten ihn übrigens kennen, Herr van Harm«, sagte Frau Schmidt-Balldruscheidt.

»Noch nie gesehen«, sagte Kai.

»Sozusagen ein Kollege von Ihnen auf dem Gebiet der Kriminalliteratur.«

»Und einen janz aparten Vollbart hat der Kollege«, sagte Bruno.

»Nicht wahr?«, pflichtete die Kulturscheunenleiterin ihm euphorisch bei. »Also, *wenn* er ihn denn trägt. Das wechselt ja auch, je nach Tagesform. Als ich jung war, trugen nur Obdachlose und Hippies solche Bärte. Lang und fusselig und mit Essensresten durchsetzt. Aber dieser hier, kurz, getrimmt, gepflegt. Unser Sascha ist schon sehr bedacht auf seine korrekte Erscheinung, das muss ich sagen. Ob jetzt mit Bart oder ohne.«

»Sascha also?«, fragte Bruno.

»Ja, Sascha König. Eigentlich Alexander König, aber wir nennen ihn hier bei seinem Kosenamen. Sie müssen wissen, im Russischen ist Sascha die Koseform von Alexander.«

»Is mir jeläufig«, sagte Bruno.

»Noch nie gehört den Namen«, sagte Kai.

»Er stammt ja eigentlich aus Süddeutschland«, begann Frau Schmidt-Balldruscheidt mit leicht gesenkter

Stimme zu erzählen. »Da hatte er ein Haus und eine Familie, mit Kindern, soviel ich weiß. Und eine gut bezahlte Arbeit. Fragen Sie mich nicht, was genau. Aber irgendetwas in der Computerindustrie. Mein Mann könnte Ihnen das besser erklären, aber der ist ja leider Gottes mal wieder auf Dienstreise.

Äh, und dann plötzlich der große Zusammenbruch, wie man es ja heutzutage häufig liest: Midlife-Krise, Burnout, die Familie fällt auseinander, diese Dinge eben. Immerhin hatte unser Sascha wenigstens etwas Geld auf der hohen Kante, und so hat er hier in unserem wunderschönen Fläming ein kleines Gehöft erworben, um ein völlig neues Leben zu beginnen.«

»Lassen Sie mich raten«, sagte Bruno, »als Schriftsteller.«

»Ja, ganz genau, lieber Herr Zabel, und Mitglied unseres Vereins ist er auch geworden. Und«, fügte Frau Schmidt-Balldruscheidt an und zog bei dieser Gelegenheit abermals an Kais Ärmel, »er war es, der vorschlug, dass Sie, lieber Herr van Harm, als Vertretung für den kurzfristig erkrankten Gitarristen heute hier auftreten können. Er kennt wohl jemandem in Ihrem Verlag.«

»Oha«, sagte Bruno, und Kai schien es, als zwinkere ihm sein Freund sogar zu.

»Und was war noch einmal Ihre Frage, Herr Zabel? Mir scheint, wir sind ein wenig vom Thema abgekommen …«

»Ick hatte mich nur jewundert«, stellte Bruno nun zum dritten Mal seine rhetorische Frage, »wie der Hintergrund von Herrn König sein Bild in Farbe aussehen würde, in Rosa.« Jetzt merkte endlich auch Kai, worauf Bruno hinauswollte.

»Sie werden lachen, Herr Zabel, wir bekommen ja die meisten der Fotos als Dateien. Wir nehmen dann mit Photoshop die Farbe heraus, schärfen den Kontrast, je nachdem. Und soll ich Ihnen was sagen?« Die Kulturscheunenleiterin blickte erwartungsvoll in die Runde.

»Ick bitte darum«, sagte Bruno.

»Also gut«, sagte Frau Schmidt-Balldruscheidt, »die Kacheln im Hintergrund, die waren wirklich rosa. Eine ganz schreckliche Farbe. Um gar nicht erst von dem schrecklichen Muster zu sprechen.«

Du …

… brauchst nicht zu schreien, Mädchen, denn niemand wird dich hier hören.

Aber lass dir sagen: Es gibt auch gar keinen Grund zu schreien, denn wenn ich habe, was ich will, dann kannst du gehen.

In welchem Zustand, liegt an dir.

Pfefferminze und Dung

Die Krieger in unseren Städten hieß der Kriminalroman, den Alexander König im letzten Sommer veröffentlicht hatte. Wie auch Kais Roman war er im Buttermann-Verlag erschienen. Er hatte etwas mehr als vierhundert Seiten und war ein ziemlicher Erfolg, wie Kai van Harm jetzt feststellen musste, als er noch schnell, zwischen Tür und Angel sozusagen, Alexander Königs Namen googelte. Er hatte sich noch einmal am Bistrotisch niedergelassen und überflog die Suchtreffer.

Jeden Moment mussten Rocco und Ronny eintreffen. »In fünf Minuten« hatten sie vor zehn Minuten per Handy angekündigt. Es war schon kurz nach Mitternacht, und Frau Schmidt-Balldruscheidt hatte damit begonnen, die letzten, hartnäckigen Gäste herauszukomplimentieren.

»*Krieger in unser Städten* also«, sagte Bruno, der hinter Kai stand und gleichfalls auf den Bildschirm sah.

Kai klickte auf den nächsten Link, und die Buchbesprechung einer großbürgerlichen, überregionalen Tageszeitung erschien auf dem Bildschirm. Sie stammte aus dem letzten Herbst, und man sah schon am Teaser, dass sie eine hymnische Lobpreisung war. Er lautete:

»Hart, schnell, schnörkellos und trotzdem schön. Alexander König kreuzt in seinem Debüt den Großstadtkrimi mit Rock'n'Roll und Poesie.«

Darunter dann die Schlagzeile in dicken Lettern:

DON'T MESS WITH THE KING

»König is unser Mann«, sagte Bruno. »Was immer dit auch soll. Ick lass mir seine Anschrift geben von Frau Schmidt.«

Im selben Moment ertönte draußen ein langgezogenes Hupsignal. Und dann gleich noch einmal.

»Sie sind da«, rief Bruno, und einen Augenaufschlag lang schien er unschlüssig, ob er Frau Schmidt-Balldruscheidt jetzt wirklich noch nach Sascha Königs Adresse fragen sollte.

»Mensch, komm jetzt«, schrie Kai, »Peggy ist wichtiger.« Er klappte das Notebook zusammen und stürmte nach draußen. Bruno folgte ihm schnaufend. Der Wagen, ein unauffälliges dunkles Toyota-Modell, wartete mit aufgeblendeten Scheinwerfern und laufendem Motor auf der Dorfstraße. Der Regen schien sich endgültig verzogen zu haben, durch die aufgelockerte Wolkendecke konnte man hier und da ein paar Sterne sehen. Nach wie vor blies ein kräftiger Wind.

Obwohl die Fenster heruntergelassen waren, roch es im Auto penetrant nach zwei Dingen: nach Pfefferminzbonbons und, ein wenig schwächer, nach Fusel.

»Mann, ihr seid ja hackedicht«, schrie Bruno, nachdem er auf dem Beifahrersitz Platz genommen hatte.

»Du bist ja selber gerade zum Auto geschwankt, Bruno«, antwortete jener der beiden, der eine Tarnjacke über seinem Puma-Shirt trug. Puh also oder auch Ronny, wenn Kai sich das richtig gemerkt hatte.

»Ick hatte auch kein' Bereitschaftsdienst wie ihr Flachpfeifen«, keifte Bruno zurück, »und jetzt fahr endlich los, Mann!«

Ronny trat aufs Gas, und der Wagen schoss übers Katzenkopfpflaster der Dorfstraße. Robert in Berlin hatte auch Ronny die Koordinaten von Peggys Corsa übermittelt, und obwohl er sich in der Gegend auskannte, hatte er das Ziel ins Navigationsgerät programmiert.

Sie kamen an Feldern und Waldstücken vorbei, sie passierten drei Dörfer, die wie ausgestorben an der Straße lagen. Durch das Fenster kam der Geruch von Gülle herein und mischte sich mit den beiden anderen Aromen.

»Da muss es so was wie eine Fabrik geben«, rief Kai, »das konnte man auf dem Luftbild sehen.«

»Keine Fabrik«, sagte Ronny, und drehte sich kurz nach hinten zu Kai, »das sind Schweineställe. Aber die stehen schon lange leer.« Er schien ziemlich getankt zu haben. Er hatte glasige Augen, aber er fuhr zügig, und er fuhr sicher.

»Noch eintausend Meter bis zum Ziel«, sagte das Navigationsgerät.

Kai musste dringend mal austreten.

Wieder allein

Des Teufels Schritte entfernten sich im selben Moment, da Peggy in der Ferne ein Motorengeräusch näher kommen hörte, das gleich darauf wieder erstarb. Obwohl sie kein Klebeband mehr vor den Augen hatte, war es ihr lieber, nichts zu sehen. Sie ließ die Augen einfach zu. Er hatte zu ihr gesprochen, aber sie hörte lieber dem Wind zu und den Tropfen, die jetzt nur noch selten zu Boden fielen.

Lichtschlag

»Da steht kein Corsa«, konstatierte Kai van Harm, als sie auf dem Feldweg hinter Deinsdorf standen, fast exakt auf jenem Punkt, den Robert ihnen übermittelt hatte. Sie stiegen alle vier aus.

»Aber da vorne«, sagte Ronny und zeigte auf das Gelände der ehemaligen Schweinemastanlage, das vielleicht fünfzig Meter weiter begann. Kai erkannte mehrere flache Gebäude im Hintergrund, deren Dächer zum Teil beschädigt waren. Überall standen Dinge herum, kaputte landwirtschaftliche Geräte, Autoreifen, Stapel aus verwitterten Bauteilen oder einfach Sperrmüll, den die Leute hier illegal abzuladen schienen. Sogar einen alten Wohnwagen konnte Kai erkennen, dessen Eingangstür lose in der oberen Angel hing. Am nächsten zum Feldweg, auf dem jetzt der Toyota mit offenen Türen parkte, vor zwei ausgebrannten Autowracks, stand Peggys Corsa.

»Runter«, kommandierte Bruno in seinem unnachahmlichen Flüsterton, und sofort gingen sie allesamt hinter dem Toyota in Deckung.

»Nachtsichtgerät!«, zischte er, obwohl durch die weiter aufreißenden Wolken helles Mondlicht auf die Erde fiel.

»Zu Befehl«, sagte Rocco, schlich zur Heckklappe, öffnete diese geräuschlos und kam mit einem Fernglas zurück.

Bruno sah für ein paar Sekunden hindurch, dann reichte er es Ronny weiter, der es wiederum Rocco gab, der, nachdem er durchgeschaut hatte, es schließlich an Bruno zurückreichte. Bruno warf einen letzten kurzen Blick hindurch, dann hängte er sich das Nachtsichtgerät um den Hals.

»Wer geht?«, fragte Bruno, als sich alle, bis auf Kai, ein Bild von der Lage gemacht hatten.

Niemand meldete sich freiwillig.

»Dann du«, sagte Bruno und tippte Rocco auf die Brust. »Du gehst zum Wagen, klärst die Lage, kommst zurück und erstattest Bericht. Funkgeräte haben wir keine, oder?«

»Nein«, flüsterte Ronny.

»Mist«, sagte Bruno. »Du gibst ihm Deckung«, jetzt tippte er Ronny auf die Brust.

»Zu Befehl«, sagte Ronny. Er zog aus seiner Tarnjacke eine Pistole und lud sie durch. Dann spähte er über das Dach des Toyotas hinweg in Richtung der Gebäude. Die Pistole hielt er dabei im Anschlag.

»Ist die echt?« Langsam begann Kai sich Sorgen zu machen, dass sich noch jemand verletzte heute Nacht.

»Logisch«, sagte Bruno.

»Aber ihr könnt doch nicht …«

»Schnauze«, fuhr Bruno ihn grob an, »lamentiert wird später!« Dann gab er Rocco einen freundschaftlichen Stupser und sagte leise: »Und ab!«

Zu Kais Entsetzen hatte auch Rocco eine Waffe in der Hand, als er jetzt gebückt nach vorne lief. Er hatte vielleicht zwanzig Meter hinter sich gebracht, ohne dass etwas passiert war, ohne dass sich irgendetwas gerührt hätte auf dem Gelände, als er plötzlich stolperte und der Länge nach hinfiel.

»Verdammt noch mal, der is total knülle«, fluchte Bruno. Bis zum Corsa waren es noch gute zehn Meter.

»Steh auf, Mann!«, flüsterte Bruno so laut, dass es in der Nacht hallte.

»Mein Knöchel«, wisperte Rocco zurück.

»Was nun?« Ronny sah fragend Bruno an.

»Was nun? Was nun?«, äffte Bruno ihn nach. Und dann wieder zu Rocco: »Jetzt steh schon uff. Nur noch fünf Meter. Änderung der Taktik: Du sicherst den Wagen, und wir kommen hinterher!«

»Zu Befehl.« Rocco schaffte es, sich aufzurichten, aber er war langsam, er zog das rechte Bein nach, und man konnte sehen, dass ihm das Laufen Schmerzen bereitete. Kai kam es wie eine Ewigkeit vor, bis Rocco endlich am Corsa angelangt war, hinter dem er sofort wieder in Deckung ging.

Bruno reckte den Daumen, obwohl Rocco es nicht sehen konnte. Ein paar Sekunden ließ er Rocco verschnaufen, dann rief er wieder: »Los, sichern, dann kommen wir nach!«

Aus seiner eigenen Deckung heraus konnte Kai erkennen, wie Rocco zur Fahrertür kroch. Er sah, wie Rocco die Waffe von der rechten Hand in die linke nahm. Wie er die rechte Hand dann nach dem Türgriff ausstreckte. Wie er zugreifen wollte.

Danach verwirrte sich die Reihenfolge. Von da an sah Kai van Harm nicht mehr klar.

War es der winzige Funke, der zuerst übersprang vom Türgriff auf Roccos Hand? Bevor dann alles Weitere geschah? Oder hatte er sich den Funken überhaupt nur eingebildet? Weil ein Inferno wie das folgende einfach mit einem Funken beginnen *musste*?

Oder war es Bruno, der zuerst wild aufgesprungen war, als hätte er etwas von dem Kommenden geahnt. In der Hundertstelsekunde, bevor der gigantische Lichtblitz den Fläming illuminierte. Ganz kurz, bevor die Detonation über die Felder grollte, weit hinein ins Brandenburger Land.

Oder aber hatte Bruno eine Tausendstelsekunde *nach* dem Lichtblitz geschrien? War sein Schrei gar keine Warnung an Rocco gewesen, den präparierten Türgriff nicht anzufassen, sondern schon eine Reaktion auf das, was gerade passierte. Was mit dem Funken begonnen hatte und sich fast zeitgleich mit dem Lichtblitz fortsetzte? Eine ahnende Reaktion auf die Feuerfontäne, die vom Himmel prasseln, und auf die Druckwelle, die Roccos Körper erfassen und meterweit durch die Luft schleudern sollte? Weder in jenem Moment, da sich die Explosion ereignete, noch später konnte Kai sich über die genaue Abfolge der Ereignisse Klarheit verschaffen.

Er sah, wie Rocco nach dem Türgriff des Corsa fasste. Er merkte, dass Bruno neben ihm aufgesprungen war, und dass er schrie. Er sah den Lichtblitz und die Explosion, und er hörte den Knall, mit dem es den Corsa in Stücke riss. Er sah Schutt und Trümmerteile zu Boden gehen, er sah das Feuer regnen, und er wusste, dass Rocco da nicht wieder rauskommen würde.

Wenig später fühlte er die Hitze im Gesicht, und dann begann die Zeit für ein paar Augenblicke stillzustehen.

Trümmerfeld

Die Trümmer brannten einfach vor sich hin. Bruno bewegte sich nicht, und auch Ronny war regungslos, lehnte wie tot am Autodach, die Pistole noch immer im Anschlag.

Nichts geschah. Kai wartete auf ein Martinshorn, auf die Feuerwehr, auf die Polizei. Niemand kam. Wie auch? Sie waren hier allein mit der Katastrophe. Es passierte nichts, und niemand rührte sich. Keiner wusste, was als Nächstes zu tun wäre, wie man vernünftig handelte, in einer Situation, die derart aus dem Ruder gelaufen war.

Sie standen alle drei nur da und starrten geradeaus in die Flammen.

Irgendwer würde den Stillstand schon beenden, dachte Kai. Wenigstens in Deinsdorf musste man die Sache mitbekommen haben. Irgendwer würde die Behörden anrufen, und dann ginge das Leben weiter.

Das, was den Stillstand beendete – es mochten zwei Minuten vergangen sein seit der Explosion oder fünf – war das laute Pfeifen eines Projektils, das an Kai van Harms Kopf vorbeiflog.

»Deckung«, schrie Bruno und tauchte wieder hinter den Toyota ab, und auch Kai und Ronny zogen die Köpfe ein. Zwei weitere Schüsse folgten.

Dann stand Ronny auf.

»Runter!«, schrie Bruno, aber Ronny hörte nicht. Er hielt die Pistole im Anschlag, er ging auf die Flammen zu, und er feuerte. Eins, zwei, drei, vier Schüsse, zählte Kai, alle kurz hintereinander.

»Das gibt's doch nicht«, sagte Bruno neben ihm. Er hatte sich aus der Deckung erhoben und starrte mit offenem Mund nach vorn in die Flammen.

Kai lugte über den Rand des Autodaches. Der Anblick war unglaublich: Hinter den Flammen, auf einem der Autowracks, sah er eine schlanke, schwarze Gestalt. Sie trug einen einteiligen Overall und vollführte eine Art Tanz. Aber das mochte täuschen, vielleicht waren es nur die lodernden Flammen, die diese seltsam wiegende Bewegung vorspiegelten. Die Gestalt hielt eine Pistole in der Hand, die in den Himmel zeigte. Statt eines Kopfes saß eine Teufelsmaske zwischen ihren Schultern, schwarz und rot und mit goldenen Hörnern.

Dreißig Meter vielleicht war Ronny von der Teufelsgestalt entfernt. Auch seine Waffe zielte jetzt in den Himmel, bevor er sie zur Seite wegwarf und hinter sich griff an den Gürtel.

»O Gott«, stöhnte Bruno, »das is aus dem Notfallkoffer. Eine Orginal-F-1. NVA-Bestände.«

Da hatte Ronny das gusseiserne Ei schon von seinem Gürtel genestelt, und während er langsam weiterging, begann er zu schreien. »Das geht doch nicht!«, hörte Kai ihn rufen. »Der hatte doch Frau und Kinder!« Ronny klang verzweifelt und voller Wut.

Kais Gedanken rasten: Wie konnte er das, was hier ablief, wieder anhalten?

Aber es war sowieso zu spät. Ronny führte bereits die Wurfhand zum Mund, dann spuckte er etwas zur Seite weg.

»Der Sicherungssplint«, stieß Bruno aus.

Ronny nahm zwei Schritte Anlauf, dann warf er.

»Granate!«, schrie Kai. Verdammt, man konnte doch nicht einfach Handgranaten werfen! Was war denn sonst der ganze Zivilisationsplunder noch wert?

Aber der Teufel hörte nicht auf Kais Stimme: Als die F-1 vier Sekunden später explodierte, riss es ihn vom Autowrack nach hinten weg.

Weitere zehn Minuten später, in der Ferne Martinshörner

»Ach, Herr van Harm, schön, dass Sie mich retten kommen.«

»Du musst mich doch duzen, Peggy«, sagte Kai, »*Herr* van Harm und *du*! Sonst stimmt da doch was nicht zwischen uns.«

Epilog

Ein offener Brief

Liebe Leserinnen und liebe Leser, liebe Buchhändlerinnen und Buchhändler, liebe Bibliothekarinnen und Bibliothekare, liebe Freundinnen und Freunde der Unterhaltungsliteratur, liebe Verlagsmitarbeiterinnen und -mitarbeiter!

Ich weiß nicht, ob Sie mich kennen. Mein Name ist Kai van Harm. Ich habe viele Jahre als Journalist gearbeitet und bin im Frühjahr dieses Jahres mit meinem ersten Roman hervorgetreten. Aber darum soll es an dieser Stelle nicht gehen. Wenn Sie wissen wollen, wie der Roman heißt, suchen Sie einfach im Internet danach oder aber direkt auf der Homepage des Buttermann-Verlages.

Was für die Menschheit im Allgemeinen gut ist und befriedigend für das Rechtsempfinden im Speziellen, sollte in der Regel auch gut sein für die Freunde der Literatur und des Buches. In diesem konkreten Fall, den ich mitzuteilen habe, ist es, fürchte ich, nicht so.

Aufgrund seiner kriminellen Taten wurde der Autor, den Sie, liebe Buchfreunde und -freundinnen, als

Jens-Uwe Palmer
Jérôme Altmaier
William T. Zorc
Ernst von der Klahden
Frank C. Schneiderhahn

Hunter Truman
Raymond Schindler
John McMurphy
Arnold Franke
Karo-Maria Götzke
Henriette Beck
Eva-Maria Sonnenschein

kennen, in Untersuchungshaft verbracht, wo er aufgrund der Schwere seiner Vergehen bis zum Prozessbeginn im Spätherbst verbleiben muss.

Warum, werden Sie fragen, teile ausgerechnet ich, Kai van Harm, Ihnen dies mit?

Ihr Lieblingsautor, dessen bürgerlicher Name Alexander König lautet, hatte mich zu seinem Opfer erkoren. Seinen Vernichtungsfeldzug startete er im Winter 2010, als er die Redaktion, in der ich seinerzeit tätig war, in Schutt und Asche legte. Kurz darauf verlor ich meine Arbeit, und wenig später ging meine Ehe in die Brüche. Aber ich will nicht nach Mitleid heischen.

Ich zog mich am eigenen Schopf aus dem Sumpf, in den mich Alexander König gestoßen hatte. Ich schrieb einen Roman, ich gewann Freunde, und ich weckte auf diese Art abermals seinen Zorn. Der Terror begann im Mai dieses Jahres erneut. Nicht mehr als großer Knall kam er daher, sondern in Form kleiner Nadelstiche, die mich, meine Familie und meine Freunde trafen. (Für Details ist an dieser Stelle kein Platz. Sollten Sie dennoch daran interessiert sein, dann verweise ich Sie auf meinen zweiten Roman, der im nächsten Frühjahr im Buttermann-Verlag erscheint und die Ereignisse zum Thema hat.)

Aber warum das alles?, werden Sie fragen.

Nun, es begann mit einem Verriss, den ich zu seinem Roman mit dem Titel *Schraubstock* geschrieben habe.

Aber was bringt einen so produktiven Schriftsteller dazu, sich mit schwerkriminellen Mitteln an einem armen Rezensenten zu rächen, werden Sie weiter fragen?

Soll ich ehrlich sein? Ich weiß es nicht. Das gekränkte Ego eines paranoiden Narzissten? Ich könnte mich nur in Küchenpsychologie ergehen. Genaueres werden die Gerichtsgutachter zu sagen wissen.

Aber in einem bin ich ganz sicher: Ein leidenschaftlicher Schriftsteller wie Alexander König wird auch in Gefängnismauern seinem inneren Drang folgen: Bücher zu schreiben. Wir werden uns auf viele weitere seiner Werke freuen dürfen, denn selbst der verlorene Arm – ein Kollateralschaden bei seiner Verhaftung – wird ihn auf Dauer nicht davon abhalten können.

Apropos Arm.

Hiermit versichere ich an Eides statt, dass die abgerissene Frauenhand mit dem Brieföffner, deren Auffinden ich in meinem Debütroman ab Seite 25 beschreibe, anders als mir die Polizei mittlerweile unterstellt, nicht meiner dichterischen Fantasie entsprungen ist. Dass ich keine Zeugen benennen kann, besagt gar nichts.

Hochachtungsvoll,
Kai van Harm